W0216361

De Hot Daddy List

Madelein Kerseboom

De Hot Daddy List

uitgeverij marmer

Voor iedereen die, net als ik, weleens naar sexy papa's gluurt...

1

'DE LAATSTE WONING DIE IK VANDAAG MET JULLIE WIL bezichtigen staat officieel nog niet in de verkoop.' De makelaar kijkt ons trots, zelfs een beetje zelfingenomen, aan. 'Maar... Na een belletje met de verkopende partij, kunnen we er een kijkje gaan nemen. Het is namelijk zeer geschikt voor starters en voegt echt iets toe aan het aanbod van vandaag, dus als jullie nog tijd hebben...' De makelaar kijkt ons vragend aan.

Daan knikt. 'Ja, dat lijkt me prima. Verras ons!'

De makelaar lacht een beetje gegeneerd. De woningen die we vandaag gezien hebben, behoren nou niet bepaald tot het topsegment van de huizenmarkt.

'Goed, dan mogen jullie mij weer volgen.' De makelaar maakt een weids armgebaar naar de auto's, die naast elkaar in de parkeervakken staan. Ik loop om onze auto heen en stap in. Daan kruipt achter het stuur en start de motor.

Als we de straat uitrijden en links de doorgaande weg inslaan, de makelaar volgend, kijkt Daan opzij. 'Haal je maar niks in je hoofd, Alice. Dit huis is waarschijnlijk net zo lelijk als het vorige.'

Ik zucht diep. 'Eens moet ons paleisje erbij zitten, toch?'

'Ja, maar ik ken jou. Bij elke bezichtiging denk je dat het moment daar is. Dat jij je droomhuis gaat ontmoeten.'

'Zo denk ik helemaal niet', lieg ik.

'Misschien hadden we niet moeten zeggen dat ik in de bouw werk en dat we een klushuis niet uitsluiten. Nu krijgen we alleen maar van die aftandse krotten te zien, waar van alles aan mankeert. Jááá, maar als je door het interieur heen kijkt en hier en daar wat verbouwt, kun je er echt iets moois van maken hoor!' doet Daan de bekakte stem van de makelaar na. 'Wat een mannetje, zeg!'

Ik moet lachen. Ik dacht al dat Daan dat zou vinden. Het is ook wel een stereotype makelaar. Colbertje over zijn witte overhemd, een spijkerbroek om zijn *look* toch een casual uitstraling te geven, een leren riem in dezelfde bruintint als zijn leren schoenen, het bekende makelaarskoffertje en, om zijn beroep echt eer aan te doen, een dubbelgevouwen gekleurde sjaal strak om zijn nek. Dat schijnt de trend in makelaarsland te zijn.

Na een ritje op de doorgaande weg slaan we rechtsaf. Daan mindert vaart als we een woonwijk inrijden. Hij blijft de auto van de makelaar voor ons volgen totdat die parkeert en wij hetzelfde op een naastgelegen plekje doen.

'Nou, laten we maar eens een kijkje gaan nemen bij

het volgende pareltje.' Daan trekt gekscherend zijn wenkbrauwen naar me op.

Als we uitstappen heeft de makelaar gelijk zijn praatje weer klaar. 'Iets heel anders dan Overvecht en Kanaleneiland. Zoals jullie zien zijn we nu in de wijk Wittevrouwen.'

Ik knik en voor de vierde keer vandaag volgen we de makelaar, naar misschien wel het huis van onze dromen.

Eerlijk gezegd had ik me het huizen kijken iets romantischer voorgesteld. Het plaatje dat ik in mijn hoofd had, was een stuk rooskleuriger. Zeker nadat ik, voorafgaande aan de huizenzoektocht van vandaag, heel wat tijd op internet heb doorgebracht met het bekijken van het woningaanbod in Utrecht. Binnen ons budget, maar ook ver daarboven. Mijn persoonlijke favorietenlijstje op de huizensite, dat ik stiekem mijn verlanglijstje ben gaan noemen, staat vol met de meest fantastische huizen. Het een nog mooier dan het ander. Het een heeft een carport, het ander daarnaast ook een garage. Sommige woningen beschikken over een waanzinnig kookeiland of een badkamer die door kan gaan voor een heuse *wellnessroom*. Volgens mij hoef ik hier niet bij te vertellen dat mijn verlanglijstje doorgaans bestaat uit huizen ver boven ons budget. Ik weet best dat dit naïef of toch op z'n minst niet realistisch is en dat de makelaar voor vandaag huizen heeft uitgezocht die prima binnen ons budget passen. Toch kan ik niet ontkennen dat ik tot nu toe een tikkeltje teleurgesteld ben in de huizenzoektocht. Ik had me er zo op verheugd. Natuurlijk zie ik inmiddels ook wel in dat het plaatje in mijn hoofd toch echt te hoog gegrepen is, maar dat we vandaag witte plavuisvloeren, naar schimmel stinkende badkamers, interieurs uit het jaar nul en verrotte kozijnen zouden gaan zien, had ik toch ook weer niet verwacht. De makelaar drukte ons bij het zien van wat hij noemde 'gedateerd', herhaaldelijk op het hart dat hij bij de vraagprijs van de woningen rekening heeft gehouden met de verbouwingskosten. We zouden alles naar wens kunnen maken en dan nog, met alle bijkomende kosten, binnen ons budget blijven.

Hoewel het plaatje in mijn hoofd dus totaal niet overeenkomt met de werkelijkheid, is de makelaar wél precies zoals ik me had voorgesteld. Daans gezicht klopt dan weer niet. In mijn versie keek hij af en toe gelukzalig mijn kant op en gaf fijne kneepjes in mijn hand, waardoor ik steeds opnieuw zou beseffen dat dit allemaal echt gebeurt. Dat we echt op het punt staan om samen de stap te zetten een huis te kopen. Dat ik er zo naast zat ligt deels aan het feit dat ik voorbij ben gegaan aan zijn beroep. Hij zit in de bouw. Natuurlijk kijkt hij anders naar een huis dan ik. Daan ziet een huis al gauw als een project. Hij ziet gelijk hoeveel werk het hem gaat opleveren en hoeveel vrije tijd hij erin zal moeten steken om van onze mogelijk nieuwe woning een waar paleisje te maken. Daar heb ik in mijn onbegrensde fantasie voor het gemak maar even geen rekening mee gehouden.

'Wat vinden jullie van het aangezicht van het huis?' vraagt de makelaar plotseling.

'Mooi. Dit is wel even iets anders dan de voorgaande huizen die je ons hebt laten zien', stelt Daan vast.

'Klopt, ik dacht al te merken dat de liefde op het eerste gezicht bij de vorige woningen ontbrak. Daarom wil ik jullie ook iets totaal anders laten zien. Ik weet dat jullie eigenlijk op zoek zijn naar een klushuis, dat je eerst volledig moet strippen en dan weer naar eigen smaak kunt opbouwen, maar dat is bij dit huis niet nodig. Voor de beleving van vandaag wilde ik jullie deze woning zeker niet ontzeggen.'

'Ik ben benieuwd', zeg ik gemeend.

De makelaar steekt de sleutel in het slot en kijkt ons over zijn schouder geheimzinnig aan. 'De drie vorige huizen waren meer ruwe diamanten. Dit is nu al een pareltje!' Hij lacht om zijn eigen grapje en loopt de hal van huis nummer vier binnen.

Ik grijns breed naar Daan en zeg geluidloos 'Pareltje!'

Daan grijnst terug en knijpt in mijn bil wanneer ik hem voor de woning inga. Via de hal komen we in een smalle, maar langgerekte woonkamer, waar de schuifpui gelijk goed zicht geeft op de tuin. Vol verbazing kijk ik rond. Alles is mooi. Alles is af. Alles is ingericht zoals ik het zelf ook had kunnen doen. De woonkamer is licht, hij straalt een heerlijke rust uit en je blik wordt automatisch naar buiten toe getrokken, naar de kleine, maar sfeervolle stadstuin. De tuin heeft iets weg van een binnenplaats, aan alle kanten is hij ommuurd. Toch maakt hij geen kille of benauwde indruk. Op alle muren gebeurt wel iets, waardoor het wat speelser en minder statisch lijkt. Er groeit klimop tegenaan, er hangt een canvas foto van een glooiend paars heideveld, en er zijn gezellige bloembakken aan de muur bevestigd. Op de grote vierkante grijze terrastegels die, op een keurig bijgehouden bloemenperkje links na, de hele tuin beslaan, staan her en der zandkleurig stenen bloembakken, gevuld met blauwe hortensia's. Hoewel de tuin verre van groot is, is hij knus aangelegd. Het is een aangename plek. Bij de loungeset blijft mijn blik even hangen. Ik zie ons al zitten, met onze benen uitgestrekt op het tafeltje, een drankje in de hand.

'Mag ik?' Daan wijst naar de schuifpui.

'Natuurlijk, ga je gang.'

Daan opent de schuifdeur en de makelaar volgt ons naar buiten.

'Doordat het huis drie jaar geleden een flinke renovatie heeft ondergaan, heb je hier geen achterstallig onderhoud. Denk eens aan alle vrije tijd dat zo'n af-huis je zou opleveren. Jullie kunnen er zo in!'

'En de vraagprijs?' vraagt Daan. 'Die is natuurlijk hoger dan bij de voorgaande huizen.'

'Daar heb je gelijk in. Hoewel de perceeloppervlakte van dit huis aanzienlijk lager is dan wat we tot nu toe bezichtigd hebben, zit de woning aan de bovenkant van jullie budget. Dat heeft alles te maken met de locatie en staat van het huis. Maar, je hoeft er dan ook verder geen stuiver meer in te steken.'

Daan knikt begrijpend. Vervolgens kijkt hij naar mij, en voor het eerst vandaag zie ik een opgetogen glimlach op zijn gezicht doorbreken. Daans ogen fonkelen, zoals ze altijd doen als hij ergens enthousiast over raakt.

'Alleen...'De makelaar steekt zijn wijsvinger in de lucht. 'Dit is natuurlijk een heel andere wijk dan waar we tot nu toe gekeken hebben. In de populaire buurten van Utrecht komt het tegenwoordig regelmatig voor met een vanafprijs te werken.'

Ik heb geen idee wat de makelaar hiermee bedoelt en trek een diepe frons in mijn gezicht. Als ik Daan aankijk, zie ik bij hem dezelfde vragende blik in zijn ogen.

'De vraagprijs geeft in dat geval de ondergrens aan,

vanaf waar geboden wordt', legt de makelaar uit. 'Bij een vanaf-prijs is de bezichtiging doorgaans met alle potentiële kopers tegelijk. Geïnteresseerden kunnen eenmalig een eindbod uitbrengen en de hoogste bieder wint als het ware.'

'Dus je gaat dan niet met de verkoper in onderhandeling, in de hoop er samen uit te komen?' vraag ik.

'Correct. De kans dat je misgrijpt is aanwezig, zeker als er veel mensen interesse hebben...' Plots gaat de telefoon van de makelaar over. Hij pakt hem uit zijn broekzak en werpt een blik op het scherm. 'Kijken jullie maar verder, dan neem ik even dit telefoontje aan. Goed?'

'Geen probleem', antwoord ik.

De makelaar loopt terug naar binnen en ik sluit de schuifpui achter hem.

'En... Gaat je hart hier sneller van kloppen?' vraagt Daan, terwijl hij liefdevol zijn armen om me heen slaat.

'Ik dacht dat wij een huis met tuin, in een wijk als Wittevrouwen niet konden betalen.'

'Er zijn dus blijkbaar mogelijkheden', Daan grijnst. 'Het is alleen zeer waarschijnlijk dat we verliefd worden op een woning in een populaire buurt en dat die aan onze neus voorbijgaat. Willen we dat?'

'Tja, die kans zit er dik in. Maar als het uiteindelijk leidt naar ons droomhuis en we daar samen gaan genieten van de toekomst, dan hebben we het ervoor over, toch?'

Daan kijkt me vertederd aan en drukt een kus op mijn lippen. Ik voel een ultiem geluksgevoel door mijn lichaam gaan. Grappig, hoe mijn gevoel bij de huizenzoektocht plotseling honderdtachtig graden gedraaid is. Alles is ineens nog mooier dan in mijn fantasie.

*

'Over leuke papa's gesproken...' Mijn collega Kiki wendt zich af van het gesprek en loopt naar de vader die net binnenkomt. 'Goedemiddag papa van Puck en Eef, je meiden zijn buiten aan het ravotten. Ze hebben heerlijk gespeeld.'

Ik kijk Arie aan en schiet in de lach.

'Die laat er ook geen gras over groeien', merkt hij op.

'Klopt. Maar wat zou jij doen als een van jouw favoriete vaders voor de deur staat?' Ik trek een grote grijns.

Arie grijnst terug en knikt met zijn hoofd in de richting van de deur. 'Ik denk dat je die afwas even alleen moet afmaken, lief collegaatje. Volgens mij ben ik hard nodig op mijn groep.'

Ik volg Aries blik, langs de deuropening van het keukentje en begin opnieuw te lachen. De vader van Jazzebel en Roué komt net binnenlopen. Arie gooit me zijn theedoek toe en verdwijnt naar zijn groep.

Al bijna vijf jaar werk ik in de kinderopvang. Eerst twee jaar op een buitenschoolse opvang in Den Helder, mijn voormalige woonplaats. Nu alweer bijna drie jaar op buitenschoolse opvang Het Speelparadijs. De meeste kinderen die we na schooltijd opvangen, komen van De Wegwijzer, de basisschool drie straten verderop. De Paddenstoel, waar de rest van onze kinderen vandaan komt, zit er pal naast. Het is een kleinere school met voornamelijk duogroepen. Doordat beide scholen onder een dak vallen, is het ophalen van de kinderen gemakkelijk. We kunnen dit altijd lopend doen. De bolderkar en bakfiets die we op de bso hebben, worden eerder ingezet omdat de kinderen het zo leuk vinden, dan dat het echt nodig is.

Ik geniet oprecht van het werken met kinderen, daarnaast zijn het de collega's die mijn baan zo leuk maken. Met Arie en Kiki heb ik het echt getroffen. Op het werk is het altijd gezellig en daarbuiten hebben we de nodige etentjes, vaak gevolgd door een flinke lading cocktails. Op een van die avonden kwam ter sprake welke papa's van de kinderen er best mogen zijn. Er werd een hoop gelachen en aan het einde van de avond hadden we ieder onze eigen top drie. De Hot Daddy List is sindsdien een veelbesproken onderwerp. We zijn heel serieus met ons werk bezig, de verantwoordelijkheid voor de kinderen is groot, maar een geintje tussendoor moet kunnen.

De volgende dag maak ik op het schoolplein van De Wegwijzer kennis met Sara, een nieuw meisje in mijn groep. Van het e-mailcontact met Sara's vader weet ik dat ze onlangs vier is geworden en een aantal ochtenden rustig heeft mogen wennen op de basisschool. Nu komt daar de bso bij. Ik kan aan de nieuwsgierige blik in haar ogen zien dat ze er zin in heeft, maar het tegelijkertijd een beetje spannend vindt. Sara heeft een innemend gezichtje. Haar grote felblauwe ogen, omlijst door extreem lange zwarte wimpers voor een vierjarige en flinke bos blond glanzend haar tot halverwege haar rug, maken haar een bijzonder mooi meisje. Tijdens de korte wandeling van school naar de bso, loop ik hand in hand met Sara, vooraan in de rij. Achter ons lopen twintig kinderen in een keurige twee-aan-twee-rij. Vooraan de kleuters, daarachter de kinderen uit de middenbouw. Helemaal achteraan wordt de rij afgesloten door mijn collega Kiki. Ik vraag Sara wat ze vandaag op school heeft gedaan en probeer haar op haar gemak te stellen. Bij de bso help ik haar uit haar jasje. Terwijl de middenbouwers van Kiki luidruchtig achter mijn rug langs passeren en doorlopen naar hun eigen kapstok, valt het me op dat Sara een mooie outfit draagt. Samen met Nora, Sara's klasgenootje, huppelt ze vrolijk naar de andere kleuters, die zich al verzameld hebben op mijn groep. Van de spanning van daarnet is gelukkig niets meer te merken. Als ik mijn vinger door het lusje haak om Sara's jasje aan de kapstok te hangen, valt mijn blik op het merklabel aan de binnenkant van de jas. Armani Junior. Sara's ouders zitten zo te zien niet in de schuldsanering.

Sara is helemaal uitgeteld van de lange schooldag. Na een rijstwafel met smeerkaas en een beker limonade, kruipt ze tegen me aan op het leesbankje en lees ik *Rupsje Nooitgenoeg* aan haar voor. Sara is onder de indruk van het verhaal en kijkt me stralend aan wanneer ik het boek dichtklap.

'Alice!' Max, die buiten aan het spelen was met een paar andere jongens, stormt mijn groep op. 'Gijs duwde me en pakte de bal af!'

'Ja!' roept Gijs, die achter Max aan naar binnen holt. 'Maar je hoeft er niet om te huilen, want zó hard duwde ik nou ook weer niet.'

'Ik huil niet!' protesteert Max met waterige ogen.

'Jongens, even rustig aan. Wat is er precies gebeurd, Max?'

Max legt uit wat er is voorgevallen op het plein en vervolgens laat ik Gijs aan het woord. Blijkbaar wilden beide jongens alleen met de bal spelen en leidde dit tot een akkefietje.

'Wat moet je ook alweer doen als je er met woorden niet uitkomt?' vraag ik de twee kleuters.

'Naar de leiding', klinkt het in koor.

'Ja, precies. Kiki staat op het plein. Zijn jullie naar haar toegegaan?'

'Vergeten...' zegt Gijs schouderophalend.

'Volgende keer even aan denken. Iemand duwen en de bal afpakken, vind ik niet zo'n leuke oplossing.'

Max en Gijs glimlachen en Gijs stelt voor samen met de bal te spelen. Ik zeg tegen de jongens dat ik trots op ze ben dat ze dit zo goed oplossen en vrolijk gaan ze weer naar buiten. Sara, die naast me zit, heeft het gesprek gevolgd en kijkt nieuwsgierig opzij naar de openstaande deur.

'Wil je soms even buiten spelen, Sara?'

Ze kijkt me verlegen aan.

'Kom maar, dan laat ik het je zien.'

Ik los mijn collega Kiki af, die met een paar meiden uit haar middenbouwgroep naar binnen gaat om te knutselen, en help Sara buiten op weg. Ze heeft interesse in de zandbak en pakt een schepje, waarmee ze de schelpenvormpjes vult. Op de zandbakrand creëert ze een lange rij met allemaal verschillende schelpjes van zand. Af en toe komt ze kijken bij het knikkeren. Ik speel een potje met Lars en Boris. Op een gegeven moment wil Sara ook een poging wagen en laat de zandbak voor wat het is. Het lukt haar nog niet goed met één vinger de knikker een zetje te geven. Ik doe voor hoe het moet en geef haar een grotere knikker, waarmee het makkelijker gaat. Ze is druk aan het oefenen en telkens als de knikker richting het potje rolt, roept ze trots, 'Kijk... bijna!'

'Sara!' klinkt het vanuit de deuropening.

'Papa!!' gilt Sara. Ze staat op en holt naar de man die lachend naar buiten stapt en door zijn knieën zakt om zijn dochtertje te begroeten.

Ik bekijk het aandoenlijke tafereel en merk meteen op dat de papa van Sara geen doorsnee vader is. Wow, wat een knappe vent. Even ben ik volkomen geïntrigeerd door zijn helderblauwe ogen. Sara heeft die goede genen dus van hem. Terwijl ik me afvraag of ik ooit zo'n mooie man in levenden lijve heb gezien, bedenk ik dat staren niet erg professioneel overkomt. Lichtelijk in shock door zijn mannelijke voorkomen doe ik een paar stappen naar voren. Sara's vader merkt me op en richt zich tot mij.

'Jij bent vast Alice?'

'Dat klopt. Alice, aangenaam.' Ik merk dat ik mijn best doe om mijn stem normaal te laten klinken en kan niet ontkennen dat deze aantrekkelijke man me lichtelijk van mijn stuk brengt.

'John... Aangenaam.'

Zijn hand schudt mijn hand, warm en krachtig. 'Laat ik me gelijk verontschuldigen dat er geen intakegesprek vooraf heeft plaatsgevonden. Ik begreep uit ons e-mailcontact dat dat normaal jullie werkwijze is, dus ik ben blij dat Sara evengoed vandaag mocht starten.'

Ik knik. 'Een intakegesprek vooraf heeft over het algemeen onze voorkeur. Zodat alle partijen bij de start van de opvang gelijk goed op de hoogte zijn...'

'Ik begrijp het', onderbreekt Sara's vader me op zakelijke toon. 'Ik ben erg druk geweest de afgelopen tijd.'

'Als je wilt kan ik je nu ook wel even informeren over de belangrijkste zaken.'

'Eh ja...' Er verschijnen denkrimpels in zijn voorhoofd. Even denk ik te zien dat hij hier niet op zit te wachten. Alsof hij, door zich te verontschuldigingen en me vervolgens te onderbreken, eigenlijk verwacht had dat ik het erbij zou laten. 'Veel tijd hebben Sara en ik nu niet, maar als het niet te lang duurt kan het wel even.'

Sara duwt tegen haar vaders been, in een poging zijn aandacht te trekken. 'Papa, ik ging met Alice knikkeren. Jij moet kijken!' Ze holt weer op de knikkers af en gaat verder met haar spel.

'Jeetje, knap hoor!' merkt haar vader op, waarop Sara een uiterst trots gezicht tevoorschijn tovert. 'Zo te zien heeft ze het naar haar zin gehad vandaag.' Hij glimlacht een perfecte lach.

Ik vertel hem wat we vandaag gedaan hebben. Terwijl ik praat luistert Sara's vader geïnteresseerd. Zijn gehaaste houding van net lijkt te vervagen. Als ik hem vertel dat zijn dochter verantwoordelijk is voor de versiering op de zandbakrand, glimlacht hij opnieuw.

'Ik zou het niet aanvegen en gewoon voor altijd zo laten', zegt hij lachend als ik uitgesproken ben.

Ik glimlach terug. 'Een aantal kinderen uit Sara's basisschoolgroep zit hier ook op de opvang, dus ik verwacht dat ze snel aansluiting vindt. Als je nog wat tijd hebt kan ik je binnen een rondleiding geven?'

'Prima. Sara is toch nog even aan het spelen.'

Ik ben blij dat hij de tijd neemt om te blijven. Niet alleen omdat het me leuk lijkt deze vader aan Arie en Kiki te showen, maar vooral omdat ik het belangrijk vind dat ouders weten in welke omgeving hun dochter, of zoon, de uurtjes na school doorbrengt. Ik ga Sara's vader voor naar binnen en laat hem mijn groep zien. Naast de deuropening aan de voorkant staat links een halfhoge kast, die wordt gebruikt om kunstwerkjes van de kleuters op uit te stallen. Op dit moment pronkt er een bouwwerk van lego, waarvan ik niet durf te zeggen wat het precies voorstelt, en tegen de muur leunt een knutselwerk van karton. Hierop is overduidelijk het knip-en-plakwerk van een bloem te zien. Rechts van de deuropening vind je de gesloten deur naar het keukentje en daarnaast het appelgroene leren leesbankje. Links van het midden van de ruimte staat een ovaalvormige houten tafel, waar met gemak tien kleuters aan kunnen zitten. En dan zijn er nog de verschillende speelhoeken, zoals de bouwhoek en het keukentje. Ik vertel hoe de middag in het algemeen verloopt. We halen de kinderen lopend en soms met de bakfiets of bolderkar op uit school, en bij de bso aangekomen, laten we ze eerst allemaal hun handen wassen, voordat we met z'n allen aan tafel gaan. Ik maak een handgebaar naar het wastafeltje links van de halfhoge kast. Sara's vader volgt mijn blik. Ik benadruk nog even dat we op bso Het Speelparadijs waarde hechten aan dit soort kleine gewoontes, zoals je handen wassen voor het eten of na een toiletbezoek, en realiseer me dan dat de man naast mij niet veel tijd heeft. Ik vertel over het eet- en drinkmoment en dat de kinderen daarna mogen aangeven waar ze willen spelen.

'Soms staat er een geplande activiteit op het programma, maar de kinderen zijn altijd vrij in hun keuze of ze wel of niet willen meedoen. Op school zijn er activiteiten die nu eenmaal moeten, of je er nu zin in hebt of niet. Hier benadrukken we graag dat kinderen zelf mogen beslissen wat ze in hun vrije tijd willen doen.'

Sara's vader knikt. 'Klinkt goed.'

We verlaten mijn groep en lopen via de gang naar de twee andere groepsruimtes, die ik hem ook kort laat zien. Als we in de laatste ruimte staan komt Arie net terug van het voetballen met de kinderen op een veldje verderop. Met een geamuseerde blik trekt hij zijn wenkbrauwen naar me op. Het valt Arie, die op mannen valt, gelijk op dat Sara's vader er bijzonder goed uitziet. Gelukkig kijkt John naar mij en merkt hij het niet.

'Dit is m'n collega Arie. Hij staat in de groep bij de oudere kinderen. En dit is m'n collega Kiki', zeg ik als Kiki net op dat moment Aries groep doorkruist.

Beiden schudden hem de hand en ik zie aan Kiki dat zij ook onder de indruk is van John. Ik zie het aan de manier waarop ze naar hem kijkt, zich voorstelt met haar best geoefende glimlach en snel een hand door haar korte haar haalt, in de hoop een goede indruk te maken. Sara's vader maakt een praatje met Arie en Kiki, wat mij de ruimte geeft hem eens goed in me op te nemen. Hij is lang en heeft een prachtig gevormd gezicht. Zijn strakke kaaklijn is uiterst mannelijk. Zijn ogen zijn groot en felblauw, en net als Sara heeft hij heel aanwezige zwarte wimpers, wat een mooi contrast vormt met de kleur van zijn ogen. Zijn donkerblonde haar heeft een goede lengte en heel wat natuurlijke kleurverschillen. Daarnet, buiten in de zon, was goed te zien hoe de blonde plukjes oplichten in het daglicht. Hij heeft een parelwitte, kaarsrechte rij tanden, wat me haast doet vermoeden dat Sara's vader zijn tanden bleekt. Maar hij lijkt me niet ijdel. Ik ben er zeker van dat hij niet het type man is die highlights in zijn haar laat zetten of uren in de stoel bij de tandarts gaat liggen voor witte tanden. Sara's vader is ongekunsteld knap, zonder dat zelf door te hebben. Hij heeft een niet te missen goed postuur. Zelfs in zijn maatpak kan ik zien dat hij een gespierde torso heeft. Als een driehoek, maar dan op z'n kop, brede schouders die smal toelopen naar zijn billen. Zijn billen. Die kan ik niet zien omdat het colbert van zijn pak er net overheen valt. Mijn ogen blijven een fractie van een seconde hangen op dat punt en ineens voel ik dat er iemand naar me kijkt. Arie kijkt me aan en ziet me John observeren, zijn gezicht verandert in een blik die aangeeft dat hij me zojuist heeft betrapt. Ik voel een lichte schaamte opkomen en neem gauw het gesprek over, waarna we naar buiten lopen. Sara gaat nog steeds op in haar spel.

'Kom Sara, we gaan naar huis.'

Sara komt naar me toe en geeft me de knikkers waarmee ze heeft gespeeld.

Ik hurk, waardoor ik op ooghoogte van haar kom. 'Ik vond het heel gezellig dat je er was vandaag.'

Sara buigt zich naar me toe en slaat haar armpjes om me heen. Een korte afscheidsknuffel volgt. Ik ben verbaasd om haar vrije manier van doen op haar eerste dag.

Na de omhelzing kijk ik haar lachend aan. 'Dag Sara, tot de volgende keer!'

2

'WAT VINDEN WE BELANGRIJKER... LOCATIE OF RUIMTE?' Daan zet twee kopjes koffie op de salontafel en ploft naast me op de bank.

'Allebei niet onbelangrijk.' Ik reik naar mijn kopje, breng het tot onder mijn neus en snuif de lekkere koffiegeur op.

'Wil je liever méér huis en tuin, maar dan op een minder spectaculaire locatie? Of ben je bereid in te leveren op vierkante meters, als dat betekent dat we in een populaire buurt gaan wonen?'

'Wat heeft jouw voorkeur?' vraag ik, terwijl ik een slokje neem.

Daan grijnst. 'Dit is nou typisch iets voor jou... Ik stel je een vraag en je kaatst hem net zo gemakkelijk weer terug.'

Ik moet lachen, me ervan bewust dat ik dit inderdaad

weleens doe. 'Ach... In welk huis je me ook neerzet, zolang jij er ook woont ben ik volmaakt gelukkig.'

'Wat een onzin', lacht Daan. 'In dat geval kunnen we net zo goed hier blijven wonen...'

'Nee! Dit appartement is van jou. Nou ja, eigenlijk van de woningbouwvereniging, maar het staat op jouw naam, dus het is van jou.' Drie jaar geleden ben ik bij Daan ingetrokken en hoewel ik hier altijd met plezier heb gewoond, voelt het toch niet echt als van mij. Als ik dat tegen Daan zeg, reageert hij semi-verontwaardigd.

'Hoezo niet eigen? Het is toch net zo goed jouw appartement?'

'Kijk eens rond... Op wat kaarsen, vaasjes en kussens na is het nog precies hetzelfde appartement als voor mijn komst. Neem nou dit schilderij...' Ik wijs naar het drieluik dat boven de bank hangt. Verdeeld over drie canvasdoeken is een zwart-witte afbeelding van een helikopter te zien. 'Zeg nou zelf, dit zou ik toch nooit hebben uitgezocht?'

'En daar kom je nu mee!' Daan neemt gespeeld van z'n stuk gebracht een slok van zijn koffie en zet het kopje terug op de salontafel. 'Mijn vriendin, dames en heren, durft na drie jaar eindelijk op te biechten dat ze het schilderij boven de bank lelijk vindt.'

'Het gaat niet zozeer om die helikopter', lach ik. 'Alles was hier al toen ik bij je introk. Ik heb nog nooit zelf meubels gekocht en een eigen interieur samengesteld. Het lijkt me gewoon heel leuk dit avontuur met jou aan te gaan.'

'Oké, oké, dat begrijp ik wel.' Daan pakt het koffiekopje van me over en zet het op de salontafel naast het zijne. Hij veert terug op de bank en trekt me tegen zich aan. 'Maar stel dat ik gehecht ben aan mijn helikopter... Stel... Dan mag hij dus wel mee naar het nieuwe huis, toch?'

In een reflex pak ik een kussen van de bank en haal uit naar Daan. 'Nee! Hij mag niet mee!' Elk woord benadruk ik met een doffe klap van het kussen. Daan vangt ze moeiteloos op met zijn sterke lijf. Lachend pakt hij het kussen af, pakt me bij mijn armen en houdt ze hoog boven mijn hoofd. Dan komt hij boven op me zitten, zijn benen aan weerszijden van mijn lichaam, laat zijn lichaamsgewicht op me zakken en geeft me een zoen. Mijn mondhoeken krullen op tot een glimlach. Een glimlach in een zoen. Naarmate de zoen intenser wordt, merk ik dat mijn lichaam meer van hem verlangt. Plotseling stopt Daan met zoenen. Hij kijkt me aan, waarbij er wat donkere krullen voor zijn gezicht vallen. Ik kan dit plotselinge einde van onze hartstocht niet erg waarderen en kijk hem hongerig aan.

'Wil je me?' Daan fluistert de woorden naast mijn oor.

Ik knik en probeer hem opnieuw te kussen. Daan ontwijkt mijn lippen en ik maak een zoenbeweging in het luchtledige.

'Hoe graag wil je dat ik verder ga?' Daans ogen glinsteren.

Ik grijns. 'Oké, jij je zin. Je stomme helikopter mag mee. We vinden er wel een mooi plekje voor... In de fietsenstalling. Kom nu hier en kus me!'

*

'Het volgende agendapunt is uiterst belangrijk. Ik zie dan ook absolute noodzaak dit met jullie te bespreken, dus ga er maar eens goed voor zitten ' Arie kijkt Kiki en mij mysterieus aan. 'Zoals jullie weten mag je de belangrijkheidsgraad van de lijst der lijsten zeker niet onderschatten. Jawel dames, ik heb het natuurlijk over de Hot Daddy List!'

Kiki en ik giechelen.

'Er heeft een heugelijke gebeurtenis plaatsgevonden.' Arie houdt even stil om de spanning op te voeren. 'Hierdoor moeten wij drieën ons opnieuw buigen over de samenstelling van de lijst.' Taxerend neemt hij ons op.

'Is die heugelijke gebeurtenis soms de komst van Sara?' vraag ik.

'Ik denk eerder de vader van Sara.' Kiki laat haar wenkbrauwen een paar keer op en neer gaan. 'Daar moeten we het inderdaad even over hebben.'

'Een exemplaar als John van der Meulen laat mijn hart een sprongetje van vreugde maken.' Om beurten kijkt Arie ons zwijmelend aan als hij vervolgt. 'Ik weet niet of het jullie ook is opgevallen, maar sinds hij vorige week kwam binnenlopen is het kwik hier een paar graden gestegen. Die man is hot!'

'Zo kan -ie wel weer', reageer ik lachend. 'We hebben het hier wel over de vader van een kind dat wij professionele opvang bieden.'

'Doe maar niet zo braaf Alice. Kiki en ik weten best dat jij John stiekem ook wel ziet zitten. Je hoeft je er niet voor te schamen dat je allang een plekje voor hem gereserveerd hebt op jouw Hot Daddy List.'

Kiki knikt instemmend. 'Het is gewoon van je gezicht af te lezen dat jij de andere papa's met liefde een plek laat zakken. Sorry jongens... *Here comes Johnny*!'

Arie en Kiki genieten er zichtbaar van me te plagen. Hoe meer ik me ertegen verzet, hoe leuker ze het vinden.

Dat weet ik uit ervaring. Toch kan ik het niet laten: 'Moet ik jullie er soms aan herinneren dat ik het liefste en leukste vriendje van de wereld al heb?'

Arie wuift mijn vraag met een handgebaar weg. 'Ja ja, ik weet het. Je bent dol op Daan. Wat ik begrijp, want Daan is ook een stuk. Maar John... Alice, kom op! Jij ziet toch ook dat hij amper menselijk te noemen valt. Het is een God!'

'Sara's vader is heel aantrekkelijk, dat zal ik niet ontkennen. Maar hoe mooi z'n verschijning ook is, het maakt me verder niet zoveel uit, ik heb alleen maar oog voor Daan.'

'Alleen maar oog voor Daan?' Arie vervalt in een schaterlach. 'Niet liegen, lief collegaatje. Toen wij laatst met John stonden te praten, zag jij je kans schoon hem helemaal uit te kleden met die ogen van je.'

'En dat snappen we best, hoor.' Kiki gniffelt. 'Ik geloof dat we allemaal wel willen weten wat er onder dat sexy maatpak van hem schuilgaat...' Kiki, een nogal vrijgevochten type dat erg van aandacht houdt en absoluut geen schaamte kent, sluit haar ogen en tuit haar volle lippen. Met een zwoele, sensuele beweging haalt ze een hand door haar korte kapsel. Vervolgens laat ze haar hand overdreven langzaam verder afglijden langs de rondingen van haar lichaam. 'Geef maar toe Alice, jij hebt daar toch ook over gefantaseerd? Je maakt mij niet wijs dat je geen seconde aan dat sexy lijf van hem hebt gedacht.'

Ik zucht diep en weet dat ik alleen maar meer olie op het vuur gooi als ik iets zeg.

'Voel je niet bezwaard. We houden het onder ons en beloven dat we niks tegen je vriendje zeggen. Toch Arie?'

Arie knikt gretig en ik sla als reactie mijn ogen ten hemel.

'Merkwaardig dat je nu je mond dicht houdt', gaat Kiki door.

'Ach, je hoeft geen antwoord te geven hoor Alice. Je rode wangen vertellen ons meer dan genoeg.'

'Wat willen jullie dat ik zeg? Ja! De vader van Sara is een lekker ding! Houden we erover op als ik jullie beloof hem een plekje in mijn top drie te geven?'

'Top drie?!' Arie schudt verwoed zijn hoofd. 'Ik denk dat hij bij iedereen met stip op nummer één komt, toch?'

'Minstens!' bevestigt Kiki. 'Met een flinke afstand tussen hem en de runner-up.'

'Goed dan. John van der Meulen staat eenzaam aan de top in mijn Hot Daddy List. Houden we er dan nu over op?'

Arie en Kiki wisselen een blik en grijnzen hun tanden bloot. 'We houden erover op... Voor nu.'

Na de vergadering halen we de kinderen van De Wegwijzer en De Paddenstoel. Ik eet en drink met mijn kleuters, waarna ze allemaal zoet gaan spelen. Arie zit aan de ovalen tafel, waar we eerder vandaag met z'n drieën vergaderd hebben, een berg fruit voor de kinderen te schillen. Hij doet dit dikwijls op mijn groep. Voornamelijk omdat het gezellig is, maar zo nu en dan ook met een professioneel doeleinde. Arie heeft net zijn zorgen geuit over een jongen van wie de ouders gaan scheiden. Omdat ik de opleiding Sociaalpedagogische Hulpverlening heb afgerond, schakelen Arie en Kiki regelmatig mijn kennis in. Ik vertel Arie wat hij in zijn positie voor de jongen uit zijn groep kan betekenen en waar hij extra op moet letten. We praten nog een beetje over het gezin, drinken van onze thee en breken het gesprek af als er een ouder in de deuropening verschijnt. Opeens is hij daar. Nog knapper dan in m'n herinnering. In een goedzittend blauw maatpak, komt John van der Meulen mijn groep binnenlopen. Hij kijkt om zich heen en op het moment dat onze blikken elkaar kruisen, begroeten Arie en ik hem hartelijk. Er volgt geen antwoord. Sara's vader laat zijn blik verder door de groepsruimte glijden en zijn ogen lichten op wanneer hij zijn dochter ziet. Met kordate pas loopt hij door naar de poppenhoek, waar Sara aan het spelen is. Een paar ogenblikken kan ik alleen maar naar hem staren. Dan herpak ik mezelf en richt me op Celine, die bij me is komen staan met een losse veter. Die afleiding komt nu goed van pas. Ik zet het theeglas op tafel, buk me en strik de veter met een dubbele knoop. Als ik weer rechtop ga zitten en een slok van mijn thee neem, zie ik dat John inmiddels bij Sara in de poppenhoek staat. De begroeting tussen vader en dochter is zo aandoenlijk dat het me een warm gevoel bezorgt. Ik probeer mezelf ervan te overtuigen dat dit door de thee komt, die nog een tikkeltje aan de hete kant is. Het is opvallend dat John zo'n andere man is bij zijn dochter. In contact met haar oogt hij warm en liefdevol. Naar de leiding is hij zakelijk en een beetje kortaf. Hij zou toch op z'n minst gedag kunnen zeggen als hij binnenkomt?

Sara laat haar vader de pop zien waarmee ze speelde. Ze kijkt een ogenblik mijn kant op en lijkt dan een beslissing te nemen, want ze laat de poppenhoek voor wat het is en dirigeert haar vader naar het keukentje. Daar laat ze hem plaatsnemen, om net als de grote mensen thee te drinken. Vol trots komt ze aanzetten met een dienblad met daarop een wiebelig speelgoedserviesje. Het is een uiterst komisch gezicht Sara's vader op het kleine stoeltje te zien zitten, het contrast is zo groot. Arie, die nog steeds naast me aan tafel zit, doet weinig moeite zijn ogen op iets anders te richten dan op John van der Meulen. Hij laat zijn fruit-schil-act voor wat het is en stoot me aan met zijn elleboog. Lachend gebaart hij met zijn blik in de richting van het schouwspel. Ik kan niet anders dan met hem mee lachen en hoewel we op een afstandje van hem zitten, heeft Sara's vader het door. Hij laat een speelse glimlach zien, maar blijft in zijn rol.

'Wil je suiker in je thee?' vraagt Sara, terwijl ze net doet alsof ze de kopjes vult met de grote theepot.

'Graag.'

Sara pakt het suikerpotje en schept enthousiast de 'suiker' in de 'thee'.

'Dank je wel, dat lijkt me voldoende', zegt John na zes schepjes met een serieus gezicht.

'Alsjeblieft.' Sara gaat verzitten en nipt met een kaarsrechte rug en haar pink omhoog van haar thee.

'Is die van jou ook zo heet?'

'Ja, maar dan moet je blazen. Kijk zo...' Sara doet het voor. 'Papa...' zegt Sara ineens. 'Met welke auto ben je?'

'Met de grote. Hoezo?'

'Nou, ik vind die met zonder dak zo leuk.'

'Aah, maar daar moet het wel lekker weer voor zijn, Saartje.'

'Ik ben niet Saartje. Ik ben Sa-ra!'

'Dat weet ik toch wijsneus. Hé, zullen we even opruimen?'

Sara knikt en begint gelijk. Haar vader helpt haar een poosje en komt dan naar Arie en mij toe gelopen. Arie hervat zijn fruit-schil-act meteen.

'Alice, ik kom Sara vandaag eerder ophalen. De vaderdochtertijd schiet er de laatste tijd een beetje bij in. Ik ben eerder van m'n werk vertrokken om een paar uur extra met Sara door te kunnen brengen. Het spijt me als ik daarmee jullie planning in de war schop.' Hij wijst naar het fruit. Ik voel me direct ontzettend stom, omdat we daarnet helemaal niet zo hard werkten als John wellicht denkt.

'Nee, dat is geen probleem. Het is voor Sara ook erg leuk om extra tijd met haar vader door te brengen.' Oh, wat bazel ik nou. Nu is het net alsof ik suggereer dat ouders die hun kind naar de opvang brengen, nooit tijd doorbrengen met hun kind. Terwijl Sara's vader zo liefdevol meegaat in het spel van zijn dochter.

'Dat is dan geregeld', reageert hij met een charmante glimlach.

Als ze even later weg zijn, vraagt Arie of ik dat gehoord had.

'Wat gehoord?'

'Over die auto's! Sara zei: met welke auto ben je? Hoe rijk is die gast wel niet? Weet jij wat voor werk hij doet?' vraagt Arie nieuwsgierig.

'Ik heb geen idee.'

'Nee, nou ik dus ook niet. Maar wat ik wel weet is dat het waarschijnlijk goed betaalt. Ik heb nu twee auto's voorbij zien komen en die Cabrio maakt drie.'

Kiki doorkruist mijn groep. Ik kijk naar haar tuinbroek van lichtblauwe spijkerstof, met daaronder een strakzittend wit shirtje. Een nonchalante en stoere look, die ik zelf nooit naar mijn werk zou aantrekken, maar die wel perfect bij Kiki past. Ze trekt haar wenkbrauwen op naar Arie. 'Hou jij Johnnyboy soms in de gaten?'

'Natuurlijk doe ik dat!' reageert Arie triomfantelijk.

'Drie auto's dus...' zegt Kiki bedachtzaam. 'Waar wij het bestaan van afweten. Wie weet zijn er nog wel meer.'

'Ja, het zou goed kunnen dat Sara's moeder ook een eigen auto heeft. Hebben we haar eigenlijk al een keer gezien?'

'Nee', geef ik Arie antwoord. 'John heeft Sara vorige week elke dag zelf opgehaald.'

Arie knikt. 'Misschien heeft Sara's moeder een nog belangrijkere baan dan haar man. Al die auto's moeten toch ergens van betaald worden.'

'Man?' vraagt Kiki alert. 'Wie zegt dat ze getrouwd zijn? Misschien is de moeder helemaal niet in beeld.'

'Ze zijn getrouwd', breng ik in. 'En Sara's moeder is in beeld. Op het inschrijfformulier staan zowel de gegevens van vader als van moeder ingevuld. En moeder heet ook Van der Meulen, zag ik. We weten dus dat ze allebei een rol in Sara's leven spelen.'

Arie knikt langzaam. 'Toch jammer dat er geen intakegesprek is geweest.'

'Hoezo?' vraag ik. 'Had je Sara's vader op de man af willen vragen hoeveel auto's ze hebben?'

'Nee, natuurlijk niet. Ik denk dat ik gewoon benieuwd ben naar het gezin Van der Meulen.'

'Ga je alsnog een intakegesprek voeren Alice?' vraagt Kiki. 'Mocht je het te druk hebben, dan wil ik het met alle liefde van je overnemen, hoor.'

'Een uur lang tegenover John aan tafel zitten', mijmert Arie. 'Oef, daar hou ik me ook voor aanbevolen. Kunnen we het gesprek niet met z'n drieën voeren? John weet toch niet wat gebruikelijk is hier.'

'Wat heb ik toch een behulpzame en meedenkende

collega's', reageer ik. 'Helaas moet ik jullie teleurstellen. Er komt geen intakegesprek. Ik denk dat we het wel redden met de informatie die we hebben. Vorige week heb ik hem een beknopte versie van de belangrijkste informatie gegeven en alle belangrijke gegevens staan vermeld op het inschrijfformulier.'

Kiki haalt haar schouders op. 'Jammer, ik zou zo'n voor de hand liggend onderonsje met John echt niet aan m'n neus voorbij laten gaan.'

*

Een paar dagen later komen Daan en ik aan bij mijn ouderlijk huis in Den Helder. Het is zaterdagmiddag en ik heb een weeïg gevoel in mijn onderbuik. Een bekend soort spanning, aanwezig sinds de dag van het bewuste telefoontje, jaren geleden. Gek genoeg heeft het telefoongesprek, waarna mijn toekomst in een klap veranderde, niet eens op deze plek plaatsgevonden. Het was op de dijk in Den Helder, daar waar je Texel aan de overkant kunt zien liggen, dat ik mijn vaders stem hoorde via het mobieltje aan mijn oor. Ik kan me de letterlijke tekst die hij die dag sprak nog herinneren. Woord voor woord. Ook al zijn er inmiddels jaren verstreken. Na het telefoongesprek heeft het huis waar ik ben opgegroeid, nooit meer hetzelfde aangevoeld als daarvoor. Alsof het gebukt gaat onder de nasleep van een onveranderlijke geschiedenis.

Ik haal diep adem en probeer bij het uitademen de spieren in mijn nek en schouders te ontspannen. Daan legt een geruststellende hand op mijn arm en glimlacht. Dan drukt hij op de bel.

Na een paar seconden horen we voetstappen naderen. Lang, sluik, bruin haar en een gezicht dat een beetje bleek aandoet, verschijnen in de deuropening. Lisette zou wat vaker naar buiten moeten gaan om een gezond kleurtje op te doen, besef ik, terwijl ik mijn zus gedag zoen. Ze ziet er slim uit, die zus van mij. Het beroep van huisarts past bij haar uiterlijk.

'Hoi zusje. Goede reis gehad? Hoe gaat het met jullie?' vraagt Lisette tussen drie welkomstkussen door.

'Goed hoor. Met jou? Pascal niet mee op de thee vandaag?' vraag ik naar mijn zwager.

'Hij is aan het werk in het ziekenhuis, maar schuift straks aan bij het eten.' Lisette en Daan begroeten elkaar.

Van de hal gaan we door naar de woonkamer en ik loop meteen naar het dressoir, waar de foto van mijn vader op staat. Ik blijf er even voor staan.

'Hoi pap', zeg ik zacht. Ik kijk naar de foto en glimlach zwak. Dan open ik de la van het dressoir onder de foto en pak een doosje lucifers om het kaarsje dat bij de foto staat aan te steken. Mijn moeder komt de woonkamer binnenlopen. In haar handen heeft ze een groot dienblad met daarop een glazen theepot, kopjes en versgebakken cake. Ik blaas het opkruipende vlammetje van de lucifer uit en glimlach naar mijn moeder. 'Hoi mam.'

Mijn moeder onderbreekt haar loopje naar de salontafel en kijkt even gebiologeerd naar het brandende kaarsje, bij papa's foto. Dan herpakt ze zich en loopt door. 'Kom jongens, laten we gezellig theedrinken!'

Na een eerste kopje thee en het bespreken van de gebruikelijke onderwerpen, bedenk ik me waar Daan en ik eigenlijk voor komen. We willen mijn familie iets vertellen. Ik zie er een beetje tegenop en kijk naar mijn moeder en zus, die vrolijk met elkaar aan het kletsen zijn. Misschien is dit wel een goed moment om erover te beginnen.

'Daan en ik hebben een leuk nieuwtje', breng ik zo enthousiast mogelijk ter sprake.

'O ja? Nou, vertel Alice. Lekkere cake is dit trouwens mam.'

Mijn moeder knikt. 'Lekker hè? Recept van tante Gerda. Wil jij geen plakje, Alice?'

'Jawel, ik pak zo...'

'Doen hoor, hij is echt lekker. Valt je niks op aan de thee? Die had jij vorige keer voor me meegenomen, uit dat theezaakje in Utrecht.' Mijn moeder pakt de glazen theepot van de salontafel en vult opnieuw onze kopjes.

'Ik dacht het al te ruiken. Als je het lekkere thee vindt, kan ik ook weleens een van de andere smaken voor je meebrengen... Maar wat ik wilde zeggen...'

'Dat is goed', onderbreekt mijn moeder me. 'Maar liever geen groene thee.'

'Mam, Alice wil ons iets vertellen', helpt Lisette.

Er valt een stilte, waarin mijn moeder en zus me afwachtend aankijken. Ik merk hoe ik een tikkeltje zenuwachtig word en haal diep adem.

'We zijn op zoek naar een koophuis!' roep ik vrolijk en een beetje zangerig.

Mijn moeder en zus kijken elkaar aan, maar er volgt geen reactie, dus praat ik verder.

'We wonen natuurlijk al drie jaar samen, dus het wordt tijd voor de volgende stap. We kijken er ontzettend naar uit!'

'Goh, zijn jullie alweer ruim drie jaar een stel?' vraagt mijn moeder nadenkend.

'We hebben een gesprek gevoerd bij de bank', zegt Daan. Hij gaat niet in op mijn moeders vraag. 'In het gesprek werd duidelijk wat we aan hypotheek kunnen krijgen. Tot nu toe hebben we vier woningen bezichtigd.'

'Goh...' zegt mijn moeder opnieuw.

'Dit is het moment waarop jullie mogen zeggen dat je het heel leuk voor ons vindt', probeer ik de spanning te breken.

'Ja, natuurlijk schat. Natuurlijk zijn we blij voor jullie', antwoordt mijn moeder ten slotte, na een stilte die iets te lang aanhoudt.

Daan legt zijn hand op mijn bovenbeen en knijpt er even in. Alsof we een onderonsje hebben waarin we mijn moeders reactie in stilte vieren.

'Ik snap heel goed dat jullie weg willen uit dat huurflatje in Overvecht', praat mijn moeder verder. 'Jullie hebben het daar nog aardig lang uitgehouden.'

'Dus nu gaan jullie iets groener wonen?' vraagt Lisette. 'Weg uit de Randstad? Kom je terug naar Den Helder?'

'Hoe komen jullie daarbij?' Ik hoor zelf de verontwaardiging doorklinken in mijn stem en merk dat ik geïrriteerd raak.

'We zijn er nog niet over uit welke wijk het gaat worden', neemt Daan het gesprek over. 'Maar we zoeken een koophuis in Utrecht. De komende tijd gaan we verschillende woningen bezichtigen. Kijken wat goed voelt.'

Mijn moeder bijt gefrustreerd op haar lip, maar kan het uiteindelijk toch niet laten iets te zeggen. 'Maar Utrecht is toch veel te duur? Zonde van het geld om daar een huis te kopen. Hier in Den Helder is het goed toeven, toch Lisette?'

Lisette knikt gretig en ik zend Daan een wanhopige blik.

'Vertel ze over papa's spaarpotje mam...' praat Lisette ongestoord verder. Zo te zien heeft ze geen enkel benul van mijn irritatie. Ze kijkt mama betekenisvol aan.

Mijn moeder neemt demonstratief een hap van haar plak cake en maakt een gebaar naar Lisette, wat aangeeft dat ze het zelf maar moet vertellen.

'Toen Pascal en ik een huis kochten, vertelde mama dat papa vroeger een spaarrekening voor ons had lopen. Niet de rekening waar de kinderbijslag op gestort werd en waarop ze spaarden voor onze studie, maar een andere spaarrekening. Ik mocht jou er destijds niks over vertellen. Het was papa's idee geweest ons er pas van op de hoogte te brengen op het moment dat we zelf een huis zouden gaan kopen. Dus er komt een mooi geldbedrag voor je vrij.'

'Wow...' Ik laat de woorden even bezinken en hef mijn theekopje in een proostgebaar naar papa's foto op het dressoir. 'Dank je wel pap. Gaaf cadeau.'

Daan glimlacht om mijn gebaar en doet hetzelfde met zijn theekopje. 'Proost.'

'Helaas heb jij je schoonvader nooit gekend Daan', zegt mijn moeder met een ernstig gezicht. 'Maar zoals je weet was hij bankier en had hij z'n zaakjes tiptop in orde. Hij heeft een aardig potje opgebouwd dat jullie direct in de hypotheek kunnen stoppen. Al wil ik hier wel direct bij zeggen dat het geld van Alice is, en de helft niet per definitie van jou is. Op het moment dat het vrijkomt wil ik dat jullie dit ook zo bij de notaris laten vastleggen.'

'Geen probleem', reageert Daan meteen.

Ik zucht. 'Mam, moet dat nou?'

'Het geeft echt niet, Alice', antwoord Daan. 'Ik begrijp

best hoe je moeder hierin staat en dat ze er geen misverstanden over wil laten bestaan.'

'Precies', bevestigt mijn moeder. 'Ik zeg toch niks geks? Jij vindt geld een vies woord, maar je kunt er maar beter duidelijk over zijn.'

'Mama heeft wel een beetje gelijk', neemt Lisette het voor haar op. 'Dat jij geld een vies woord vindt, bedoel ik.'

Met gefronste wenkbrauwen kijk ik ze beurtelings aan.

'Geld boeit jou niet. Dus het is juist fijn dat mama met je meedenkt, zodat alles goed op papier komt te staan. Dat is alleen maar voor je eigen bestwil. Niks persoonlijks overigens, hoor Daan.'

Daan heft zijn handen op. 'Geen probleem.'

'Geld doet jou niks', herhaalt Lisette, terwijl ze me blijft aankijken. 'Ga maar na... Je werkt nog altijd in de kinderopvang, terwijl je een hbo-diploma op zak hebt. Je vriend werkt in de bouw en, sorry Daan, niet om je te beledigen, maar daar hoef je niet bepaald hooggeschoold voor te zijn. Dat maakt jou allemaal niet uit, Alice.'

Ik open mijn mond om iets te zeggen, maar mijn moeder is me voor.

'Dat is toch niet beledigend? Het zijn toch gewoon de feiten? Kijk, voor Lisette en Pascal was het kopen van een huis een heel ander verhaal. Zij hadden het zonder dat geld ook wel gered.'

'Wij redden het ook prima zonder hulp!' reageer ik fel.

'Nou, laten we wel wezen. Daan en jij zijn nou eenmaal geen kno-arts en huisarts. Voor jullie is het geld meer dan mooi meegenomen, lijkt me. Jullie kunnen nu opnieuw met de bank praten en een hogere hypotheek afsluiten.'

Ik kijk naar Daan, in de hoop dat hij de verontschuldiging

voor het gedrag van mijn moeder en zus van mijn gezicht kan aflezen.

Mijn moeder praat ongestoord verder. 'Eerlijk gezegd zou ik het erg op prijs stellen als mijn kleinkinderen later niet opgroeien in zo'n buurtje als waar jullie nu wonen.'

3

LATER DIE AVOND RIJDEN WE TERUG NAAR UTRECHT. WE passeren het voetbalstadion in Alkmaar en rijden de A9 op. Daan neuriet vrolijk mee met de liedjes op de radio. De uitspraken van mijn moeder en zus lijken geen effect te hebben gehad op zijn humeur. Het werd uiteindelijk ook wat gezelliger toen Pascal zich bij ons voegde. Mijn zwager brengt altijd een zweem van vrolijkheid met zich mee. Als kno-arts heeft hij genoeg verhalen te vertellen. Gek genoeg kan hij op een leuke manier uitweiden over het verwijderen van poliepen, plaatsen van buisjes in trommelvliezen en cameraatjes die via een slang in de neus naar de keel worden begeleid. Terwijl mijn moeder en Lisette elkaar met opgetrokken neus aankeken en opmerkingen maakten als: 'Moet dit? We zitten nota bene te eten!' hadden Pascal, Daan en ik de grootste lol.

Toch lukt het me niet de woorden van mijn moeder en zus los te laten. Er zijn uren verstreken, maar het zit me nog steeds niet lekker.

'Best raar toch?' Ik kijk opzij naar Daan. Hij stopt met neuriën en trommelt in plaats daarvan ritmisch met zijn vingers op het stuur. 'Toen m'n moeder en zus begonnen over het geld van papa was ik zo blij. Niet vanwege het geld, maar ik vind het zo'n mooi gebaar van m'n vader. Hij heeft Lisette en mij iets nagelaten waar wij het bestaan niet van afwisten. Hij heeft ons willen verrassen op deze manier. Dat is toch heel lief?'

'Zeker.'

'Het is gewoon zo jammer dat het blije gevoel daarna snel veranderde. Mijn moeder en zus maakten er iets anders van...' Ik zucht en staar even voor me uit, naar de andere auto's op de snelweg. 'Ik vind het idee van het geld steeds minder leuk, moet ik eerlijk bekennen.'

'Hoezo? Het geld is en blijft een cadeau van je vader.'

'Ja, maar mijn moeder en Lisette gebruiken het nu als excuus om hun oordeel over ons uit te spreken. Alsof ze daar nu het recht toe hebben, alleen omdat er een geldbedrag tegenover staat.'

'Dat oordeel is er toch wel. Met of zonder het geld.'

'Ik zou gewoon liever hebben dat ze hun mening, of beter gezegd hun kritiek, voor zich houden.'

'Dat snap ik, lieverd...' Daan kijkt in zijn spiegels, geeft richting aan en schuift in een vloeiende lijn een rijbaan op naar links, om een traag rijdende auto voor ons in te halen.

'Het is niet mijn bedoeling iemand te beledigen', praat ik mijn zus na. '"Maar ik meen toch te moeten zeggen dat je vriend laag is opgeleid. En ik vind dat je je ware potentie niet tot uitdrukking laat komen, je kiest er al jaren voor onder je opleidingsniveau te blijven werken."'

Daan kijkt opzij en glimlacht flauwtjes. 'Het zit je echt dwars hè?'

'Natuurlijk zit het me dwars! Het is voor jou toch ook niet leuk?'

'Ach, ik weet hoe ze zijn.' Hij haalt nonchalant zijn schouders op. Dan vertrekt zijn mond in een scheve grijns. 'Ik mag het eigenlijk niet zeggen, maar ik vind het niet heel erg dat we ruim anderhalf uur rijden van je familie vandaan wonen. Laten we dat vooral zo houden.'

Ondanks mijn frustratie heeft Daan het toch voor elkaar weten te krijgen een glimlach op mijn gezicht te toveren.

'Wat ik nooit begrepen heb, waarom zijn je moeder en zus eigenlijk zo gericht op status?'

'Wie zal het zeggen? Zo zijn ze altijd al geweest. Mijn vader was compleet anders. Hij was een gevoelsmens. Een dromer. Net als ik. Mama en Lisette zijn twee handen op een buik. Qua karakter lijk ik ontzettend op papa. Het is zo jammer dat hij er niet meer is...' Er komt een gevoel bovendrijven dat ik niet de ruimte wil geven. Ik slik en wil het klein houden. Wegdrukken. Ik moet voorkomen dat het gevoel zich uitbreidt en volledig beslag van me neemt.

*

Op maandag loop ik een rondje over mijn groep en help Celine en Marit met het aankleden van de poppen. De twee meisjes zijn vriendinnen en spelen altijd samen. Ik koop een pak melk en een brood in het winkeltje bij een vijfjarige kleuter en kijk of hij er al enig idee van heeft wat zoiets ongeveer kost. Helaas, bij de kassa moet ik maar liefst honderd euro afrekenen.

Rond zessen zijn bijna alle kinderen opgehaald. Kiki en ik zitten met het overgebleven groepje in één groepsruimte, terwijl Arie de andere twee lokalen opruimt en afsluit. Kiki pakt de aantekeningen van de vergadering van vorige week erbij om op de computer de notulen uit te werken.

'Red je het?' vraagt ze.

'Ja joh, alleen de tweeling nog, Sara en o, daar is de moeder van Philip.'

Kiki loopt de keuken in, waar de computer staat, terwijl ik door het raam van mijn groep naar buiten kijk en de auto van Philips moeder herken. Ik ben heus geen autofreak, maar als je soms lang zit te wachten totdat de laatste kinderen opgehaald worden, je honger hebt en gewoon naar huis wil, ga je letten op de auto's die aankomen. Dat ik bijna alle auto's waar de ouders van de kinderen in rijden herken, is een bijkomstigheid van dit werk.

'Philip, ga je jas en tas maar vast pakken. Mama is er.' De moeder van Philip lijkt altijd haast te hebben en is erop gebrand dat haar zoon klaarstaat als zij aankomt. Zelf ben ik helemaal geen voorstander van het dumpgedrag van sommige ouders, maar in het geval van Philips moeder vind ik het niet erg. Ze is nou eenmaal niet mijn favoriete ouder om gezellig een praatje mee te maken. Ik zorg er dus voor dat Philip klaarstaat. Als ik het jongetje help zijn jas dicht te ritsen en hem zijn tas omdoe, loopt zijn moeder met flinke passen binnen.

'Ah goed, je staat al klaar. Ik heb een verschrikkelijke

dag gehad, verschrikkelijk! Kom op Philip, zeg die leidster even gedag.'

Het feit dat de moeder van Philip mijn naam niet weet, overschaduwt de verschrikkelijke term 'leidster'. Ze zegt nog net niet oppas. Erger vind ik het dat ze arme Philip van vijf niet vraagt hoe zijn dag is geweest. Heeft hij lekker gespeeld? Ze toont geen enkele interesse in hem. Uit frustratie bijt ik op mijn lip. Philip zegt mij en de kinderen gedag en loopt gauw achter zijn moeder aan die de deur alweer uit is.

'Spelletje doen!' roept Sara, die enthousiast tegen mijn been aanduwt.

'Goed, zoek maar een spelletje uit. Ahmed en Dilara, willen jullie ook meedoen?'

'Ja!' De tweeling staat op en samen met Sara zoeken ze een spelletje uit. Het wordt ganzenbord. Als iedereen zijn kleur gans heeft uitgezocht, kan het spel beginnen. Ik merk dat Sara er nog niet veel kaas van heeft gegeten, maar ze is dan ook pas net vier. De tweeling, die al een stuk ouder is en bij Arie op de groep zit, verbetert haar steeds.

'Nee Sara, als je daar komt moet je een beurt overslaan. Je bent nu niet aan de beurt!'

Sara kijkt vragend naar mij om te controleren of het klopt wat de tweeling zegt en ik knik naar haar met opgetrokken wenkbrauwen, om aan te geven dat ze inderdaad even moet wachten. Vanuit mijn ooghoek zie ik ineens dat we bezoek hebben. Sara's vader staat met een schouder tegen de deurpost geleund, geamuseerd naar ons te kijken. Ik heb geen idee hoelang hij daar al staat. Hij houdt zijn wijsvinger voor zijn lippen. Ik glimlach naar hem en richt me weer op het spel. Wat ineens lastig gaat, omdat ik me er niet meer zo goed op kan concentreren.

'Wie is er aan de beurt?' vraag ik.

'Jij!' zegt Ahmed belerend. Ik heb inderdaad even niet opgelet.

'O, oké. En wat moet ik gooien?'

'Een zes.'

Ik gooi, de dobbelsteen rolt even en komt uit op een zes. 'Há!' juich ik.

'Nou!' zegt Ahmed. Hij laat duidelijk horen dat hij baalt.

'Jij vroeg om een zes, dus alsjeblieft, een zes!'

Ahmed die zijn armen over elkaar heen heeft geslagen en zijn hoofd boos naar beneden keert, is het er niet mee eens. Dus grijp en kietel ik hem tot hij weer een beetje moet lachen. Zijn zus Dilara, die meteen mee kietelde zegt, 'Alice is ook altijd heel goed! Hé kijk, Sara. Je vader.'

Sara kijkt op en als ze haar vader ziet, rent ze op hem af.

'Hé kleine meid, was je aan het winnen?'

'Nee, ik moest steeds wachten en nu is het klaar', zegt Sara met een beteuterd gezicht.

'Wat vervelend. Was het wel leuk?'

'Héél leuk, en Dilara is nu ook mijn vriendin.'

'Wat fijn zeg en die jongen ook?'

'Dat is Ahmed, zij zijn tweeling.'

'En is Ahmed ook jouw vriend?'

'Natúúrlijk! Zij zijn twéé-ling.'

John glimlacht en loopt vanaf de deuropening verder mijn groep op. 'Zeg Saar, waar zijn je schoenen?'

'Volgens mij staan ze nog bij de verkleedkleren', help ik Sara herinneren. 'Kijk daar maar even.'

Sara gaat kijken bij de verkleedkleren, op de voet gevolgd door Dilara en Ahmed. Sara's vader en ik blijven met z'n tweeën achter in de groepsruimte, die ineens veel te klein en ongemakkelijk aanvoelt. Ik kijk naar hem. Zijn charme overvalt me als een enorme vloedgolf die ik niet heb zien aankomen. Ik slik iets weg.

'Het is leuk om te zien hoe je met de kinderen omgaat. Ze zijn echt gek op je', zegt John.

Ik realiseer me dat dit de eerste keer is dat Sara's vader mij een compliment maakt en voel me trots. 'Dank je. Stond je daar al lang?'

'Een tijdje...'

Plotseling krijg ik het gevoel dat ik bloos. Ik sla mijn ogen neer en als ik weer opkijk, zie ik dat Sara's vader naar me staat te kijken. Hij heeft een vermakelijk glimlachje rond zijn mond.

'Uhm, ja...' stamel ik. 'Even kijken of Sara haar schoenen kan vinden.' Ik draai me om en loop bij hem vandaan. Dit is echt belachelijk. Ik heb me zojuist gedragen als een van mijn kleuters. Alsof ik een overjarige puber ben die niet eens een fatsoenlijk praatje kan maken met de vader van mijn kinderen. Nou ja, niet de vader van *mijn* kinderen! Ik ben blij dat ik dat niet hardop heb gezegd. Dat was vele malen erger geweest dan blozen vanwege een heerlijke man. Een prachtige man, die getrouwd is en een kind heeft. En ik, ik heb Daan. Waarom doe ik zo raar?

'Sara, heb je je schoenen gevonden?' roep ik voordat Dilara, Ahmed en Sara in mijn gezichtsveld verschijnen. Oké Alice, focus. Je bent op je werk. Je loopt zo met Sara terug naar John en doet normaal.

Sara en de tweeling komen mijn kant op lopen. Ik kijk

naar Sara's voeten, gestoken in haar schoenen, de veters keurig gestrikt.

'Kijk!' roept Sara. 'Klaar!'

'Goed zo, heb je dat helemaal zelf gedaan?' Sara knikt trots en Dilara schudt glimlachend haar hoofd. 'Kom maar, papa staat al te wachten.'

We lopen terug naar John, die het jasje en de rugzak van Sara intussen gepakt heeft. Hij helpt haar met het aantrekken ervan.

'Wat gaan we eten?' wil Sara weten.

'Dat weet ik nog niet. Zullen we dat in de supermarkt bedenken of weet je nu al waar je trek in hebt?'

Sara denkt even na en glundert. 'Pannenkoeken!'

'Oké, kleine meid. Vanavond eten we pannenkoeken.'

*

Het is na werktijd. Arie, Kiki en ik hebben net afgesloten en elkaar 'eet smakelijk en tot vanavond' gewenst. Ik steek de sleutel in het slot van m'n fiets en begin aan het fietstochtje naar huis. Als ik langs een rij geschakelde woningen fiets, voorbij De Wegwijzer en De Paddenstoel, snuif ik de geur van nasi op. De heerlijk kruidige geur wordt door het ventilatierooster van een hoekhuis verspreid. Mijn maag knort luidruchtig en even denk ik terug aan Sara en haar vader. In de afgelopen week heeft Sara twee keer het eten mogen kiezen. Op maandag werden het pannenkoeken en vandaag zei Sara dat ze graag lasagne wilde eten. Ik hoop maar dat Sara's moeder ook van pannenkoeken en lasagne houdt. Het is bijzonder dat ik haar nog nooit heb gezien. Ze zal haar dochter toch vroeg of laat zelf wel een keer komen ophalen...

Ik fiets langs een laan met oude kastanjebomen en mijn gedachten gaan van de nog onbekende mevrouw Van der Meulen naar meneer Van der Meulen. Bij de overdracht van Sara had hij me lichtelijk van mijn stuk gebracht. Iets wat heel ongebruikelijk is voor mij, en het irriteert me. Natuurlijk zijn er in de jaren dat ik samen ben met Daan mannen geweest die de moeite van het kijken meer dan waard waren. Nooit heb ik er iets mee gedaan. En geen enkele keer bracht het me in verwarring, mijn liefde voor Daan is immers immens groot. Het is nooit eerder voorgekomen dat ik me ongemakkelijk voelde bij een man. Ongemakkelijk. Op een vleiende, prikkelende manier en tegelijkertijd gênant en volstrekt ongepast. In bijzijn van Sara's vader gedraag ik me klunzig. Het lukt me niet goed de professional te zijn die ik bij andere ouders wel ben.

Als ik door het tunneltje vlak bij huis fiets en erover nadenk waar dit aan ligt, besef ik ineens dat het niet alleen mijn eigen schuld is. Ik moet mezelf niet zo op m'n kop geven. Sara's vader lijkt dit effect gewoonweg te hebben op vrouwen... En op Arie, niet te vergeten.

Ik denk aan afgelopen week. Op een bepaald moment was het druk op mijn groep, wel tien ouders kwamen tegelijkertijd hun kleuter ophalen. Sommigen wilden mij nog spreken en moesten zelfs even wachten. Terwijl ik met de vader van Thijs – die altijd een grijze trui draagt en zo'n verpletterend saaie uitstraling heeft dat we hem geen plekje in de Hot Daddy List hebben gegeven – besprak dat het misschien beter is voorlopig twee setjes schone kleren mee te geven in plaats van één, zag ik over zijn schouder hoe een groepje moeders zich verzamelde rond John van der Meulen. Ze hielden hem allemaal nauwlettend in de gaten. Elke beweging werd met een glimlach op het gezicht en een dromerige blik in de ogen gevolgd. John nam geen aanstoot aan al het bekijks. Hij had alleen maar oog voor zijn dochtertje.

Ik rem en voeg me bij twee andere fietsers die voor een rood stoplicht staan te wachten. Op de een of andere manier stelde het me gerust om te zien dat het niet alleen aan mij ligt. Iedereen ziet dat John van der Meulen een bijzonder exemplaar is.

'Hoe staat het met de huizenzoektocht, Alice?' vraagt Kiki.

Ik kijk op naar Arie en Kiki, die me vanboven hun cocktailglas onderzoekend aankijken.

'Goed. Morgen is er een openhuizendag. Daan en ik hebben op de woningsite verschillende huizen bekeken en samen een route uitgestippeld met de meest interessante woningen.'

'Leuk', reageert Kiki. 'Dus morgen gaan jullie ze in het echt bewonderen?'

Ik knik en bijt het stuk ananas van de schil, dat op de rand van mijn glas als decoratie fungeerde.

'Ik ben benieuwd of er een woning voor jullie tussen zit. Trouwens... Wat is die Sara een pittig grietje, hè? Zo vrolijk en keurig opgevoed.' Kiki neemt een slok van haar mojito.

'Ja, zeker. Stiekem is ze toch wel een beetje het lievelingetje van mijn groep aan het worden.'

'Net als haar vader', grapt Arie.

'Ze heeft ook al helemaal haar plekje gevonden bij ons', praat ik over zijn opmerking heen. 'Ze mengt zich prima tussen de andere kinderen. Iedereen vindt haar lief en ze willen allemaal haar vriendje zijn.'

'Ook dat heeft ze van haar vader.'

Kiki en ik kijken Arie niet begrijpend aan.

'Ik wil ook heel graag Johns vriendje zijn', legt hij lachend uit.

'Hoelang zit Sara nu bij ons op de bso?' vraagt Kiki, als we alle drie uitgelachen zijn.

Ik denk er even over na. 'Drie weken alweer.'

'En Sara wordt nog altijd alleen maar door haar vader opgehaald?'

Ik knik, waarna ik het laatste slokje van mijn cocktail achterover giet.

'Begrijp me niet verkeerd...' zegt Arie. 'Ik vind het heel leuk John elke keer te zien. Maar is het niet vreemd dat we Sara's moeder nog helemaal niet hebben ontmoet? Ik ben nu toch wel benieuwd hoe het zit...'

'Ja, daar heb ik ook over nagedacht', beken ik eerlijk. 'Maar het is niet zomaar iets waar je naar vraagt als Sara's vader er niet zelf over begint, toch?'

'Daarom had je ook moeten aandringen om het intakegesprek alsnog te voeren', concludeert Kiki. 'Dan was het heel normaal geweest dat John je iets zou vertellen over het gezin waar Sara uit komt.'

'Mevrouw Van der Meulen moet wel heel knap zijn, met een man als John...' mijmert Arie verder. 'Ach, we komen er nog wel achter wie ze is. Ik ben in ieder geval heel blij met de komst van het gezin Van der Meulen. In de drie weken dat Sara nu bij ons op de opvang zit is de lijst der lijsten nog kleurrijker geworden. Vinden jullie niet?'

Ik knik bevestigend. 'Over kleur gesproken... Deze week

was Maarten, de vader van Thijs, er weer met zijn grijze trui. Kun jij hem niet een keer wat kleur geven Kiki?'

'Geen denken aan!' roept Kiki uit. 'Die grijze truien passen perfect bij zijn kleurloze karakter. Ik voel me totaal niet geroepen daar verandering in te brengen!'

Arie grinnikt. 'Het is misschien niet heel aardig om te zeggen, maar ik snap best dat z'n vrouw er de brui aan heeft gegeven. Toch is er nog hoop voor Maarten... Een nacht met Kiki geeft hem misschien zo'n boost dat we een plekje in de Hot Daddy List moeten overwegen.'

'Hou op hoor! Hij komt nooit in aanmerking voor de lijst. Ik ben dan misschien niet altijd even kieskeurig met mannen, volgens jullie, maar met hem... Nooit!' Kiki zet haar woorden kracht bij door een flinke slok van haar mojito te nemen en haar glas hard op tafel terug te zetten. Arie en ik grijnzen.

'Hoe was je familiebezoek eigenlijk vorig weekend, Alice?', vraagt Arie. 'We hebben elkaar de hele week gezien, maar ik heb er helemaal niet naar gevraagd.'

'Geeft niks.'

'Vertel... Hoe reageerden je moeder en zus op jullie plannen om een huis te kopen?'

Ik trek een gezicht, waarop Arie en Kiki moeten lachen.

'Zo goed dus?' Arie wijst naar mijn lege glas. 'Nog een pina colada?'

Ik volg zijn blik over het volle terras en zie dat alle cafés op de Neude bommetje vol zitten.

Arie steekt zijn hand op naar een ober die onze kant uitloopt en bestelt nog een pina colada en twee mojito's.

Ik wacht even tot de ober de bestelling heeft opgenomen en weer wegloopt van ons tafeltje. 'Nou, het was niet zo dat mijn moeder spontaan de thee verruilde voor een flesje bubbels om mee te proosten... Eerlijk gezegd voelde ik de bui al een beetje hangen. Ze zijn nu eenmaal niet de types voor blij verraste gezichten en groepsknuffels. Of het sturen van een kaartje, waarop ze vermelden hoe leuk ze de nieuwe stap in ons leven voor ons vinden.'

'Jammer. Zo te horen ben jij heel anders dan je familie', constateert Kiki.

Arie, die altijd zijn best doet op verjaardagsfeestjes even een praatje met mijn moeder en zus te maken, wat hem meestal op een stroef en ongemakkelijk gesprek komt te staan, zegt: 'Zeg dat wel! Trek je er niks van aan, hoor Alice. Dan proosten wij drieën gewoon een keertje extra vanavond!'

Ik glimlach om zijn lieve woorden.

'Je hebt toch nog je oma, van je vaders kant?' vraagt hij vervolgens.

'Mijn omaatje', ik glimlach opnieuw, bij de gedachte aan haar. 'Ja klopt. Dat is echt een fantastisch mens. Wisten jullie dat ze op dit moment in haar eentje een reis maakt door Azië?'

Arie trekt zijn wenkbrauwen op. 'Dat meen je niet!'

'Ja, het is echt waar. Ze is niet helemaal alleen. Het is gelukkig een georganiseerde reis, voor mensen van alle leeftijden. Maar ze is niet samen met een vriendin of zo. Ze kent daar niemand.

'Tjonge. Ze klinkt als een vrouw op leeftijd met een grote portie lef.'

'Wat brengt haar in Azië?' wil Kiki weten.

'Ze is vastbesloten al haar dromen te laten uitkomen', leg ik uit. 'Afgelopen jaar heeft ze een reis door Amerika gemaakt en een safaritocht in Afrika staat nog op haar lijstje. Ze is tweeëntachtig!'

'Toe maar!' Arie lacht hartelijk.

Dan verschijnt de ober met de drankjes. We heffen onze glazen.

'Proost op jouw oma!' brengt Kiki uit.

'En op je toekomstige huis, waar je nóg gelukkiger gaat worden met je droomman Daan', voegt Arie eraan toe.

4

IK VOEL DAT ER EEN HAND OP MIJN SCHOUDER WORDT gelegd. Nog voordat ik hem zie, hoor ik al aan zijn stem wie tegen me praat.

'Alice, zou ik je even onder vier ogen kunnen spreken?'

Ik draai me om en staar in het gezicht van Sara's vader. Zijn gezichtsuitdrukking is anders dan normaal gesproken. Ik schrik ervan. Misschien hoorde ik het al aan zijn stemgeluid, waren er gelijk alarmbellen die afgingen. Noem het intuïtie, iets vertelt me dat ik me schrap moet zetten voor wat komen gaat.

'Ja, natuurlijk', antwoord ik meteen. 'Kiki, zou jij even de kleuters onder je hoede willen nemen?'

Kiki knikt en neemt het handvat van het springtouw van me over. De twee meiden uit Aries groep zijn zo geconcentreerd aan het springen dat ze niet eens in de gaten hebben dat Kiki het draaien heeft overgenomen. Omdat het zulk lekker weer is, spelen de meeste kinderen buiten en het is een vrolijke bedoening op het plein. Arie is binnen met de kinderen die liever wilden knutselen en tafelvoetballen. Ik voel hoe de sfeer plotseling omslaat door de aanwezigheid van John van der Meulen. Als een wolkbreuk, waarvan geen voortekenen te bekennen waren.

'Loop maar even mee.' Ik loop voor hem uit, via de openstaande deur naar mijn groep, om vervolgens in het keukentje plaats te nemen. Al is het er niet groot, er staat wel een bureau en de deuren kunnen aan beide kanten dicht, zodat we ongestoord kunnen praten. Sara's vader neemt plaats op de andere bureaustoel, tegenover me. Hij maakt een verwarde indruk, wat me verontrust. Volstrekt het tegenovergestelde van de charismatische en zelfverzekerde man die hij normaal gesproken is.

'Waar wilde je me over spreken?'

John van der Meulen trekt zijn wenkbrauwen op en wrijft zijn duim en wijsvinger in tegengestelde richting over de rimpels die hierdoor op zijn voorhoofd verschijnen.

'Gaat het wel goed met je?' Ik hoor bezorgdheid doorklinken in mijn stem. 'Zal ik een glas water voor je inschenken?'

Sara's vader reageert niet. Toch sta ik op om een glas te vullen met kraanwater. Ik zet het voor hem neer en neem weer plaats op de bureaustoel.

John kijkt op en staart naar het logo van bso Het Speelparadijs op het glas. Er staan drie getekende kinderen op afgebeeld, die in een cirkel elkaars handen vasthouden en allemaal een vrolijk gezichtje hebben. Opnieuw voel ik me ongemakkelijk in zijn bijzijn. Maar dit keer om een heel andere reden. Ik voel aan alles dat er iets niet goed is en maak me zorgen om de man die tegenover me zit. Ik heb hem in de afgelopen drie weken vijftien keer gezien bij de overdracht van Sara, maar hij lijkt in het niets op de man die ik nu voor me heb. Alsof hij pijn heeft, moeite moet doen om zijn emoties onder controle te houden.

Sara's vader herpakt zich en lijkt weer iets van zijn omgeving te registreren. 'Er is iets waarvan ik je op de hoogte wil brengen', begint hij zakelijk. 'Omdat... Omdat het Sara aangaat.'

Ik knik half en blijf stil in de hoop dat hij verder praat.

'Het zal het gedrag van Sara waarschijnlijk beïnvloeden de komende tijd. Dus wil ik dat je weet wat er speelt.' John grijpt naar het glas dat voor hem staat en neemt een flinke slok. Alsof hij zichzelf moed wil indrinken voordat hij het hoge woord eruit gooit.

'Tot nu toe heb je bij het ophalen van Sara alleen mij gezien. Misschien was je dat nog niet opgevallen, maar het zou ook kunnen dat je je afvraagt waar de moeder van Sara is. Mijn vrouw, Eline...' Hij ziet er breekbaar uit en slikt iets weg. 'Ik besef dat ik haar nog niet eerder ter sprake heb gebracht. Eline heeft baarmoederhalskanker. Nu al een paar maanden. De artsen hebben ons, aan het begin van haar ziekte, verteld dat het goed te behandelen is. Het is een zware periode, maar we hebben ons niet gek laten maken. We staan er positief in en bovendien... Eline is sterk.' John laat een stilte vallen. Net als de stilte iets te lang aanhoudt en ik mijn mond open om wat te zeggen, besluit hij verder te gaan met zijn verhaal. 'Ik kom net uit het ziekenhuis. Vanmorgen hebben Eline en ik een gesprek gehad met haar behandelend artsen. Het heeft alles op slag veranderd. Alles staat er ineens heel anders voor. Ik besef zelf nog maar half hoe de artsen het ene moment hoopvol kunnen zijn en je het andere moment vertellen dat de kanker is uitgezaaid. De tumor is doorgegroeid in Elines blaas. Ook zijn er tumorcellen losgeraakt, die zich via de lymfe hebben verspreid. Er zijn uitzaaiingen in andere organen aangetroffen.' Hij haalt diep adem en staart in het niets voor zich uit. 'Het ziet er niet goed uit... Mijn vrouw, Sara's moeder, is vanmorgen ongeneeslijk ziek verklaard.'

Het nieuws komt binnen als een bom. Ik voel een sterke neiging opkomen om mijn hand op die van John te leggen. Ik weet niet wat ik moet zeggen. Wat kun je zeggen? Het komt wel goed? Je slaat je er wel doorheen? Er is niks wat ik nu zou kunnen zeggen dat de situatie draaglijker maakt. Niks wat troost zou kunnen bieden. Ze gaan als gezin door een onmenselijke hel.

'Wat afschuwelijk...' breng ik uit. Mijn stemgeluid lijkt niet van mezelf te zijn. 'Wat een verschrikkelijk nieuws. Ik vind het heel erg voor jullie.'

Sara's vader kijkt me aan. Zijn lege blik doet me fysiek pijn. Ik leg mijn hand op zijn hand, omdat ik niet goed weet wat ik anders zou moeten doen. John kijkt naar onze handen op het bureaublad, als hij weer opkijkt zijn zijn ogen vochtig.

'Ik neem Sara zo mee naar het ziekenhuis. Eline en ik willen het haar samen vertellen... Al is de dood een heel abstract onderwerp voor een vierjarige.'

Ik slik en probeer mijn eigen emoties in bedwang te houden. Voorzichtig trek ik mijn hand terug.

Sara's vader volgt de beweging en knippert een paar keer met z'n ogen, om zijn vertroebelde zicht helder te krijgen. 'Het zou me goed doen als je een beetje extra op Sara wil letten de komende tijd.'

'Natuurlijk. Dat spreekt voor zich. Als er iets is wat ik kan doen...'

'Een oogje op Sara houden is al heel fijn. Dat geeft me een prettig gevoel.' John fronst zijn wenkbrauwen, alsof hij zich realiseert dat zijn laatste woorden haaks staan op het gesprek dat we voeren. Ineens vermant hij zichzelf. Hij recht zijn rug en neemt een volle ademteug. Zijn gezichtsuitdrukking verandert, lijkt meer op hoe die hoort te zijn. Hij staat op en loopt het keukentje uit. Vanuit de deuropening zie ik hoe hij zijn dochter begroet. Ik kijk naar hem in zijn rol als vader. Een liefdevolle, zorgzame papa. Sara reageert even vrolijk en uitgelaten als altijd. Er springen tranen in mijn ogen als ik me realiseer wat hem straks te doen staat.

*

'Toen ze weggingen heb ik me teruggetrokken in het keukentje en een potje gehuild. Ik ken Eline helemaal niet en toch grijpt het nieuws me enorm aan.'

Daan slaat een arm om me heen. Hij heeft me de hele tijd aan het woord gelaten en viel me niet een keer in de rede. 'Je kent Eline niet, maar je kent Sara en haar vader wel', zegt hij. 'Het was zo te horen een flink beladen gesprek. Logisch dat het je van slag maakt. Dit maak je niet iedere werkdag mee.'

Ik leg mijn hoofd op zijn schouder. De huilpartij en alle

zwaarwegende emoties hebben me moe gemaakt. Ik voel me beurs vanbinnen. Na mijn werk heb ik Daan gebeld en voorgesteld een avondwandeling te maken. Hij stemde gelijk in. We hebben de auto geparkeerd bij de groene entree van de Kaapse bossen en onderweg hiernaartoe een frietje gehaald. Na een stuk te hebben gelopen zitten we nu op een van de bankjes rondom uitzichttoren de Kaap. Vaak hebben we de klim naar boven gemaakt. Boven op de toren heb je een prachtig uitzicht over de Utrechtse heuvelrug en bij helder weer kun je de Domtoren zelfs zien liggen. Vandaag slaan we de trappen over.

'Hoe reageerden je collega's?'

'Ik heb het nog niet aan Arie en Kiki verteld. Na die huilbui heb ik mijn tranen gedroogd en geprobeerd me te concentreren op het werk.'

'Misschien is het nog te vers en moet je het eerst zelf een plekje geven. Morgen vertel je het ze gewoon.' Daan laat een stilte vallen. Ik staar voor me uit en zie weer Sara's vader voor me. Zo kwetsbaar, zoveel pijn... Daan aait met rustige, geruststellende bewegingen over mijn rug. 'Zullen we naar huis gaan, schat? Dan neem je een warme douche en kruip je lekker vroeg je bed in.'

Ik knik. Het idee klinkt aanlokkelijk. 'Hoe was jouw dag eigenlijk?' vraag ik, als we over het bospad terug naar de auto lopen.

'Misschien is het verstandig om dat morgen te bespreken. Ik wil je dag niet nog erger maken.'

Ik kijk Daan verbaasd aan. 'Vertel het me maar. Deze dag kan toch al niet meer slechter worden.'

'Vooruit dan. Het huis waar we op de openhuizendag enthousiast over waren, is al weg. Ik heb vandaag de makelaar gebeld om een tweede bezichtiging aan te vragen, maar de woning is niet langer beschikbaar. Een ander geïnteresseerd stel is ons voor geweest. Afgelopen zaterdag hebben ze direct een acceptabel bod uitgebracht. Balen, hè?'

Door alle commotie heb ik helemaal niet meer aan het huis gedacht. Ik trek een zuur gezicht. 'Dat is zeker jammer.'

'Er zit niks anders op dan verder zoeken. We wisten dat dit kon gebeuren.' Daan stopt met lopen en ik kijk waarom hij dat doet. 'Kom eens hier...' Hij glimlacht, wacht tot ik dichtbij hem sta en omhelst me dan. 'Na zo'n rotdag kun je wel een knuffel gebruiken.' Hij plant een kus op mijn haar en ik ga op in onze omhelzing. Het geeft een heerlijk geborgen en vertrouwd gevoel om zijn warmte te voelen. Daans armen om me heen is alles wat ik nu nodig heb.

Het valt me zwaar in de dagen die volgen aan iets anders te denken dan aan John en Sara. Het idee dat Sara's moeder komt te overlijden en ze haar zullen verliezen hakt er diep in. Het besef dat er straks een meisje opgroeit zonder haar moeder doet me heel veel. Ik weet hoe het is om een ouder te verliezen. Het is merkwaardig wat voor impact het nieuws over Eline op me heeft. Eline... ik noem haar gewoon Eline. Zo sterk voel ik me verbonden met de ongeneeslijk zieke vrouw die ik niet ken, met het gezin dat dit doormaakt. Mijn gedachten blijven maar malen. Alsof mijn hersenspinsels vreemde trucjes met me uithalen.

Sinds het gesprek in het keukentje van de bso moet ik ineens opvallend vaak aan mijn vader denken. Er zijn momenten dat ik plotseling overmand word door emoties.

Dit is op zich niets nieuws. Het gebeurt al jarenlang met enige regelmaat. Een groot verschil is alleen dat ik het gevoel niet langer goed de baas kan blijven. Normaal gesproken kan ik de opkomende emoties onder controle houden. Zodra ik merk dat het bekende gevoel opborrelt en zich wil uitbreiden in mijn lichaam, haal ik een paar keer diep adem. Ik geef het gevoel op die momenten niet veel ruimte, hou het klein, verban het naar de achtergrond, totdat het uiteindelijk vanzelf wegebt. Sinds het gesprek met John is het me al twee keer gebeurd dat dit niet lukte. Het overspoelde me volledig. Als een enorme vloedgolf, waar niks meer tegen in te brengen viel. Het verlammende gevoel nam volledig beslag van me, maakte me intens verdrietig.

Ik heb dit aan niemand verteld, zelfs niet aan Daan. De emoties van de afgelopen dagen zijn behoorlijk verwarrend. Ik weet zelf nog niet goed wat alles betekent. Bovendien is het ook niet zo dat ik aldoor somber ben. Alleen op momenten dat ik alleen ben vliegt het me ineens aan. Ik probeer me er niet te veel op te focussen en me te richten op leuke dingen. Een bezoek aan Den Helder bijvoorbeeld. Dit keer geen familiebezoek, maar een vriendinnenweekend.

Julia en Lize zijn mijn beste vriendinnen, al vanaf de basisschool. Mijn verhuizing naar Utrecht, nu drie jaar geleden, heeft geen verschil gemaakt voor onze vriendschap. We zien elkaar minder vaak doordat we niet meer bij elkaar om de hoek wonen, maar als we elkaar zien, halen we alles uit het weekend.

Ik parkeer de auto bij het restaurant waar we hebben afgesproken. Als ik mijn jas heb opgehangen aan de overvolle kapstok bij de entree, open ik de klapdeur. Direct stijgt er een gezellig, gonzend geroezemoes op. Ik laat mijn blik langs de tafeltjes glijden en zie dat er geen een tafeltje onbezet is. In de hoek bij het raam vind ik mijn vriendinnen. Een koperen kandelaar met een brandende kaars op het tafeltje, werpt een zacht licht over de gezichten van Julia en Lize. Wanneer ze mij in het oog krijgen staan ze op en word ik welkom geheten met een intense knuffel van allebei.

Ik wijs naar de twee longdrinkglazen die op het houten tafeltje staan. 'Nog niet aan de wijn?'

'Natuurlijk niet', antwoord Julia, terwijl ze haar rode haar sierlijk achter haar oor manoeuvreert. 'Het is wel zo leuk even op jou te wachten. Nu zijn we compleet en kunnen we met z'n drieën proosten.'

'Zullen we beginnen met een glaasje prosecco?' stelt Lize voor. 'We moeten vieren dat we weer samen zijn.'

'Klinkt als een goed plan.' Ik glimlach. De huiselijke sfeer van het goed gevulde restaurant en het gezelschap van mijn vriendinnen bezorgen me een warm gevoel. Ik ben blij de meiden weer te zien.

We bestellen de drankjes en wat brood en olijven vooraf. Niet veel later klinken we met onze glazen.

'Proost!' zeggen we in koor.

'Op ons', zegt Julia.

'En op lekkere mannen', vult Lize aan.

Ik schiet in de lach en zie dat Julia en Lize afwachten wat ik toe te voegen heb.

'Op ultiem genieten van het leven', breng ik in.

We nemen alle drie een slokje.

'Hoe is het met de woningzoektocht?' wil Lize weten.

Ik praat ze bij over de openhuizendag en hoe we achter het net visten bij het huis waar we enthousiast over waren.

'Jammer', zegt Julia, die een stukje brood afbreekt en besmeert met tapenade. 'Ik heb wel zin in een housewarming. Misschien heeft Daan nog een leuke vrijgezelle vriend op het feestje rondlopen.'

'Daar steek ik een stokje voor', zegt Lize, terwijl ze een cocktailprikker in de lucht priemt. 'En dan zeker verliefd worden, bij hem intrekken en mij alleen achterlaten in Den Helder? Mooi niet.' Ze prikt in een olijf en steekt deze in haar mond.

'Dan kom jij gewoon ook gezellig in Utrecht wonen. Zou dat niet fantastisch zijn? Dan kunnen we elkaar weer veel vaker zien', fantaseer ik er lustig op los.

Lize knijpt haar bruine ogen, die een mooi contrast vormen met haar blonde haar, tot spleetjes. 'Het is veel handiger als jij terugkomt naar Den Helder. Ik vind het nog steeds niet eerlijk dat Daan je zo nodig moest inpikken'

'Tja, voor de liefde moet je offers maken', reageer ik lachend. 'Daan is het gelukkig dubbel en dwars waard.'

'Dat weet ik, hoor lieverd. Eerlijk gezegd zijn Julia en ik stiekem een beetje jaloers op jouw lot uit de loterij.'

Ik glimlach naar mijn vriendinnen. 'Er is overigens nog een reden dat ik in Utrecht blijf... Zo zit ik op veilige afstand van mijn moeder en zus.'

Julia en Lize grijnzen. Omdat onze vriendschap zo ver teruggaat, kennen ze mijn familie maar al te goed. Vroeger hadden we geregeld logeerpartijtjes bij elkaar. De mooiste herinneringen heb ik aan de slaapfeestjes waarop mijn vader thuis was, in plaats van op zakenreis. Hij bakte stapels pannenkoeken voor ons en maakte er een show van, door de pannenkoeken hoog in de lucht om te draaien en uit volle borst de meest gekke liedjes te zingen. Mijn moeder zag het altijd met lede ogen aan en mopperde dat zij degene was die het beslag van de keukenkastjes kon boenen. Op mooie zomerdagen zette hij samen met Julia, Lize en mij een tent op in de tuin, zodat we daar een nachtje konden kamperen. Hij smokkelde chips en snoep onze tent in, zodat we gezellig met z'n drieën konden snaaien en hyper genoeg waren om tot in de late uurtjes te kletsen. Na mijn vaders overlijden wilde ik het liefst alleen nog maar logeerpartijtjes bij Julia of Lize thuis houden. Het was niet meer hetzelfde zonder mijn vader.

'Ik moet nog regelmatig aan de slaapfeestjes van vroeger denken', zegt Lize, alsof ze mijn gedachten kan raden. 'Best bijzonder dat het je vader nooit uitmaakte als we je moeder weer eens op de kast jaagden. Hij had er alles voor over ons aan het lachen te maken. Als het betekende dat z'n vrouw de rest van de avond chagrijnig was, dan moest dat maar.'

'Ik denk de laatste tijd ineens weer veel aan m'n vader.' Voordat ik er erg in heb, is het eruit.

Julia en Lize kijken me afwachtend aan. Ik vertel ze over het nieuwe meisje op mijn groep en dat het mijn collega's en mij opviel dat ze alleen door haar vader werd opgehaald. Julia en Lize luisteren aandachtig en breken ondertussen stukjes brood af, die ze in de aioli dopen of met tapenade besmeren. Ik vertel ze over het gesprek met John van der Meulen en merk dat dit op hen ook een schokkend effect heeft.

'Hoe reageerde het meisje deze week?' wil Julia aan het eind van mijn verhaal weten. 'Was ze erg van slag?'

'Sara wist natuurlijk al dat haar moeder ziek was, maar dat heb ik eerlijk gezegd niet uit haar gedrag kunnen opmaken. Ze komt op mij over als een spontane vierjarige, die goed in haar vel zit. Maar afgelopen week was ze wel erg stilletjes. Ze mengde zich niet tussen haar vriendjes en vriendinnetjes en zat vaak in haar eentje in een hoekje een kleurplaat te kleuren of in een boekje te bladeren.'

'Dat was vast heel pijnlijk om te zien', zegt Lize.

'Zeg dat wel. Ik probeer Sara zo goed mogelijk te begeleiden. Maar elke keer als ik erover nadenk, besef ik dat de situatie afschuwelijk is en voel ik me machteloos. Voor zo'n klein meisje is het natuurlijk ook allemaal moeilijk te bevatten. Kinderen zijn heel gevoelig voor sfeer. Ik denk dat Sara alle emoties haarfijn aanvoelt, alleen begrijpen wat het daadwerkelijk te betekenen heeft, gaat op die leeftijd nog niet. Het besef dat de dood iets onomkeerbaars is bijvoorbeeld.'

'Je zei dat je de laatste tijd veel met je vader bezig bent', merkt Julia oplettend op. 'Komt dat hierdoor, denk je?'

Ik knik en neem een slokje prosecco.

Lize schenkt me een meelevende blik. 'Ik kan me best voorstellen dat dit nogal wat met je doet. Het woelt natuurlijk een hoop om in je hoofd.'

'Het is inderdaad niet heel gek als het verdriet om je vader hierdoor ineens weer scherper aanwezig is', bevestigt Julia. 'Je maakt deze situatie nu best van dichtbij mee. Ik vind het heel lief van je dat je er zo voor Sara wil zijn. Je betrokkenheid is groot en dat siert je.'

'Probeer alleen wel goed op jezelf te passen hè?' waarschuwt Lize met een ernstig gezicht. 'Ik kan me goed voorstellen dat het je aangrijpt en dat het heel moeilijk is.

Zie zoiets maar eens los te laten na je werk, als je er elke dag mee geconfronteerd wordt. Dat is haast niet te doen, lijkt me. Maar probeer jezelf een beetje in bescherming te nemen. Qua gevoel enige afstand te bewaren. Ik wil niet harteloos overkomen en zeg dit alleen maar omdat ik om je geef. Je doet wat je kunt, maar veel meer dan Sara liefdevol begeleiden wanneer ze op de bso is kun je niet doen. Misschien helpt die wetenschap een beetje bij het machteloze gevoel dat je ervaart.'

Ik knik opnieuw. 'Dat soort dingen zei Daan deze week ook steeds.'

'Daan klinkt heel wijs. Ik zou naar hem luisteren', grapt Lize.

5

WE ETEN IN HET RESTAURANT, EN NA DIT HEFTIGE gespreksonderwerp wordt het toch nog een heel gezellige en ontspannen avond. Het voelt goed dat ik met alles terecht kan bij mijn vriendinnen. Op de een of andere manier voel ik me lichter, nadat ik mijn hart heb gelucht. Alsof ik mezelf na het gesprek met Julia en Lize toe kan staan echt te genieten van dit weekend.

Op vrijdag en zaterdag overnachten we in het appartement van Julia. Ik slaap naast Julia in bed en Lize ligt er op een matrasje naast. Het etentje in het restaurant wordt de volgende dag opgevolgd door een shopsessie, we brengen uren door op een zonnig terras en gaan 's avonds naar de bioscoop.

Zondagochtend besluit ik toch nog even langs te gaan bij mijn moeder. Zo vaak zie ik haar niet en ik ben nu toch in de buurt. Bovendien heb ik gister een e-mail van oma ontvangen, waar ik mijn moeder over wil vertellen. Nu mijn oma een rondreis maakt door Azië, hebben we weinig contact met haar.

Ik parkeer de auto naast die van mijn moeder en loop naar de voordeur van het vrijstaande huis waarin ik ben opgegroeid. Net als twee weken geleden voel ik het bekende, onbestemde gevoel in mijn lichaam opborrelen. Ik weet dat mijn vader de voordeur niet zal opendoen. Ik weet dat hij hier al jaren niet meer woont. Natuurlijk wéét ik dat. In het huis zijn gelukkig nog genoeg tekenen die naar hem verwijzen. Foto's van vroeger, van ons als gezin. Zijn werkkamer is nog precies hetzelfde als toen hij nog leefde. Zijn foto op de dressoirkast, met het kaarsje ernaast. En toch klopt het niet. Ergens verwacht ik nog steeds dat hij de voordeur zal opendoen. Mij een warm onthaal geeft, nog voordat ik de kans heb gehad om op de bel te drukken. Ik wacht even, maar het blijft stil. De stilte voelt kil aan. Ik neem even de tijd om tot mezelf te komen en druk tenslotte toch maar op de bel.

'Alice', klinkt het niet veel later, als mijn moeder in de deuropening verschijnt. 'Ik had je niet verwacht.'

'Ik was bij Julia en Lize en dacht, ik kom even langs... Als het jou uitkomt.'

'Natuurlijk lieverd. Kom binnen.' Mijn moeder pakt mijn jas van me aan en hangt deze op de kapstok.

Zonder erover na te denken loop ik door naar de woonkamer en ga automatisch naar papa's foto op het dressoir. Mijn moeder loopt door naar de keuken. Ik hoor haar rommelen in keukenkastjes, waarna het geluid van het koffieapparaat klinkt. Als ze weer in de woonkamer verschijnt, zit ik op de bank.

Met twee kopjes koffie in haar handen en een koektrommel tussen haar arm en zij geklemd, komt ze mijn kant op. 'Als ik geweten had dat je op visite zou komen, had ik even iets lekkers gebakken.' Ze kijkt naar het brandende kaarsje naast papa's foto, die ik heb aangestoken. 'Ik hoop dat je van bitterkoekjes houdt. Iets anders heb ik niet in huis.' Mijn moeder komt naast me op de bank zitten. 'Heb je het gezellig gehad bij je vriendinnen?'

We praten kort bij over het weekend en ik vertel over de e-mail van oma.

Mijn moeder neemt een slokje koffie en fronst haar wenkbrauwen. 'Ik wist niet dat ze kon e-mailen. Als ze op haar leeftijd weet hoe dat allemaal werkt, dan mag ze mij ook weleens een bericht sturen.'

'Ik denk dat ze ervan uitgaat dat ik het je vertel', neem ik het voor mijn oma op. 'Het gaat heel goed met haar. Oma vertelde dat ze een hoop tempels heeft gezien. Sommige mensen uit de groep gaven aan dat ze op een gegeven moment een beetje tempel-moe werden. Tempel nummer honderd was volgens hen echt niet interessanter dan die daarvoor. Maar daar begreep oma niks van. Zij bleef alles even indrukwekkend vinden en elk detail met bewondering bekijken. Oma heeft een jongeman ontmoet die haar aan papa doet denken in z'n jonge jaren. Hij heeft een tussenjaar genomen na zijn studie. Voordat hij zich aan een leven met verantwoordelijkheden bindt, wil hij iets van de wereld zien. Oma heeft hem verteld dat zijn levenslust haar aan haar zoon doet denken.'

'Die arme jongen... Die zit elke keer dat ze in de bus zitten mooi opgescheept met dat oude mens.' Mijn moeder lacht om haar eigen grapje.

'Als hij oma vervelend zou vinden, dan zou hij haar heus niet helpen met het versturen van die e-mail, toch?' breng ik ertegenin. 'Oma zei dat hij een aantal foto's die ze met haar mobiele telefoon heeft gemaakt in de e-mail heeft weten te krijgen. Dat vond ze heel knap van hem.' Ik gniffel. 'Wil je ze zien?'

Mijn moeder knikt langzaam.

Samen kijken we op de laptop van mijn moeder naar de foto's van oma. Ik geniet ervan de foto's opnieuw te zien. Hoewel ik oma mis, doet het me goed te zien dat ze straalt. We zien een drukke stad met knotsgek verkeer, een prachtig hagelwit strand, olifanten, tempels, Boeddhabeelden en monniken in oranje gewaden. Het zijn indrukwekkende beelden, toch wordt mijn blik keer op keer toegetrokken naar het kleine gebruinde vrouwtje, met zilverkleurig haar en een glimlach van oor tot oor. Oma is het stralend middelpunt op veel foto's. Ik vertel mijn moeder een beknopte versie van de toelichting bij de foto's, die oma in haar e-mail gaf.

'De olifanten die ze gezien heeft, zijn geen dieronvriendelijke, toeristische attractie, maar een opvang met veel oog voor dierenwelzijn. Goed hè, dat oma daarop let? Ze schreef dat ze speciaal om die reden voor deze reisorganisatie heeft gekozen.'

Mijn moeder knikt opnieuw. Ze is erg stil bij het zien van de foto's, valt me op. Haar gezichtsuitdrukking blijft aldoor neutraal. Ik weet dat ze niet zo van reizen houdt en geef na de laatste foto de laptop weer terug.

In stilte zitten we naast elkaar op de bank. Ik neem een slokje koffie en knabbel op een bitterkoekje.

'Ik moet de laatste tijd veel aan papa denken', zeg ik, om de stilte te doorbreken.

Mijn moeder blijft in het niets voor zich uitkijken, haar blik verstart een beetje.

'Misschien komt het doordat er een moeder ongeneeslijk ziek is verklaard... de moeder van een kindje op m'n werk', praat ik dapper verder. 'Ik heb zo te doen met het gezin dat het doormaakt. Het brengt een hoop emoties met zich mee. Het lijkt wel alsof m'n eigen verdriet hierdoor naar de oppervlakte drijft.'

Ineens kijkt mijn moeder me recht aan. 'Jouw vader was niet ongeneeslijk ziek, Alice. Was dat maar zo, dan hadden we nog afscheid van hem kunnen nemen.'

Hoewel ze niet ingaat op mijn gevoel, ben ik ergens blij dat ze met mij over mijn vader wil praten. Dat komt maar zelden voor. Liever vermijdt ze het onderwerp.

'Ik weet wel dat het niet hetzelfde is, maar...'

'Je vader was op zakenreis', onderbreekt ze me. 'Helemaal aan de andere kant van de wereld, toen hij besloot om dood neer te vallen.'

De woorden zijn als een onverwachte klap in mijn gezicht. Totaal verbouwereerd kijk ik mijn moeder aan. Ik voel me volledig uit het veld geslagen en hap naar adem.

Uit het niets legt ze haar hand op die van mij. Ze lijkt zich van geen kwaad bewust. 'Het is lief bedoeld van je, Alice. Ik weet echt dat je me die foto's met de beste intenties laat zien,' schakelt ze moeiteloos over op een ander gespreksonderwerp, 'maar hou dit soort dingen in het vervolg maar voor je. Ik geloof zo ook wel dat mijn schoonmoeder het naar haar zin heeft. Ik heb het niet zo op Azië. Die foto's confronteren me alleen maar met de plek waar je vader is overleden. Misschien wil je daar in het vervolg rekening mee houden.'

Een halfuur later zit ik in de auto op weg naar huis. Ik voel me een enorme stomkop. Natuurlijk zit mijn moeder niet te wachten op vakantiefoto's uit Azië. Ineens begrijp ik dat oma de e-mail bewust alleen naar mij heeft gestuurd. Dat ik dit niet doorhad, vind ik ontzettend onoplettend van mezelf. Ik heb mijn moeder niet bewust somber willen maken. Toch voel ik me er een beetje schuldig over.

Als ik het bij thuiskomst met Daan bespreek, zegt hij dat het eerder mijn moeder zou moeten zijn die zich schuldig zou moeten voelen. Want wie zegt er nu tegen haar dochter dat haar man besloot om dood neer te vallen? Dat zeg je toch niet? Bovendien vindt hij dat mijn moeder het niet een heel continent kwalijk kan nemen dat haar man daar is overleden. We praten er nog een tijdje over en ik merk dat Daan me zoals gewoonlijk opbeurt. Hij stelt voor om naar de woonboulevard te gaan, om alvast uit te kijken naar een vriendje voor ons helikopterschilderij. Ik vind het een goed plan. Het feit dat we nog geen huis hebben gevonden, betekent natuurlijk niet dat we ons nog niet mogen verdiepen in een nieuw interieur.

'Wat vind je hiervan?' Ik wijs naar een zithoek die me aanspreekt en loop naar de lichtgrijze hoekbank om uit te testen hoe hij zit.

'Mooi, maar wordt zo'n lichte kleur niet snel vies?' vraagt Daan.

Ik haal mijn schouders op. 'Hij zit wel erg lekker. Kom eens proberen...'

Daan verlaat het looppad van de woonwinkel en stapt de nagebootste woonkamer in om zich een gemakkelijke houding aan te meten op de bank.

'Niet met je schoenen erop', waarschuw ik lachend.

'Als dat al niet mag, hoe ga je dan reageren als onze kinderen later hun appelstroopvingers aan de bank afvegen?'

Ik frons en denk aan de kleuters op mijn werk. 'Misschien kunnen we inderdaad beter voor een donkerdere kleur gaan', geef ik toe.

'Of leer in plaats van stof. Dat kun je gemakkelijk schoonmaken', zegt Daan, terwijl hij het zich nog eens extra gemakkelijk maakt op de bank en zijn hoofd op mijn schoot legt.

Een ouder winkelend echtpaar passeert ons via het looppad. Beiden kijken ze met een afkeurende blik naar Daan. Ze vinden het zo te zien maar niks dat hij doet alsof hij thuis is. Daan blijft liggen hoe hij ligt. Hij glimlacht naar het koppel en zegt ze vrolijk gedag. Het echtpaar kijkt elkaar ongemakkelijk aan en glimlacht uiteindelijk een beetje geforceerd terug.

'Rebel', zeg ik, als ze verder zijn gelopen.

'Hoezo?' vraagt hij oprecht verbaasd. 'Hoe wil je anders een bank uittesten? Thuis ga je toch ook niet keurig rechtop zitten?'

'Dat is waar', geef ik lachend toe. Soms heeft Daan zo'n heerlijk verfrissende kijk op zaken. Hij is altijd zichzelf en maakt zich geen seconde druk over wat een ander van hem vindt. Ik vind het een van zijn leuke eigenschappen, ook al verschillen we hierin compleet. Ik laat mijn blik ronddwalen door de nagebootste woonkamer. Boven de robuust houten eettafel hangen twee ouderwetse lampenkappen. Naast de hoekbank ligt een pastelkleurig vloerkleed. Er staat een gouden bijzettafeltje met een spiegelend blad op. Tegen een van de groene muren staat een zwartkleurige buffetkast. Het geheel van de woonkamer is stijlvol gedecoreerd met kaarsen en luxe uitziende kussens. 'De stijl van dit interieur spreekt me erg aan. Industrieel, maar toch warm door het kleurgebruik en de hoeveelheid verschillende materialen.'

'Ik zie ons wel in zoiets als dit wonen', bevestigt Daan.

'Zullen we straks ook nog even naar een beddenzaak gaan? Julia heeft een boxspring. Ik heb bij haar in bed geslapen en kan je vertellen dat het me uitstekend is bevallen.'

Daan trekt gekscherend zijn wenkbrauwen naar me op. 'Je hebt de afgelopen twee nachten naast een ander in bed gelegen en vertelt me dat het je uitstekend is bevallen?'

'Ja, eigenlijk wel', lach ik. 'Maar ik weet zeker dat als ik naast jou lig op een boxspring, ik écht de nachten van m'n leven zal beleven.'

Daan haalt zijn hoofd van mijn schoot en verrast me met een kus op mijn mond. Dan staat hij op. 'Kom, dan gaan we die boxspringbedden eens grondig testen!'

*

'Wat doen jullie eigenlijk met jullie huidige meubels?' vraagt Arie als hij de woonkamer binnenkomt. We zijn na onze werkdag vandaag direct door naar mijn appartement gefietst. Ik heb Arie voorgesteld om voor ons te koken. Daan is vanavond bij een vriend en eet daar. 'Verhuizen jullie dit straks allemaal mee naar het nieuwe huis?'

'Ik denk dat we deze spullen proberen te verkopen. We willen het liefst alles nieuw.' Onderwijl loop ik naar het keukenblok, waar ik twee glazen vul met kraanwater.

'Toevallig hebben we gistermiddag de woonboulevard afgestruind.'

'En komt jullie smaak een beetje overeen?' Arie pakt het glas water van me aan en kijkt verwonderd op als ik het mijne in een keer achterover klok.

'Dorst', verklaar ik schouderophalend. 'Gelukkig zijn Daan en ik het er aardig over eens wat we mooi en niet mooi vinden. Het blijft voorlopig alleen bij kijken. We kunnen nu nog niks kopen. De afmetingen van ons nieuwe huis weten we natuurlijk nog niet.'

Arie knikt. 'Op zich is dat niet heel verkeerd. Een grondig vooronderzoek voorkomt dat je straks na één seizoen alweer uitgekeken bent op je nieuwe interieur.'

Ik open de koelkast en leg alle ingrediënten voor de pasta die ik van plan ben te maken op het aanrecht. Arie kijkt nieuwsgierig naar een pannetje dat ik tevoorschijn tover.

'Dat is de saus', verklaar ik. 'Die heb ik gisteravond al gemaakt, want dat is het meeste werk. Nu is het een lekker snel gerecht. Wil je trouwens alvast een wijntje of biertje?'

'Een wit wijntje... Lekker. Het is dan wel een doodnormale maandagavond, maar wat kan het ons schelen.'

Ik geef Arie een gekoelde fles sauvignon blanc en zet een pan water op hoog vuur, om straks de pasta in te koken. Arie loopt achter me langs en ik kan een glimlach niet onderdrukken wanneer hij precies het juiste keukenkastje opent, waar de wijnglazen staan.

Hij ziet mijn glimlach. 'Handig hè? Ik ben hier kind aan huis.'

Arie schenkt de wijn in en leunt met het glas in zijn hand tegen het aanrecht, terwijl ik de groenten was en snijd.

'Wat doe jij nou?' vraagt hij verbaasd, als ik kastanjechampignons afspoel onder de kraan. 'Je moet champignons niet wassen. Die hoor je te schoon te boenen met een droog borsteltje.'

'Weet jij wel waar die dingen op groeien?' kaats ik terug, terwijl ik doorga met het klusje.

Arie trekt een vragend gezicht.

'Ze groeien op mest. Dus laat me ze lekker wassen met water, dat lijkt me een stuk frisser dan de poep over de champignon verspreiden met zo'n borsteltje.'

Arie neemt geamuseerd een slokje van zijn wijn. 'Touché! Lekker idee... Ik heb nu al trek in jouw paddenstoelenpoepgerecht.'

Een kwartiertje later zitten we tegenover elkaar aan de eettafel.

'Alice... Excuses voor m'n grote mond. Het is echt heerlijk!' Arie steekt zijn wijnglas over tafel naar me uit en ik ga mee in zijn proostgebaar. We klinken met onze glazen. 'Die saus is verrukkelijk. Je moet me echt het recept geven.'

Ik grijns. 'Ik geef het je alleen als jij champignons voortaan onder de kraan wast.'

Arie knipoogt naar me, zoals alleen hij dat kan. 'Beloofd. Wat ik je nog wilde vragen... Heb jij dat nou ook met John? Ik probeer hem niet te ontlopen of zo, maar als ik hem zie weet ik gewoon niet wat ik tegen hem moet zeggen.'

Ik maak een ronddraaiend gebaar met mijn hand, om aan te geven dat ik eerst mijn mond leegeet voordat ik hem antwoord geef. 'Een beetje wel. Het is natuurlijk ook heel lastig. Wat moet je zeggen? Wat juist niet? Moet je er steeds naar vragen of het onderwerp liever niet elke keer aanhalen?'

'Dat is precies wat ik bedoel.' Arie legt zijn bestek neer en neemt nog een slokje wijn.

'Het is voor mij misschien iets makkelijker. Sara's vader heeft zich naar mij toe opengesteld. Toen hij in het keukentje van de bso vertelde over z'n vrouw, was hij heel kwetsbaar. Ik heb zijn emoties gezien, hem daardoor op een heel andere manier leren kennen. Als je er zo over nadenkt was het gesprek eigenlijk best intiem.'

'Absoluut. Ik zie John alleen maar in zijn rol als vader, en dan ook nog alleen op de momenten dat hij een zekere charme en zelfverzekerdheid uitstraalt. Jij hebt een heel andere kant van hem gezien. Hij heeft met jou iets heel persoonlijks gedeeld.'

Ik knik half en denk na over zijn woorden.

'Het is bewonderenswaardig hoe hij het allemaal doet', zegt Arie. 'De zorg voor Sara komt volledig voor zijn rekening, hij heeft z'n werk, brengt veel tijd door in het ziekenhuis.'

De stilte vanuit mijn kant houdt net iets te lang aan.

'Of denk jij daar anders over?' vraagt Arie opmerkzaam.

'Nee', zeg ik hoofdschuddend. 'Daar kun je echt alleen maar respect voor hebben.'

Arie kijkt me indringend aan. Hij neemt duidelijk geen genoegen met mijn antwoord.

'Het is alleen...' begin ik voorzichtig. 'Vandaag overhandigde John me bij het ophalen van Sara de gegevens van de vaste oppas. Hij vertelde dat hij morgen op zakenreis gaat en dat de oppasmoeder Sara een paar keer komt ophalen. Hij had de gegevens keurig voor me uitgedraaid. Zelfs met een foto van de oppas erbij, zodat ik weet aan wie ik Sara meegeef...'

'En daar voel jij je niet prettig bij?' onderbreekt Arie me.

'Ik wil hem niet afvallen. Zeker niet in deze situatie. Hij zal haar referenties ook heus wel hebben gecheckt. Daar zit ik niet over in. Ik begrijp de timing alleen niet goed. Waarom moet hij nu ineens op zakenreis? Net nu ze vorige week te horen hebben gekregen dat Eline ongeneeslijk ziek is. Hij zou er toch juist nu voor Sara moeten zijn?'

'Ik begrijp dat je daarover inzit, maar weten wij veel... Misschien heeft hij die zakenreis al een aantal keer uitgesteld en moet hij nu toch echt van zijn baas.'

'Dat kan ik me haast niet voorstellen.'

'Nee, ik eigenlijk ook niet. Maar wij mogen er niet over oordelen. John is Sara's vader en hij maakt z'n eigen keuzes. Als je kijkt naar wat voor een lieve vader hij is voor Sara, dan denk ik niet dat je je zorgen hoeft te maken.'

'Dat is waar. Ik vond de timing alleen opvallend, dat is alles.'

Even later hebben we de tafel afgeruimd, de wijn ingeruild voor een kop thee en zitten we op de bank.

'Hoe is het eigenlijk met jouw liefdesleven, Arie? Ik hoor je daar de laatste tijd maar weinig over.'

'Tja, misschien komt het doordat ik de afgelopen maand nogal werd afgeleid door de verschuivingen in de Hot Daddy List. Het blijft raar dat m'n aandacht nu niet meer alleen naar Dwayne gaat, mijn voormalig nummer één.'

'De vader van Jazzebel en Roué blijft een knappe vent. Ik val normaal niet op donkere, kale mannen, maar voor hem maak ik een uitzondering.' Ik neem een slokje thee en laat een stilte vallen. 'Ach... Dwayne moet het doen met de tweede plek. Ook niet slecht.'

'Ik had het niet voor mogelijk gehouden dat er nog knappere mannen bestonden. Jij?'

'Arie... Je weet toch dat John niet op mannen valt hè?' Vlak nadat ik het gezegd heb, realiseer ik me dat mijn grapje een beetje ongepast is, gezien de situatie waar Sara's vader in zit.

Arie ziet mijn gezicht vertrekken. 'Niet doen', zegt hij.

Ik kijk hem niet begrijpend aan.

'Niet je grappen afwegen vanwege Sara's moeder. John is en blijft een bijzonder lekker ding. Humor is juist goed, noodzakelijk zelfs. Het zou raar zijn als we ineens niet meer over de Hot Daddy List zouden praten. Dat is ons ding! Waar zouden we zijn zonder humor?'

Ik klem mijn handen iets steviger om de beker thee en trek mijn benen op de bank. 'Oké afgesproken. Ga je me nog vertellen hoe het is afgelopen met die jongen met wie je aan het daten was?'

'Ik heb geen idee over wie je het hebt.'

'Volgens mij weet je het best. Meestal ben je een flierefluiter, maar met die jongen van laatst... Hoe heet hij ook alweer? Koen toch? Heb je meer dan drie dates gehad.'

Arie sluit zijn ogen en neemt een slokje van zijn thee.

'Nee, dit gaat niet werken. Je gaat me nu precies vertellen hoe het zit.'

Arie slaakt een theatrale zucht. 'Vooruit dan. De conclusie van mijn dates met Koen is dat het gezellig was.'

'Was? Bedoel je dat jullie elkaar niet meer zien?'

'We zien elkaar nog wel.'

'Wat is dan het probleem?'

'Nou ja, dat weet ik eigenlijk ook niet precies. Hij heeft net een lange relatie achter de rug. Ze hadden een huis gekocht en woonden samen, heel serieus allemaal.'

'Ja...' Ik trek mijn wenkbrauwen op naar Arie, in de hoop hem aan te sporen om verder te vertellen.

'Koen zegt dat hij klaar is voor een nieuwe relatie, dat hij het verleden echt afgesloten heeft.'

'En dat schrikt je af?'

'Misschien wel ja. Ik vind hem echt heel leuk hoor, maar ik weet niet of ik wel de geschikte persoon ben voor hem.' Arie brengt zijn mok tot onder zijn neus en snuift de jasmijngeur op. Dan neemt hij een slok. 'Kijk... Ik ben meer van het rondneuzen en probeer verschillende smaakjes thee uit. Koen drinkt nooit thee en als hij er dan mee begint is het toevallig rooibosthee. Vervolgens drinkt hij jarenlang alleen maar rooibosthee. Snap je wat ik bedoel?'

Ik frons mijn wenkbrauwen, in een poging Aries logica te volgen. 'Jij bent geen rooibosthee?'

'Dat ook. Ik ben zeker geen rooibosthee. Maar waar het om gaat is dat ik meerdere smaakjes thee lekker vind. Ik wissel af, drink niet jarenlang dezelfde smaak.'

'En welke smaak ben jij dan wel?'

'Daar gaat het toch niet om!' zegt hij gefrustreerd waardoor ik in de lach schiet. 'Welke smaak ik ook ben, als Koen hem probeert, wil hij jarenlang niks anders meer. En ik weet niet of ik hem dat kan geven.'

'Kortom, je weet niet of je al toe bent je te settelen. Is dat wat je bedoelt?'

'Ja!' Arie kijkt me recht aan, alsof hij ineens het licht ziet. 'Al moet ik er wel bij zeggen dat ik het met de thee leuker vond klinken. Nu neigt het naar bindingsangst, terwijl ik alleen maar graag verschillende smaakjes thee drink.'

Ik kijk Arie aan, die nu ook wel een beetje moet lachen.

Dan kan ik me niet langer inhouden. 'Ik denk dat jij citroenthee bent!'

Arie trekt expres een zuur gezicht.

6

'BSO HET SPEELPARADIJS, GOEDEMIDDAG MET ALICE.'

'Goedemiddag, Alice.'

Ik glimlach bij het horen van Daans stem en wissel de telefoon van oor.

'Heb je het druk?'

'Valt mee.' Ik laat mijn blik dwalen over de groep en tel zes kleuters. 'Er zijn al een aantal kinderen opgehaald. Hoezo?'

'Mooi. Hoor 's, ik sprak vandaag mijn chef. We hadden een bespreking en aan het eind werd het gesprek wat informeel. Ik vertelde over onze woningzoektocht en toen kwam ter sprake dat zijn zwager z'n huis binnenkort te koop gaat zetten. Zijn zwager en schoonzus gaan scheiden. Ze willen hun huis zo snel mogelijk verkopen. Henk, mijn chef, vertelde over de woning en het klonk heel goed.

Het is een benedenwoning in de Vogelenbuurt. Met een tuin op het zuiden. Twee slaapkamers. Je loopt in vijf minuten naar de binnenstad. Na de bespreking ben ik er even langsgereden en het is van de buitenkant echt een prachtig pand. In mijn enthousiasme heb ik de werkbus op de hoek van de straat geparkeerd en direct de verkoopmakelaar gebeld... Raad eens?'

'Het huis past binnen ons budget?' Daans enthousiasme werkt aanstekelijk. Ik voel een kriebel in mijn buik.

'Nog beter!' reageert Daan uitgelaten. 'We kunnen er een kijkje gaan nemen. Nu!'

'Wow! Dat is gaaf.' Direct voel ik adrenaline door mijn lijf gieren. Ik krijg spontaan zin in een nieuwe huisbezichtiging. 'Bedoel je echt nu, als in direct? Ik ben pas over twee uur klaar met werken.'

'Overleg even met je collega's of je eerder weg kan. Je zei toch dat het rustig is? Arie en Kiki laten je vast wel gaan als je ze uitlegt dat dit echt een buitenkansje is. Henk zei dat hij verwacht dat de woning zo weg is. Dit soort huizen verkopen zichzelf. Als we nu gaan kijken, dan zijn wij de eerste bezichtigers. Dat zou mooi in ons voordeel kunnen werken.'

'Oké, wacht even, dan overleg ik hier of ik weg kan.' Zonder Daans reactie af te wachten leg ik mijn hand over de telefoon en loop naar Aries groep. Ik vind hem bij de voetbaltafel. Hij vindt het prima en telt het aantal kinderen van zijn eigen groep. Als er twee kinderen bij Kiki zijn opgehaald, zou het moeten kunnen, constateren we. Kiki gaat ook direct akkoord. Er zijn zelfs meer kinderen opgehaald dan nodig om geen problemen met de bezetting te krijgen. Ik geef aan Daan door dat ik eraan kom en verbreek de verbinding.

Dankbaar kijk ik op naar Arie en Kiki. 'Bedankt lieve collega's. We zien elkaar morgen weer.'

Arie is meegelopen naar Kiki's groep. Hij zegt me gedag en keert terug naar zijn potje tafelvoetbal.

'Oh... Kiki. Voor ik het vergeet. Sara wordt opgehaald door de oppas. Zal ik de kindgegevensmap er even bijpakken? Sara's vader heeft me een foto van haar gegeven. Ik heb haar gister al gezien, maar...'

'Ik heb haar gister ook voorbij zien lopen', onderbreekt Kiki me. 'Een dame van rond de vijftig. Keurig kapsel.'

Ik knik.

'Dat komt goed. Ga jij nu maar gauw naar Daan. Hier komt alles voor elkaar. Ik breng m'n kinderen onder bij Arie en ga zelf op jouw groep staan.'

'Dank je wel', zeg ik nog een keer. 'Jullie zijn geweldige collega's.'

'Jij ook. En nu rennen.'

*

Niet veel later parkeer ik mijn fiets in de straat die Daan heeft doorgegeven. Samen met de makelaar staat hij voor het huis te wachten. De makelaar begroet me met een uitgestoken hand en Daans begroeting bestaat uit een kus op mijn wang.

'Ben ik te laat?'

'Nee hoor', antwoordt de makelaar vriendelijk. 'Ik vertelde net aan uw partner dat het bouwjaar van de woning rond 1900 ligt.'

'Het is inderdaad een prachtig pand', bevestig ik.

De makelaar gaat er gretig op in. 'Wacht maar eens tot

jullie de binnenkant zien. Er zijn van die huizen waar je meteen verliefd op wordt... Dit is zo'n woning.' Hij gaat ons voor een grijs, stenen trapje op en steekt de sleutel in het slot van de voordeur. Voordat hij die omdraait, draait hij zich naar ons toe. 'Zoals jullie weten is dit huis een benedenwoning met twee verdiepingen. De hoofdingang is op de bel-etage. Dat is dus waar wij nu staan. Achter deze deur bevinden zich de hal, woonkamer, badkamer en een balkon over de gehele breedte van de woning. Hieronder hebben we een souterrain. Dat is de verdieping waar de twee slaapkamers en de keuken zich bevinden, en de tuin natuurlijk. Het souterrain heeft een eigen ingang. De deur die hier precies onder zit. Maar je kunt natuurlijk ook binnendoor naar beneden.' De makelaar kijkt ons afwachtend aan. Omdat ik niet goed weet wat ik zou moeten zeggen knik ik een beetje.

'Nou goed, ik laat het jullie zien.' Opnieuw pakt de makelaar de sleutel vast en maakt de deur open.

We lopen door een lichte hal en komen in een sfeervolle woonkamer.

'Bijzonder aan deze royale woonkamer zijn het hoge plafond, de originele houten vloer en de glas-in-loodramen. En... niet te vergeten het aangrenzende balkon. Op beide verdiepingen heb je dus een buiten.'

Daan en ik lopen bewonderend rond. De authentieke details die bewaard zijn gebleven, zijn prachtig. Toch heb je door de inrichting, de afwerking en het vele licht in de woonkamer, niet het idee dat je je in een oud huis bevindt. Ik kijk even naar Daan, die op het balkon is gaan staan. Zijn gezicht spreekt boekdelen. Zal dit het dan zijn? Gaat onze toekomst zich afspelen in dit fantastische huis? Een ultiem geluksgevoel neemt beslag van mijn lichaam. Ik laat het even op me inwerken en geniet ervan, voordat ik me bij Daan voeg op het balkon. Hij kijkt naar de tuin die onder ons ligt.

'Voor een stadstuin is dit echt niet verkeerd', merkt hij op.

Ik volg zijn blik. 'Zei je nou dat dit op het zuiden ligt?'

'Dat klopt', bevestigt de makelaar. 'Ik hoop dat jullie van zon houden.'

'Wie houdt er nou niet van zon?' reageer ik lachend.

We kijken nog even rond in de woonkamer en volgen de makelaar naar de badkamer.

Daans gezicht betrekt. 'Oh, dit is even wat minder. Het is niet per se spuuglelijk, maar een stuk minder modern dan de woonkamer.'

De makelaar knikt. 'Ik kan niet anders dan je daar gelijk in geven. Maar... de ruimte is goed en de kleuren zijn in principe vrij neutraal.'

'Hier zou wel wat aan moeten gebeuren', merk ik kritisch op. Vanuit mijn ooghoek zie ik Daan onopvallend naar me glimlachen. We zijn ons er van bewust dat we niet uitsluitend enthousiast moeten reageren tijdens een bezichtiging.

'Tja', reageert de makelaar. 'Het kan je smaak zijn of niet...'

'Ik moet ook eerlijk zeggen dat ik het vreemd vind dat de badkamer op deze verdieping zit', doet Daan er een schepje bovenop. 'Je zou de badkamer eerder verwachten op de verdieping waar de slaapkamers zijn. Maar daar zit in plaats van de badkamer de keuken. Als je gekookt hebt moet je dus eerst met je bord in je handen naar boven om je maaltijd aan de eettafel te kunnen eten.'

'Het is een oud pand', legt de makelaar uit. 'Vroeger dachten de mensen anders over de indeling van een huis dan wat vandaag de dag gebruikelijk is. Toen was een badkamer vlak bij de woonkamer niet raar. De indeling is in al die jaren niet aangepast. Het staat de nieuwe bewoners natuurlijk vrij om te doen wat zij graag willen. Al wil ik er wel bij zeggen dat de keuken grenst aan de tuin. In de zomermaanden kun je maaltijden dus gemakkelijk buiten nuttigen. Daar is ook wat voor te zeggen. In het ochtendgloren genieten van het eerste kopje koffie van de dag, in je eigen tuin, is niet mis kan ik u vertellen!'

'U weet het goed te verkopen', reageert Daan lachend.

We verlaten de badkamer en dalen de trap af naar het souterrain. De keuken is modern en groot genoeg om er een bescheiden eettafel voor vier personen te plaatsen.

'Kijk eens aan!' roept de makelaar zangerig. 'Als jullie met een klein gezelschap zijn, kunnen jullie hier eten. Etentjes met vrienden en familie kunnen boven in de woonkamer plaatsvinden en dan hebben we ook nog de tuin. Mogelijkheden genoeg.'

Daan knikt en kijkt even naar mij. Ik zie dat hij z'n best moet doen zijn gezichtsuitdrukking neutraal te houden. Toch kan ik eruit opmaken wat hij daadwerkelijk denkt. Hoezeer we ook ons best doen puntjes van kritiek aan te wijzen, dit huis is gewoonweg perfect voor ons.

Van de keuken lopen we door naar de slaapkamers. De ouderslaapkamer is zeer ruim en beschikt over een vaste ingebouwde kastenwand. De andere slaapkamer is op dit moment in gebruik als babykamer. Ik denk aan wat Daan vertelde aan de telefoon. Even sta ik stil bij de baby die hier slaapt, waarvan de ouders straks gaan scheiden. Dan wordt mijn blik gevangen door die van Daan. Opnieuw hebben we aan één blik genoeg, om te weten hoe de ander over het huis denkt.

Ik hou Daans blik vast. 'Het is een ideaal huis voor een ontbijtje op bed.'

'Met de keuken zo dichtbij heeft uw partner geen excuusjes meer', gaat de makelaar in op mijn grapje.

Daan grijnst speels.

We eindigen de bezichtiging in de tuin.

'Ik heb begrepen dat jullie de verkopers kennen?'

'Niet persoonlijk', antwoordt Daan. 'Alleen via via. Ik werk in de bouw en de verkopende partij is de zwager van mijn chef. Hij vertelde dat zijn zwager en schoonzus gaan scheiden en dat het huis daarom verkocht moet worden.'

'Klopt. Gezien de scheiding willen ze het graag snel verkopen. Mochten jullie geïnteresseerd zijn, dan adviseer ik jullie om er niet te lang over na te denken. Ik wil jullie niet onder druk zetten, maar weet uit ervaring dat de belangstelling groot zal zijn als het huis morgen officieel op de markt verschijnt.'

Terwijl de makelaar praat, wisselen Daan en ik weer een blik met elkaar uit. Het is alsof we telepathisch met elkaar communiceren. Ik voel aan alles dat we allebei warmlopen voor dit huis. De woning is echt liefde op het eerste gezicht. Dit is meer dan wat we voor mogelijk hadden gehouden. Door het bedrag dat mijn vader me heeft nagelaten, is de vraagprijs binnen ons bereik gekomen. Anders hadden we het nooit kunnen betalen. De makelaar is uitgepraat en kijkt ons beiden aan. Ik knik bevestigend naar Daan.

Daan neemt het woord. 'Wij willen graag een eenmalig bod uitbrengen... We bieden de vraagprijs.'

*

'En nu?' wil Arie weten.

'Tja, nu is het afwachten.'

'Waarom hebben jullie gelijk de vraagprijs geboden?' vraagt Kiki nieuwsgierig. 'Was het niet slimmer geweest om daaronder te gaan zitten? Dan heb je toch meer onderhandelingsruimte?'

'Voor dit soort woningen is veel belangstelling', leg ik uit. 'Ze worden vaak ver boven de vraagprijs verkocht. Een bod onder de vraagprijs heeft dus niet zoveel zin. De makelaar en verkoper weten dan toch wel dat ze meer kunnen krijgen.'

'Ik denk juist dat dit een slimme zet is', reageert Arie. 'Nu neemt de verkoper jullie gelijk serieus.'

Ik knik. 'Het huis komt vandaag pas officieel op de markt. Wij weten dat de reden van verkoop een scheiding is en dat ze snel van het huis af willen. Daan en ik waren de eersten die het hebben bezichtigd. De verkopende partij heeft dus direct op dag één de vraagprijs die ze willen hebben in handen. Het zou nu heel snel kunnen gaan.'

'Wow!' roept Arie enthousiast. 'Ik duim met jullie mee.'

'Spannend nu zeker?' vraagt Kiki. 'Je zit natuurlijk constant in onzekerheid, totdat jullie bericht krijgen van de makelaar.'

'Ik heb vannacht geen oog dichtgedaan', geef ik eerlijk toe. 'Natuurlijk weet ik best dat ze ons heus niet 's nachts bellen met het verlossende antwoord, maar toch kon ik moeilijk in slaap komen.'

Kiki knikt. 'Dat snap ik wel. Ik hoop dat je gauw wat hoort.'

'Of dat het heel lang duurt... Maar dat de reactie dan wel positief is.' Arie knipoogt naar ons. 'We zorgen gewoon voor zoveel afleiding vandaag dat je helemaal geen tijd hebt om eraan te denken. Als je maar druk bezig blijft, dan vliegt de tijd.'

Aries advies lijkt aardig te werken. Het is een drukke middag op de bso. Na het ophalen van de kinderen uit school en het eet-en-drinkmoment op mijn groep, blijf ik constant in de weer. Er zijn dagen dat alle kinderen lief met elkaar spelen, maar vandaag is niet zo'n dag. Ik coach bij het oplossen van een akkefietje en troost een huilend kind. Het kost me meer moeite dan normaal alle kleuters een activiteit te laten doen die ik geschikt vind. Elkaar bekogelen met speelgoeddinosaurussen of achter elkaar aan rennen met een druipende verfkwast heeft niet per se mijn voorkeur.

Als de rust is teruggekeerd check ik in het keukentje mijn mobieltje. Ik weet heus wel dat als Daan bericht krijgt van de makelaar, hij rechtstreeks naar het vaste nummer van de bso belt, maar toch wint de nieuwsgierigheid het van mijn logische verstand. Teleurgesteld stop ik de telefoon terug in mijn handtas. Ik probeer mezelf op te peppen met het feit dat geen nieuws ook geen slecht nieuws is. Ik moet gewoon een beetje geduld hebben.

De vragen die me vannacht uit mijn slaap hielden, schieten opnieuw door mijn hoofd. Als een op hol geslagen balletje, dat rond stuitert in een flipperkast. Hoe zal het verdergaan? Zullen we snel bericht krijgen? Zullen de verkopers ons bod accepteren? Hoe groot zal de teleurstelling zijn als het bod wordt afgewezen? De woning gaf ons zo'n goed gevoel, nog zoveel beter dan alle huizen die we tot nu toe bekeken hebben. De locatie, de sfeer, het licht en de grootte van de mooie ruimtes. De authentieke elementen gecombineerd met de hedendaagse, moderne stijl, maakten dat Daan en ik op slag verliefd werden op het huis. Ik weet nu al dat ik het heel erg zou vinden als dit hem niet gaat worden.

'Alice...' Ik word uit mijn gedachten gehaald door een vierjarig meisje, die tegen mijn been duwt om mijn aandacht te krijgen. 'Wie haalt me op vandaag?'

'Je wordt opgehaald door Willeke.'

Sara trekt een beteuterd gezichtje. 'Ik wil niet Willeke. Ik wil papa.'

Ik aai Sara vertederd over haar blonde bos haar en knik. 'Dat snap ik lieverd. Weet je nog hoeveel nachtjes papa wegging?'

Sara schudt haar hoofd.

Ik hou drie vingers omhoog. 'Drie. Papa is nu al twee nachtjes weg.' Ik laat twee vingers opgaan in mijn vuist en hou alleen nog mijn duim omhoog. 'Hoeveel nachtjes duurt het nu nog, denk je?'

'Eén!' roept Sara, die mijn duim met haar handje vastpakt.

'Ja, nog maar één. Een is niet zoveel. Morgen zie je papa weer.'

Er verschijnt een goedkeurende glimlach op haar gezicht.

'Zullen we samen iets moois knutselen voor papa? Dan kun je dat morgen geven als hij je ophaalt.'

Sara knikt, en niet veel later zitten we samen aan de knutseltafel.

'Ik maak dit niet voor papa', zegt Sara, na een tijdje. 'Dit is voor mama.' Ze legt haar wascokrijtje neer en kijkt me aan met haar grote blauwe ogen, omrand door de intens zwarte wimpers. 'Papa zei dat we naar mama gaan. Als hij terugkomt.'

Ik probeer te glimlachen en voel een brok in mijn keel. Haar blik is zo krachtig, haar woorden zijn zo puur. 'Dat is lief van je Sara. Mama zal er heel blij mee zijn.'

Ze blijft me aankijken. 'We moeten ook paars gebruiken. Mama houdt van paars.'

'Goed idee. Waar houdt mama nog meer van?'

Sara denkt even na. 'Van vlinders.'

'Oké, dan maken we ook een mooie vlinder. Volgens mij hebben we nog paarse glitters op de groep van Kiki. Zal ik even kijken?'

De volgende dag werken we verder aan het knutselwerk voor Eline. Nog voordat het gisteren af was kwam de oppas Sara ophalen. Willeke is een aardige vrouw van rond de vijftig, die haar vak verstaat. Ze komt vriendelijk en kundig op me over en nam uitgebreid de tijd om Sara's knutselwerk te bewonderen. Het doet me goed te weten dat Sara in goede handen is. Toch blijf ik het lastig vinden dat Sara's vader op zakenreis is gegaan. Ik heb er in feite niks over te zeggen, maar kan er niet omheen dat ik enorm met Sara te doen heb.

Voordat ik vandaag naar mijn werk ging, heb ik een bezoek aan een van de winkelstraten in Utrecht gebracht. Ik heb een heel mooi fotolijstje gevonden, in A4-formaat. Precies de grootte van het knutselwerk van Sara. Het fotolijstje heeft een bewerkte houten rand en viel duurder uit dan het budget van de bso toelaat. Maar dat geeft niks.

Dit lijstje wilde ik graag kopen. Sara's blije gezichtje was mijn eigen bijdrage meer dan waard. Ze keek heel gelukkig, toen ze het fotolijstje en de origamivlinder zag, die ik gisteravond voor haar gevouwen heb.

Een groot deel van de middag werken we verder aan het knutselwerk. Als het af is, stoppen we het samen in het houten lijstje.

'Net een schilderij', merkt Sara op, wanneer ze het resultaat ziet.

'Het is prachtig geworden. Zullen we het inpakken als een cadeautje?'

Sara knikt en samen zoeken we een mooie rol cadeaupapier uit. Als het kunstwerk is ingepakt en voorzien van een strik, gaat Sara nog even buiten spelen. Ik kijk hoe ze vrolijk naar buiten huppelt. Ineens oogt ze weer als een onbezorgd kind.

Arie steekt zijn hoofd om de hoek van mijn groep. 'Nog steeds geen nieuws?'

Ik schud mijn hoofd. 'Nee helaas. Het duurt nu wel erg lang, vind je niet?'

'Eens even zien... Jullie hebben woensdag, eind van de dag, een bod uitgebracht. Het is nu vrijdag. Ja, je mag toch hopen dat ze jullie niet in onzekerheid laten zitten en vóór het weekend iets laten weten.'

Ik werp een blik op mijn horloge. 'Als ze dat nog van plan zijn, dan mogen ze wel opschieten. Het is bijna vijf uur.'

Arie trekt een meelevend gezicht en verdwijnt weer uit het zicht.

Het valt niet mee om de komende twintig minuten aan iets anders te denken dan aan het geluid van de overgaande telefoon. Ik zou zo graag Daans stem horen zeggen dat het huis van ons is. Hoe geweldig zou dat zijn? De minuten kruipen maar langzaam voorbij en als het uiteindelijk vijf uur is geweest, voel ik me een beetje terneergeslagen. De makelaar zal nu vast niet meer bellen. De beslissing wordt over het weekend heen getild. Wie weet is de spanning wel een tactiek, onderdeel van het spel. Misschien is het de bedoeling dat de beoogde kopers het hele weekend lang dagdromen over het huis. Misschien hoort het er allemaal bij. Een ding is zeker. Ik vind de onzekerheid maar niks.

Rond zessen verdwijnt het teleurgestelde gevoel naar de achtergrond, wanneer Sara's vader mijn groep opstapt. Niet alleen is hij zo knap dat je onmogelijk kunt blijven somberen in zijn buurt, ook is het hartverwarmend om te zien hoe de begroeting tussen John en zijn dochter plaatsvindt. Eindelijk is hij terug van zijn zakenreis. Het waren maar drie nachtjes, maar voor Sara leek het een eeuwigheid te duren. John zakt door zijn hurken en vangt Sara, die enthousiast op hem af komt rennen, moeiteloos op. Hij lacht zijn kaarsrechte rij witte tanden bloot als hij wel honderd kusjes op zijn wang gedrukt krijgt. Na een innige knuffel, die langer aanhoudt dan normaal, staat hij op met Sara op zijn arm. Dan richt hij zich tot mij.

'Hallo Alice. Hoe is het hier gegaan?'

'Goed', geeft Sara antwoord in mijn plaats.

Ik glimlach naar haar. 'Ze heeft je wel gemist hoor!'

Sara slaat haar armpjes weer om haar vaders nek en laat haar hoofd op zijn schouder rusten. Een reactie die alleen maar versterkt wat ik zojuist gezegd heb.

'Maar los daarvan is het inderdaad goed gegaan.'

'Fijn.' John draait zijn hoofd naar Sara, die hij nog steeds op zijn arm heeft. 'Wat heb je allemaal beleefd in de tussentijd?'

Sara haalt haar schouders op. Alsof ze alles ineens vergeten is en dat helemaal niet erg vindt, zolang ze haar papa maar weer terug heeft.

'Heb je het leuk gehad op school en op de bso?' probeert hij. 'Was het gezellig met Willeke?'

Sara knikt een beetje.

John trekt vragend zijn wenkbrauwen op naar Sara en richt zich weer tot mij. 'Nou, ik denk dat de verhalen later nog wel komen.'

Sara haalt haar hoofd van haar vaders schouder en lijkt zich ineens iets te herinneren. Ze wurmt zich uit haar zitplek op Johns arm en als hij haar op de grond zet, rent ze naar de kast. Ze opent een la en komt terug met het ingepakte knutselwerk in haar handen.

'Alice en ik hebben dit gemaakt', zegt ze trots.

'Dat ziet er mooi uit', reageert haar vader.

'Het is een cadeau', geeft Sara uitleg. 'Voor mama. We gaan nu toch naar haar toe?'

'Dat heb je goed onthouden, lieverd.' John bukt zich en drukt een kus op Sara's wang.

Even later zijn alle kinderen van mijn groep opgehaald en ruim ik het speelgoed op dat nog her en der verspreid ligt. De kinderen uit Kiki's groep zijn allemaal al opgehaald en bij Arie zijn nog twee kinderen. Ik hang het piratenpak terug aan een kledinghanger en buk me om het drakenkostuum van de grond te rapen. Als ik geluid achter me hoor draai ik me automatisch om.

'Hé! Wat doe jij nou hier?'

'Ik kom je ophalen.' Daan overbrugt de laatste afstand tussen ons in.

Verbaasd laat ik me door hem kussen. 'Ik baal er wel van,

hoor', zeg ik, na onze begroeting. 'De makelaar laat gewoon niks van zich horen! Het is toch niet netjes om ons het hele weekend in spanning te laten zitten?'

Er verschijnt een grijns op Daans gezicht, die hij eerst probeert te onderdrukken, maar die toch doorzet wanneer hij mijn gezichtsuitdrukking ziet.

'Wat?'

Zijn grijns wordt breder. Zijn ogen stralen van pret.

'Je zou me bellen zodra je iets zou horen!' roep ik verbluft uit. 'Dat had je beloofd!'

'Dit is toch veel leuker?' reageert Daan lachend.

'Betekent het dat...' Ik maak mijn zin niet af. Ik staar alleen maar naar het vertrouwde gezicht van mijn vriend en probeer te beseffen wat hij bedoelt.

Daan tilt me op. Met mijn benen tien centimeter boven de vloer, zwiert hij me in het rond. 'Het is gelukt! Ze zijn akkoord! Lieve Alice, wij zijn straks de eigenaren van een fantastisch huis!'

'Echt?' Ik hap naar adem en kan het nog steeds niet geloven. 'Zet me neer! Zet me neer!'

Daan stopt met draaien en zet me weer op de grond. In mijn hoofd tol ik nog na. Dan slaat hij opnieuw zijn armen om me heen en voel ik de warmte van zijn lichaam. Hij ruikt heerlijk en ik word overmand door een euforisch gevoel.

'Wow...' is het enige wat na een poosje uit mijn mond wil komen. Ik sluit mijn ogen en adem diep in om het geluksgevoel volledig te ervaren. Dan voel ik hoe hij zijn aangenaam, zachte lippen op de mijne drukt. Ik realiseer me dat mijn groep verlaten is en dat de twee kinderen die nog aanwezig zijn, hier twee groepen vandaan zitten. Wat kan het mij ook eigenlijk schelen? Ik wil intens genieten van dit moment. Ik verlies mezelf in de kus, die al snel overslaat in een echte zoen. De zoen is gepassioneerd en wakkert een verlangen in me aan. Mijn armen, die ik om Daan heen geslagen heb, laat ik onder zijn shirt glijden. Ik wil meer van zijn lichaam voelen. Ik beweeg mijn handen over zijn rugspieren. Na een tijdje trekt Daan zich rustig terug en kijkt me aan.

'Kom. Dan zeggen we je collega's gedag en gaan we het vieren in de stad!'

7

'JE MOET ONS ER ALLES OVER VERTELLEN', ZEGT JULIA stellig.

'En geen details achterhouden graag', voegt Lize eraan toe.

Ik lach om de ferme toon die mijn vriendinnen tegen me aanslaan. Vanmorgen besefte ik ineens dat ik mensen moest gaan bellen. Toen ik Julia en Lize sprak, reageerden ze zo enthousiast dat ze allebei hun afspraken voor vandaag hebben afgezegd om naar me toe te kunnen komen. Zo komt het dat ik vandaag opnieuw in het centrum van Utrecht eet.

'Ik vind het zo leuk dat jullie gelijk vandaag wilden afspreken.'

'Natuurlijk willen we dat. Het is toch ook geweldig nieuws!'

Ik vertel mijn vriendinnen over de bezichtiging van afgelopen woensdag en laat de funda-pagina met foto's van het huis op mijn mobiel zien. Ik vertel hoe we daarna in spanning zaten en dat ik baalde, omdat we met ingang van het weekend nog niks gehoord hadden. Maar dat het anders in elkaar bleek te zitten, omdat Daan wel degelijk een telefoontje van de makelaar had gehad.

'Echt iets voor Daan om je met het nieuws te willen verrassen.' Julia neemt een slokje van haar wijn.

'Ja. Ik vond het in eerste instantie niet leuk. Hij had me beloofd dat hij het zou laten weten zodra hij iets hoorde. Maar achteraf gezien is het natuurlijk heel lief van hem om me op deze manier te overvallen.' Ik wijs naar het langwerpige kaartje dat voor ons op tafel ligt. 'Zullen we nog een rondje sushi bestellen?'

Julia eigent zich het kaartje toe en zet streepjes met de balpen, zonder eerst een blik op de menukaart te werpen. We weten na meerdere bezoeken in dit restaurant precies welke Aziatische gerechtjes onze voorkeur hebben. Het restaurant in het hartje van Utrecht heeft twee verdiepingen. Vandaag hebben we een tafeltje gekregen op de benedenverdieping. De halfronde bogen van het plafond benadrukken het keldergevoel van het oude grachtenpand, toch is alles hier hypermodern gerestaureerd. Ik hou ervan wanneer oud en nieuw op een stijlvolle manier in harmonie zijn gebracht.

Julia telt de hoeveelheid streepjes en knikt goedkeurend. 'Meer gerechtjes mogen we niet bestellen deze ronde', verklaart ze. Ze vouwt het langwerpige kaartje dubbel en plaatst het zo dat het voor de ober duidelijk is dat hij het mee kan nemen om de bestelling door te geven.

‘Hoe is het nu uiteindelijk precies gegaan?’ wil Lize weten. ‘Waren de verkopers gelijk overtuigd van jullie bod?’

‘Nee! Daan vertelde gisteravond dat ze in eerste instantie wilden kijken of ze toch een hoger bedrag dan de vraagprijs konden krijgen. Een ander stel heeft donderdag een bezichtiging gehad. Toen bleek dat zij ook geïnteresseerd waren, mochten ze ook eenmalig een eindbod uitbrengen.’

Lize fronst haar wenkbrauwen. ‘Maar dat bod viel lager uit?’

‘Nee. Integendeel, het bod van de andere potentiële kopers lag een stuk hoger!’

Mijn vriendinnen kijken me niet begrijpend aan. Ik wacht even met de toelichting tot de ober bij ons tafeltje vandaan loopt.

‘Het bod lag hoger dan dat van ons. Maar dat andere stel kon pas over een aantal maanden in het huis trekken. Ze wilden eerst hun huidige woning verkopen en niet met dubbele hypotheeklasten zitten. Wij hebben dat probleem niet. Ons huurappartement is maandelijks opzegbaar. En al zouden we de huur een maandje extra moeten betalen, dan nog vinden we dat niet erg. De verkopers gaan scheiden en willen liever vandaag dan morgen van hun huis af zijn. Dus dat wij er snel in kunnen, heeft de doorslag gegeven.’

‘Geweldig zeg!’ Lize heft haar wijnglas en we proosten met z’n drieën.

‘Het bod van de andere partij mag dan misschien hoger zijn’, merkt Julia op, nadat ze een slokje heeft genomen en daarmee haar glas leegmaakt. ‘De verkoper zou dan nog wel een aantal maanden de hypotheek moeten doorbetalen, tot het moment van de woningoverdracht.'

'Ja precies', bevestig ik. 'Als je dat meerekent schelen de uiteindelijke bedragen niet meer zoveel van elkaar.'

'Plus dat de verkopers elkaar misschien niet meer kunnen luchten of zien, nu ze gaan scheiden', voegt Lize eraan toe. 'Als iemand je echt je neus uitkomt, dan snap ik wel dat je graag op alle fronten zo snel mogelijk van die persoon af wil zijn.'

Ik schiet in de lach en denk dan schuldbewust terug aan het babykamertje. 'Ze hebben een baby'tje', zeg ik uiteindelijk, als ik mijn vriendinnen vragend zie kijken.

Lize haalt nuchter haar schouders op. 'Tja, dat soort dingen gebeuren.' Ze trekt de fles witte wijn omhoog uit de koeler en laat haar mondhoeken zakken, als ze erachter komt dat er niet meer genoeg in zit voor drie glazen. Lize verdeelt het restant uit de fles. 'Hoe is het eigenlijk met die familie op je werk?'

'Nou, ik vind die vader niet meer zo leuk als eerst...'

'Vond je hem leuk?' onderbreekt Lize me geamuseerd.

'Nou ja... Leuk? Hij is echt ontzettend knap. Had ik dat vorige keer niet verteld?'

Julia en Lize schudden fanatiek hun hoofd. De ober komt terug met een deel van de bestelling en we kijken toe hoe een bordje met verschillende sushi's, een schaaltje spinaziesalade met in het midden drie coquilles, een schaaltje edamame en een bordje met drie aardappelkoekjes op ons tafeltje worden gezet.

'Willen de dames nog een flesje wijn?'

Julia knikt de ober vriendelijk toe. 'Graag!'

De ober loopt weg met onze lege fles wijn en we kijken hem alle drie na.

'Wat hebben ze hier toch leuk servies', zegt Julia, wijzend naar de kleurige aardewerken bordjes en schaaltjes, met hier en daar een turquoise detail. 'Ik wil dat thuis ook. Maar vertel verder... Die vader van je werk is dus knap.'

'Ja, hij is knap', herhaal ik. 'Niet gewoon knap, zo van, goh, die ziet er goed uit. Maar echt, wow, dit is niet normaal!'

Julia grinnikt. 'We hebben er een beeld bij.'

'Ik overdrijf niet hoor. Het is niet alleen mijn mening. Niemand weet gewoon meer zo goed waar hij mee bezig is als hij in de buurt is. Als John er is, kun je alleen maar dromerig naar hem staren.'

Lize pakt een sushi met haar stokjes, legt het op haar eigen bordje, naast het kleine bakje met sojasaus, en peutert met haar vingers het uitstekende staartje van de garnaal los. 'Let op Juul, dit verhaal krijgt een staartje', zegt ze, terwijl ze het staartje lostrekt van de garnaal.

Julia en ik moeten lachen om de komische woordspeling.

'Het is dus een lekker ding, die John. Geloof me, dat zouden jullie ook vinden. Maar afgelopen week was hij een aantal dagen op zakenreis. Ik had toch verteld dat z'n vrouw ziek is...'

Julia houdt haar hoofd schuin. 'Ongeneeslijk ziek, toch? Ik ben even kwijt wat ze ook alweer precies heeft.'

'Baarmoederhalskanker. Met uitzaaiingen in andere organen. John ging op zakenreis, op het moment dat ze kort daarvoor te horen hadden gekregen dat zij ongeneeslijk ziek is. De situatie is al verschrikkelijk en dan laat hij z'n dochtertje ook nog eens achter bij een oppas.'

'Zijn timing is op z'n zachtst gezegd niet erg handig

nee', gaat Julia erin mee. 'Maar als het maar voor een paar dagen was...'

'Dat dacht ik ook', onderbreek ik haar. 'Ik ging ervan uit dat zijn zakenreis eenmalig zou zijn. Gister kwam hij Sara ophalen, rechtstreeks vanuit Berlijn. Toen Sara op de gang haar jas en rugzak pakte, vertelde hij dat hij aankomende week opnieuw een zakenreis gepland heeft staan.'

'Dat arme kind.' Julia doopt met haar stokjes een sushi in haar bakje met sojasaus en brengt het naar haar mond.

'Sneu hè? Deze week vroeg Sara me wie haar kwam ophalen. Haar moeder ligt in het ziekenhuis en wordt niet meer beter, haar vader was op zakenreis. En zij zelf moest het doen met een oppas die ze pas net heeft leren kennen.'

Lize zucht diep. 'Poeh! Ik kan me voorstellen dat je hart een beetje breekt als zo'n klein meisje zoiets aan je vraagt. Dus de conclusie is dat die John een lekker ding is, maar ook een beetje een eikel.'

*

Een paar dagen later denk ik terug aan Lizes woorden. Sara's vader is voor de tweede week op rij op zakenreis. Wat vind ik hier eigenlijk van? Vind ik hem nu echt een eikel?

Afgelopen maandag kwam hij tijdens het ophalen naar me toe. Hij wilde me bedanken voor het cadeau dat Sara en ik voor zijn vrouw hebben gemaakt. Dat had hij niet hoeven doen, maar hij besloot er opnieuw aandacht aan te geven, wat toch echt wel aardig van hem is. Hij gaf me een envelop, met daarin een kaartje van zijn vrouw. Op de voorkant stonden allemaal kleine zwarte driehoekjes en in het midden was een mintgroene cirkel waarin in een hip zwart lettertype 'Bedankt' stond. Ik slikte en opende de kaart. In de handgeschreven tekst bedankte Sara's moeder me voor de goede zorg voor haar dochter. Door alle verhalen van Sara had ze het gevoel dat ze me toch een beetje kende. Het was lief en heftig tegelijk. Eline schreef dat ze blij is dat Sara het naar haar zin heeft op de bso. Ik moest een paar keer knipperen om mijn emotie de baas te blijven. Niet alleen is het ontzettend attent, het bedankje via haar man kwam ook heel oprecht op me over. Ik kan dus onmogelijk slecht over Sara's vader denken. Maar begrijpen waarom hij opnieuw op zakenreis is gegaan en zijn dochter voor een tweede keer in korte tijd achterlaat bij de oppas, doe ik niet. Als ik heel eerlijk ben, vind ik het eigenlijk niet kunnen. Hoe kan John nu zo vaak weggaan als Sara's moeder doodziek is? Hoe kan hij Sara zo aan haar lot overlaten? Sara, die het al zwaar genoeg heeft en gebaat is bij een zo stabiel mogelijke thuisbasis. Ze heeft nu juist behoefte aan zekerheid, continuïteit en vooral geborgenheid.

Misschien maak ik me ook wel te veel zorgen. De dagen van Johns afwezigheid verlopen verrassend goed. Sara lijkt een beetje te wennen aan het idee dat de oppas haar zo nu en dan komt ophalen. Misschien moet John gewoon roeien met de riemen die hij heeft en ziet hij geen andere mogelijkheid dan het inzetten van een oppasmoeder. Het lijkt erop dat Willeke zich daadwerkelijk bekommert om Sara. Er is sprake van een klik. Dus misschien moet ik het loslaten, er niet langer over inzitten.

Het zou kunnen dat het zwaarder voelt vanwege mijn eigen achtergrond. Ik weet dat Sara hetzelfde noodlot te wachten staat, dat de drang naar een goede relatie met de overgebleven ouder sterk is. John zal voor Sara de rol aannemen van rots in de branding. De relatie met mijn vader was altijd vele malen sterker dan die met mijn moeder. Na zijn overlijden werd de band met mijn moeder niet hechter. Ik had behoefte aan iets wat er simpelweg niet was. Op de een of andere manier wil ik daarvoor waken bij Sara. Alsof ik er persoonlijk op wil toezien dat de band tussen haar en haar vader goed blijft.

'Goed weekend gehad?' vraagt Arie, wanneer we aan het begin van een nieuwe werkweek naar De Wegwijzer en De Paddenstoel lopen. Het is lekker weer buiten. Er staan een paar kleine wolkjes aan de lucht en in een boom doet een merel zijn best het wandelingetje naar de basisschool te voorzien van een muzikaal hoogstandje.

Kiki kijkt opzij naar Arie die in het midden loopt. 'Nou, zeker. Ik had nog een giller! Zaterdagochtend bracht ik een bezoekje aan de sauna. Raad eens wie ik daar tegenkwam?'

Arie trekt een vragend gezicht.

'Nee...' zeg ik half lachend, half geschokt. 'Je bedoelt toch geen vader, hè?'

Kiki knikt ferm. 'Oh jawel! Raad eens wie?'

Arie grijnst gretig. 'Ik hoop voor jou je nummer één. De papa van Puck en Eef.'

'Sinds de komst van Johnnyboy is Ties niet meer mijn nummer één, hoor.'

Ik stop abrupt met wandelen en zet grote ogen op. 'Je gaat me toch niet vertellen dat je de vader van Sara tegenkwam in de sauna?!'

Kiki giechelt en trekt speels aan mijn jas, zodat ik weer

verder loop. 'Nee, helaas. Zoveel geluk had ik nou ook weer niet. Ik kwam Hey-hallo-hai tegen!'

Arie en ik schieten tegelijkertijd in de lach. Hey-hallo-hai is de bijnaam die we de vader van Lars hebben gegeven, een jongetje in de groep van Kiki. Deze vader komt steevast binnenlopen met drie begroetingen achter elkaar, altijd in dezelfde volgorde.

Arie heeft zichtbaar moeite te stoppen met lachen. 'Zeg je nou dat je Hey-hallo-hai... naakt... in de sauna hebt gezien?' vraagt hij haperend van pret.

'Hij had een handdoekje om toen hij de sauna binnenkwam, maar het was niet toevallig een badkledingdag of zo... Dus ik lag daar languit gestrekt. Helemaal ontspannen. Zie ik ineens die vader van Lars! Er waren op dat moment gelukkig wel een paar andere mensen, maar het was toch vrij ongemakkelijk kan ik je vertellen. Zelfs voor mijn doen.'

'Ongemakkelijk?' herhaal ik gierend van het lachen.

'Ik heb zaterdagavond flink de bloemetjes buiten gezet om dat beeld van m'n netvlies af te krijgen.'

'Ja?' vraagt Arie nieuwsgierig. 'Was het zo erg?'

'Nee. Integendeel. Alles zag er piekfijn uit. Daar gaat het niet om. Ik probeerde het beeld te verdrinken met een paar glaasjes alcohol, niet omdat z'n... uhm... je weet wel.' Kiki tekent aanhalingstekens in de lucht. 'Zijn hey-hallo-hai me niet aanstond... Ik moet die vader van de week gewoon weer normaal te woord kunnen staan, zonder dat beeld in mijn hoofd.'

Arie schudt zijn hoofd. 'Ik ben bang dat dat niet gaat lukken... Hey-hallo-hai heeft nu een geheel nieuwe betekenis gekregen.'

Ik grinnik. 'En ik maar denken dat de vader van Lars ter compensatie van Sara's vader op de bso rondloopt. Die loopt je soms straal voorbij zonder een begroeting.'

Arie slaat zijn armen om de schouders van Kiki en mij heen. 'Die vader van Lars toch!'

'Gister was ik na het stapavondje zo lui dat ik de hele dag niet uit bed ben gekomen. Ik heb in pyjama een serie gekeken en 's avonds een pizza laten bezorgen', gaat Kiki verder met haar verhaal.

'Dan ben je toch even uit bed geweest', reageert Arie. 'Om de deur voor de pizzabezorger open te doen.'

'Tja, dat was het enige minpuntje van de dag. Eigenlijk zou ik hem een sleutel van m'n huis moeten geven. Dan krijgt hij voortaan een fooi voor de *pizza in bed delivery service.*'

'En jij Alice? Hebben Daan en jij het weekend ook in bed doorgebracht?' Arie haalt zijn arm van mijn schouder, legt zijn wijsvinger precies onder zijn oog en beweegt deze een centimeter naar beneden, terwijl hij me diep in mijn ogen kijkt. Een gebaar wat doet vermoeden dat hij eigenlijk iets anders bedoelt.

'Was dat maar waar. We zijn behoorlijk druk geweest. De eerste verhuisdozen met spullen die we voorlopig niet meer gebruiken, zijn ingepakt. Als je eenmaal begint met het uitruimen van kasten blijk je toch altijd meer troep te hebben dan je denkt.'

'Oh jee... Bespeur ik hier een vorm van opkomende verhuisstress?'

'Het valt nog mee. Al ben ik blij dat we de komende twee weken de tijd hebben voor alle voorbereidingen. Er komt echt een hoop kijken bij de aankoop van een huis. We zijn vorige week direct begonnen met dingen te regelen.' Ik tel af op mijn vingers. 'Het opzeggen van de huur. Afsluiten van de hypotheek. Adreswijzigingen die doorgegeven moeten worden. Verzekeringen afsluiten. We hebben een bouwkundig rapport van het huis laten opstellen. En zo zijn er nog een hoop regeldingen, waar ik jullie niet mee zal vermoeien.'

'Over twee weken krijgen jullie dus de sleutel?' vraagt Kiki.

'Ja', antwoord ik blij. 'Ik heb er zo'n zin in!'

'Het is een drukke periode', stelt Arie vast. 'Maar als je straks eenmaal in het huis zit, kan het grote genieten beginnen.'

'Ik kan haast niet wachten', reageer ik opgetogen.

Kiki kijkt me glimlachend aan. 'Moet er veel aan het huis gebeuren of kunnen jullie er zo intrekken?'

'In principe valt het mee. Er ligt vloerbedekking in de slaapkamers, maar daar willen we graag laminaat. En we vinden de badkamer niet mooi, die moet echt flink aangepakt worden.'

'Gelukkig heb je een handige vriend.' Arie knipoogt naar me.

Ik grijns. 'Ja, Daan kan helemaal losgaan in de badkamer.'

Gehuld in onze groene bodywarmer, waar op de achterkant heel groot BSO Het Speelparadijs op staat, komen we aan bij de twee basisscholen. Ik neem een afslag naar rechts, om bij de kleuteringang van De Wegwijzer te gaan staan. Kiki loopt door naar de andere uitgang voor de oudere basisschoolkinderen en Arie gaat naar het speelplein van De Paddenstoel.

Na een poosje zie ik de eerste kleuters uitgelaten het schoolplein oprennen. Een aantal komt direct vrolijk kletsend bij me staan. Anderen spelen nog even op het speeltoestel naast me. 'Als ik heel veel geld had, zou ik een vliegtuig kopen', zegt Gijs even later, wanneer ik met al mijn kleuters aan tafel zit voor het eet- en drinkmoment. 'Dan kan ik lekker de hele wereld over vliegen.'

Ik glimlach naar Gijs. 'Waar zou je als eerste naartoe vliegen?'

'Naar Amerika!' roept hij.

'Nou, dat lijkt mij ook wel wat. Als het een groot vliegtuig is, dan kunnen we allemaal met je mee. Appelstroop of smeerkaas?' Ik wijs naar de rijstwafel in mijn hand.

'Smeerkaas', antwoordt Gijs.

Ik besmeer de rijstwafel en luister ondertussen naar het gesprek van de kleuters dat verdergaat.

'Als ik heel veel geld had, dan zou ik een supervette raceauto kopen', zegt Max.

'Ik wil het liefst een zwembad!' roept Lucas. Hij kijkt verwachtingsvol naar Nora, die naast hem zit.

'Ik wil het allerliefst een Disney-prinses zijn', zegt Nora.

'Nee, Disney-prinsessen zijn stom', brengt Gijs ertegenin, terwijl hij de rijstwafel van me aanpakt. Ik geef hem een blik en hij glimlacht ondeugend terug.

'Ik wil het liefst een puppy', zegt Yarah, die naast Nora zit.

Gijs, Max, Lucas, Nora en Yarah kijken naar Sara, die aan de andere kant van Yarah zit. Ze is de volgende in de rij en de kinderen wachten rustig af wat Sara aan het lijstje gaat toevoegen.

'Ik wil het allerliefst dat mama beter wordt.'

Ik krijg een brok in mijn keel. Het is bijzonder hoe kleuters met een situatie als deze omspringen. Dat de een het allerliefst een puppy wil en de ander dat haar mama beter wordt, is in kinderogen helemaal niet raar. Het kan gewoon naast elkaar bestaan. De ironie in deze opsomming is alleen zichtbaar voor volwassenen. Voor mij dus. Wanneer ik het Sara hoor zeggen moet ik slikken. Het grijpt me aan, maar als ik merk dat de kleuters er niet speciaal op reageren en gewoon verder het rijtje afgaan, besluit ik er niet op aan te haken. Ik richt mijn blik op Sara. Ze kijkt verwachtingsvol naar Philip, die naast haar zit. Zo te zien is ze benieuwd wat hij aan het lijstje gaat toevoegen. Sara lijkt niet overstuur en grinnikt wanneer Philip zegt dat hij het allerliefst een haai zou zijn. Ik glimlach om haar gegrinnik en weersta de neiging Sara te knuffelen.

Arie komt heel dichtbij me staan en fluistert in mijn oor: 'Is hij er nou nog steeds niet?'

Ik schud mijn hoofd en kijk hulpzoekend naar Kiki.

Ze pakt mijn signaal feilloos op. 'Sara, zullen wij samen een boekje lezen?'

Sara knikt en loopt naar de boekjes om er een uit te zoeken.

Dankbaar gebaar ik naar Kiki. Arie en ik trekken ons terug in het keukentje en ik sluit de deur achter ons.

'Hij had er nu toch wel moeten zijn', zeg ik onrustig.

Arie pakt de map met kindgegevens uit de kast en legt deze op het bureau.

Hij bladert in de map, die op alfabetische volgorde is ingericht en wijst naar het nummer. Ik toets het in op de telefoon en wacht af.

‘En?’ vraagt Arie.

‘Niks. Ik krijg niet eens z’n voicemail.’

Arie trekt een moeilijk gezicht. ‘Dat is gek. Hij is niet op zakenreis, toch?’

‘Nee. In de afgelopen twee weken was hij dat wel. Maar deze week niet, voor zover ik weet.’

Ik toets het nummer opnieuw in en wacht weer af. ‘Nee, weer niks’, zeg ik een beetje ongemakkelijk.

‘Misschien toch even die oppasmoeder proberen…’

Ik sla de bladzijde in de map om en staar naar de foto van Sara’s vaste oppas. Dan voer ik het nummer in.

‘Hallo, Willeke?’ zeg ik, wanneer ik een stem hoor.

‘Willeke Kruisman, spreekt u mee…’

‘Dag Willeke. Je spreekt met Alice, van buitenschoolse opvang Het Speelparadijs. Ik bel even in verband met Sara van der Meulen. Die is nog niet opgehaald van de bso. Kunt u me vertellen of zij vandaag door u of door haar vader wordt opgehaald?’

‘Vandaag komt meneer Van der Meulen z’n dochter ophalen.’

Ik laat mijn ingehouden adem ontsnappen en merk dat ik teleurgesteld ben door het antwoord. ‘Oké, dat is goed om te horen’, zeg ik evengoed. ‘Dan is meneer Van der Meulen vandaag wat verlaat. We kregen hem zojuist niet te pakken, vandaar dat ik contact met u heb opgenomen.’

‘Geen probleem hoor.’ Klinkt het vriendelijk aan de andere kant. ‘In principe ziet u mij volgende week weer, maar…’ Ik hoor twijfel in Willekes stem. ‘Mocht meneer Van der Meulen me eerder nodig hebben, dan kan dat.’

Er trekt een huivering door mijn lichaam. Blijkbaar

heeft Willeke hetzelfde voorgevoel als ik. Ik bedank haar en verbreek de verbinding.

Arie kijkt me vragend aan. 'Geen Willeke vandaag?'

'Nee.' Ik laat me op de bureaustoel zakken en staar even voor me uit.

Arie neemt me nauwlettend op. 'Wat denk je?'

'Wat nou als...' Ik klap mijn mond dicht en kijk hem schuin aan.

Arie leunt tegen het aanrecht en fronst zijn wenkbrauwen.

'Wat nou als het mis is?' vraag ik zachtjes. 'Wat als John te laat is, omdat hij Sara niet kan ophalen... Omdat het mis is met z'n vrouw?'

Het besef dringt door op Aries gezicht. 'Shit. Daar had ik nog niet aan gedacht.'

Beiden werpen we tegelijk een blik op de klok, die in het keukentje hangt. De klok geeft zeven uur aan.

'Een halfuur na sluitingstijd', constateer ik. 'Dit is echt niks voor Sara's vader.'

'Nee...' Ik zie de bezorgdheid op Aries gezicht toenemen.

'Meestal is hij hier tussen zes en halfzeven. Hij is nog nooit te laat geweest.' Ik kijk naar Arie en zoek steun in zijn blik. Ik wil dat hij me vertelt dat alles goed komt. Dat ik me niet ongerust hoef te maken. Beter nog, ik wil dat John hier nú binnenloopt en met een brede glimlach Sara's verwelkomingknuffel in ontvangst neemt. Maar dat is niet wat ik zie. Wat ik uit Aries gezichtsuitdrukking opmaak, stelt me allesbehalve gerust.

8

DE AANHOUDENDE STILTE OP DE BSO WORDT ONDERBROKEN door de voordeur die ik open en dicht hoor gaan. Onbewust hou ik mijn adem in. Om kwart over zeven kreeg ik Sara's vader eindelijk te pakken. Het enige wat hij zei was dat hij eraan kwam. Over de situatie van Eline sprak hij niet. Weten wat er aan de hand is, waarom hij zijn dochter ver na sluitingstijd komt ophalen, doe ik niet. Arie en Kiki heb ik vlak na het telefoontje naar huis laten gaan. Nu ik weet dat John Sara komt ophalen, vind ik het niet erg om straks hier in mijn eentje af te sluiten. Bovendien lijkt het me voor Sara's vader niet prettig als hij wordt opgewacht door drie volwassenen en een slapende kleuter. Als het echt mis is met Sara's moeder, kan ik me voorstellen dat één vragende blik al meer dan genoeg is.

Ik kijk naar Sara, die zo moe was dat ze in slaap is

gevallen op het leesbankje. Mijn voorgevoel zegt me dat haar vader haar niet voor niets te laat komt ophalen. Er moet haast wel iets mis zijn. Een vlaag van misselijkheid komt opzetten als ik denk aan het moment dat John Sara moet gaan inlichten. Hoe moet hij haar vertellen wat er speelt? Zal hij het meteen doen, hier in mijn bijzijn? Hoe vertel je een vierjarige dat haar moeder...

'Alice...' De verschijning van Sara's vader haalt me uit mijn gedachten. Ik probeer te achterhalen hoe zijn stem klinkt. Om in te schatten hoe erg de situatie is. Hij kijkt een beetje verwonderd rond over de groep, die op ons drieën na leeg en opgeruimd is. 'Iedereen is al weg', zegt John overbodig. Hij beweegt zich naar het leesbankje en knielt neer bij Sara. 'Sara lieverd, papa is er', zegt hij terwijl hij zachtjes over haar haar strijkt.

Ik frons mijn wenkbrauwen. Wat is dit? Wil Sara's vader niet vertellen wat er speelt? Is het zo erg dat hij het mij niet direct wil zeggen, omdat andere mensen misschien eerst nog op de hoogte gebracht moeten worden?

Sara beweegt wat en maakt een geluidje. Ze wordt wakker en kijkt haar vader met kleine oogjes aan. John glimlacht en drukt een kusje op haar wang.

'Kom lieverd, we gaan naar huis.' Hij tilt Sara op, die als een aapje haar armen en benen om hem heen slaat en haar hoofd op zijn schouder laat rusten. John loopt in rustig tempo naar de gang. Hij hoeft niet te zoeken naar Sara's jas en rugzak, want verder hangt er niks meer aan de kapstok. Ik probeer te bedenken of ik ernaar moet vragen. Gaat het goed met je? Ben je oké? Was je net bij je vrouw in het ziekenhuis? Het klinkt allemaal zo stom. Als hij er iets over kwijt wil, dan zal hij dat heus zelf wel aangeven.

Hij loopt voor me uit naar de voordeur en ik kijk naar het meisje dat haar ogen alweer gesloten heeft. Dan draait John zich ineens om. Hij werpt een blik op zijn horloge en constateert dat het al halfacht is. Met zijn vrije hand graait hij in zijn jaszak. Ik ben in shock als ik zie wat hij daaruit tevoorschijn haalt. Vol walging kijk ik naar de man die een briefje van vijftig euro uit zijn portemonnee haalt.

'Sorry dat ik te laat ben. Ik hoop dat ik hiermee de onkosten kan dekken.'

*

'Dat meen je niet!' roept Daan verbluft uit, wanneer ik hem een halfuur later mijn verhaal heb verteld. Ik heb mijn maaltijd opgewarmd. Daan was zo lief geweest te koken en heeft een portie lasagne voor me bewaard.

'Ik meen het echt', zeg ik half kauwend op de lasagne. 'Dat geloof je toch niet? En wij maar denken dat er wat ergs aan de hand was. Vanwege de moeder van Sara, weet je wel?'

Daan knikt.

'Ik had al hele scenario's in m'n hoofd, dat het helemaal mis was. Ze is ongeneeslijk ziek. Dan denk je daar toch aan? Dat het de reden is waarom hij Sara ruim een uur na sluitingstijd kwam ophalen. Maar nee, ik zat er compleet naast.'

'Hij is z'n dochter dus gewoon vergeten! Dan schaam je je toch de ogen uit je kop?'

'Dat zou je denken... Niet dus.' Ik neem een slok water en zet mijn glas net iets te hard terug op de eettafel. Ik zit nog vol adrenaline.

'En hij maakte niet eens fatsoenlijk z'n excuses?'

'Hij zei, sorry dat ik te laat ben. Ik hoop dat ik hiermee de onkosten kan dekken en toen schoof hij me doodleuk vijftig euro toe.'

Daan schiet in de lach en ziet me dan kijken. 'Ik beloof je dat je dit ook ooit heel grappig zult vinden.'

'Ja, dat zal wel. Maar nu vind ik het nog allesbehalve grappig.'

Daan probeert zijn gezicht neutraal te krijgen. Wat niet erg wil lukken. 'Hoe reageerde je dan?'

'Ik stond paf! Ik was gewoon met stomheid geslagen!' roep ik uit.

'Dat begrijp ik. Maar daarna, toen je over de ergste schrik heen was? Ik mag toch hopen dat je die man eens even goed de les hebt gelezen?'

Mistroostig schud ik mijn hoofd.

Daan kijkt me ongelovig aan. 'Meen je dat nou? Je hebt helemaal niks gezegd?'

'Klopt. Doordat ik de situatie compleet verkeerd ingeschat had, was ik zo enorm verbaasd dat ik niet op woorden kon komen. En trouwens, voordat ik iets kon zeggen waren ze al weg. Hij gaf het geld en weg waren ze.'

'Hij is toch rijk?'

Ik kijk Daan niet begrijpend aan.

'Dat heb ik een keer opgevangen in een gesprek tussen jou en Arie... Mensen met veel geld snappen het niet. Door al dat geld weten ze niet meer hoe de gewone wereld in elkaar steekt. Ze denken dat alles te koop is. Hij denkt z'n eigen stommiteit goed te maken door met een briefje van vijftig te zwaaien.'

*

'De regels zijn dat we met een kaartsysteem werken. Te laat is een gele kaart en twee gele kaarten is een rode kaart en dat betekent een boete.'

Kiki kijkt me verbaasd aan. 'Dat wist ik niet eens.'

'In de praktijk worden die regels ook nauwelijks nageleefd. De keren dat ouders te laat kwamen, doordat ze bijvoorbeeld in de file stonden, belden ze altijd netjes even naar de opvang. Het is nog nooit voorgekomen dat we echt niet wisten waar we aan toe waren en de ouder ook niet konden bereiken.'

'Tot gister dan', vult Arie aan. 'Dat kaartsysteem wordt lekker nageleefd. Ik heb nog nooit een ouder een gele kaart uitgedeeld.' Arie grinnikt en heeft zo te zien een binnenpretje.

Kiki en ik kijken hem vragend aan.

'Lijkt me eerlijk gezegd best grappig om te doen. Geef me een scheidsrechtersfluitje en een vlag voor buitenspel en ik ga ervoor.'

Kiki giechelt. 'Dat gaan we regelen!'

'Het kaartsysteem is natuurlijk symbolisch. We gaan natuurlijk niet echt gele kaarten uitdelen', zeg ik met een flauwe glimlach. 'Al heb ik na dat vijftigje van Sara's vader wel veel zin om hem voor straf op de bank te laten zitten.'

'Ik snap wel dat je je een beetje afgekocht voelt. Het is natuurlijk ook geen gebruikelijk gebaar. Maar aan de andere kant...' Arie kijkt ons onheilspellend aan. 'Misschien moeten we de vijftig euro inzetten op ons volgende cocktailavondje!'

'Rondje van Johnnyboy!' roept Kiki vrolijk.

Ik probeer mijn lachen in te houden, maar krijg het niet goed voor elkaar. 'Ik zie er best tegenop hem vandaag te zien, jongens. Ik voel me geloof ik nog steeds een beetje vernederd.'

'Gelijk heb je', zegt Kiki meteen. 'Wat mij betreft is John een plek gezakt in de Hot Daddy List.'

'Je hebt je boosheid ook nog niet naar hem geuit', gaat Arie serieus in op mijn gevoel. 'Laat hem vandaag weten hoe je erover denkt. Je mag die kerel best vertellen dat wij hier allemaal in spanning en onzekerheid zaten.'

'Ja, maar wat wil je dan dat ik zeg? Ik kan hem toch niet vertellen dat wij bang waren dat z'n vrouw overleden was?'

Arie trekt een bedenkelijk gezicht. 'Nee, dat is misschien een beetje raar om te zeggen.'

Een paar uur later ben ik op een vreemde manier opgelucht, als John Sara ruim voor sluitingstijd komt ophalen. Het kleine beetje onzekerheid over Elines situatie wordt uit de weg geruimd als ik ze hoor bespreken wanneer ze op bezoek gaan bij mama. Er is dus blijkbaar niks veranderd in de situatie van Eline. Sara's vader was gisteren gewoon te laat, dat is nu wel duidelijk. John gedraagt zich normaal en het lijkt haast wel alsof het voorval van gisteren helemaal niet heeft plaatsgevonden. Ik twijfel of ik erover moet beginnen. Het laten gaan is waarschijnlijk een stuk gemakkelijker. Toch kies ik voor de moeilijke weg. De vijftig euro zit me nog steeds niet lekker.

'John...'

Hij loopt achter Sara aan om haar jas en rugzak op de gang te pakken en draait zich om bij het horen van zijn naam. Ik slik, misschien had ik hem niet zo informeel moeten aanspreken en zijn achternaam eraan toe moeten voegen. Ik gebaar dat hij door kan lopen naar de gang en dat ik hem zal volgen zodat we het gesprek buiten de drukte van mijn groep kunnen voeren. De gang is leeg, op ons drieën na.

'Nog even over gister... Ik weet niet wat de reden is dat je zo laat was met ophalen', begin ik. 'Dat hoef ik ook niet te weten', voeg ik er gauw aan toe, omdat ik besef dat ik klink als een strenge schooljuf. 'Maar mocht het nog een keer voorkomen, dan is het in het vervolg wel fijn als je even belt. Zodat wij weten dat je later bent en niet in ongerustheid zitten.' Ik laat een stilte vallen. 'Al hoop ik natuurlijk dat het niet meer voorkomt', voeg ik er een beetje klungelig aan toe. Ik kijk naar het gezicht van Sara's vader om zijn reactie te peilen.

'Je was ongerust...' zegt hij half vragend, half als opmerking.

'Ja. Natuurlijk. Wij wisten niet waar je was. We kregen je niet te pakken. Ik heb de oppas nog gebeld...'

Sara's vader knikt ferm en lijkt daarmee het gesprek te willen afsluiten.

Ik haal het geldbriefje uit mijn zak en geef hem de vijftig euro terug. 'Officieel zou ik je nu een symbolische gele kaart moeten geven', zeg ik een beetje ongemakkelijk, aangezien ik het zelf ook een stomme regel vind. 'Pas bij twee gele kaarten moet je een bedrag betalen.' Ik spreek het woord boete expres niet uit.

John kijkt me bevreemd aan en even denk ik iets van een grijns op zijn gezicht te zien. Ik knipper met mijn ogen, maar als ik opnieuw zijn blik probeer te doorgronden is zijn gezichtsuitdrukking weer strak. Afgemeten zelfs.

'Ik heb het begrepen.' John pakt Sara's uitgestoken handje vast en zonder mij gedag te zeggen lopen ze de deur uit.

*

'Misschien is het ook wel heel stom', zeg ik tegen Arie, terwijl ik een zoveelste verhuisdoos in elkaar vouw. 'Sara's vader gaf me de indruk dat ik hem de les stond te lezen en hij daar niet van gediend was. Misschien heeft hij nog gelijk ook... Behandelde ik hem als een stout schooljongetje dat terecht moest worden gewezen.'

'Tja, hij kan het stom vinden. Maar jij hebt het recht hem erop aan te spreken. Dit is gewoon hoe wij werken in de kinderopvang.'

Ik pak een stapel boeken en leg ze in de verhuisdoos. 'Misschien had ik het toch anders moeten aanpakken... In zijn situatie, met een drukke baan, een zieke vrouw en de zorg voor z'n dochter, had ik misschien coulanter moeten zijn.'

Arie geeft me een veelbetekenende blik. 'Ga je nou niet schuldig voelen. Wees eerder trots dat je dit professioneel hebt aangepakt. De regels gelden voor iedereen, dus ook voor John van der Meulen.'

Ik zucht.

'Wat heb jij immens veel boeken zeg!' Arie wijst naar de boekenkast, met boeken die allemaal nog ingepakt moeten worden.

'Ja, ik hou van lezen', verdedig ik mezelf. Ik werp hem een plat stuk karton toe. 'Hier! Als je nou ook een verhuisdoos vouwt en meehelpt, gaat het vast een stuk sneller.'

Arie heft zijn handen op. 'Nee bedankt. Ik sta hier goed.'

'Een grote hulp ben je niet', mopper ik.

'Jou zien ploeteren is heel vermakelijk, kan ik je vertellen. Waar is die vriend van je eigenlijk? Laat hij jou al dat werk alleen doen?'

Ik slinger een boek naar Arie, dat hij lachend afketst met zijn schouder.

'Daan is sporten.'

'Als je het mij vraagt zou hij z'n energie beter in de voorbereiding van de verhuizing kunnen steken.'

'Niemand vraagt jou wat', kaats ik terug.

De stilte die aanhoudt, maakt dat ik opkijk naar Arie. Op zijn gezicht zie ik gespeelde verontwaardiging. Arie houdt zijn kin omhoog en heeft zijn ogen gesloten.

Ik moet erom lachen. 'Heb ik je beledigd?'

Met dezelfde gezichtsuitdrukking knikt hij langzaam.

'Nou, dat spijt me. Kopje thee om het goed te maken?'

Arie knikt opnieuw. Ik sta op om in de keuken thee te zetten en als ik na een paar minuten terugkeer, blijkt dat Arie mijn werk heeft overgenomen. Ik zet de bekers thee op de grond in een hoek van de kamer en pak een nog niet uitgevouwen verhuisdoos om in elkaar te zetten. Een tijdje pakken we in stilte de boeken in. Na een poosje geeft Arie me m'n beker thee aan.

Ik kan het niet laten te verwijzen naar ons etentje van laatst. 'Speciaal voor jou heb ik citroenthee vandaag. Heb je Koen nog gevraagd of hij daarvan houdt?'

9

IK NEEM PLAATS OP DE FAUTEUIL IN DE CHIQUE WACHT-kamer van het notariskantoor en strijk zenuwachtig mijn rok glad. Daan komt naast me zitten.

'Zijn we niet een beetje vroeg?'

Hij glimlacht en legt een geruststellende hand op mijn blote knie. Natuurlijk zijn we dat. Het is kwart voor negen en onze afspraak is pas over een kwartier.

'Lees anders even iets om de tijd te doden.' Daan staat op en beweegt zich naar de salontafel, waar een aantal tijdschriften in een keurige waaier uitgespreid liggen. Hij werpt een blik op me om te zien welk tijdschrift hij voor me kan pakken.

Ik schud mijn hoofd. Waarom ik precies gespannen ben, weet ik niet. We hoeven straks alleen maar aan te zitten, te luisteren, een handtekening te zetten en de sleutel in ontvangst te nemen. Dat is echt alleen maar leuk. Toch staat mijn hoofd niet naar een tijdschrift. Ik ben te gespannen om iets te lezen.

Daan pakt een sporttijdschrift voor zichzelf en neemt weer plaats. Hij begint aan een artikel. Ik lees de kop en staar wat voor me uit. De vrouw bij wie we ons zojuist gemeld hebben aan de balie, komt naar ons toelopen. Ze heeft een zakelijk lichtgrijs mantelpakje aan en een bril op met een opvallend montuur.

'Willen jullie misschien alvast een kopje koffie of thee?'

Daan kijkt op uit zijn artikel. 'Koffie. Lekker.'

'Ook een kopje koffie alstublieft.'

De receptioniste glimlacht vriendelijk en loopt weer weg. Ik tover mijn telefoon tevoorschijn, omdat ik het een stom gezicht vind als ze straks terugkomt en ik nog steeds gespannen voor me uit zit te staren. Ik check m'n mobiel op berichtjes en bezoek mijn socialmediakanalen. Een oud-klasgenootje van de basisschool kondigt aan dat ze zwanger is en ik zie dat een vriend uit mijn middelbareschooltijd een aantal vakantiekiekjes heeft geplaatst. Onder beide berichten plaats ik een reactie. Ik scrol nog wat verder omlaag en kijk op van mijn telefoon als de koffie wordt gebracht. De minuten tikken uiterst langzaam voorbij. Iets voor negenen komt er een man de wachtkamer binnen. Hij groet ons en gaat zitten. Ik probeer hem onopgemerkt in me op te nemen en bedenk dat het best weleens de verkoper van ons huis kan zijn.

Eindelijk is het negen uur. De receptioniste komt ons halen en begeleidt ons drieën naar een ruime kamer, waar de notaris op ons wacht. Ook hier heerst een chique sfeer. De donkere houten meubelen en donkerrode details, het is allemaal precies zoals ik verwacht had van het interieur van een dergelijk kantoor. De notaris stelt zich voor en constateert dat we nog één verkoper missen. De man uit de wachtkamer, die inderdaad een van de verkopers blijkt te zijn, glimlacht een beetje geforceerd over het te laat komen van zijn vrouw. Er wordt ons opnieuw koffie of thee aangeboden. Wanneer we aan de ovalen tafel zitten en voor een tweede keer voorzien zijn van een drankje, komt de receptioniste opnieuw de kamer binnen met een vrouw, die de andere verkoper blijkt te zijn.

'Sorry dat ik aan de late kant ben', glimlacht de vrouw verlegen. Ze neemt plaats naast de notaris, terwijl de lege stoel naast haar man meer voor de hand zou liggen. De ergernis over haar late aankomst is van zijn gezicht af te lezen. De liefde tussen deze twee mensen is ver te zoeken.

'We wilden net van start gaan', stelt de notaris haar gerust. Hij pakt zijn leesbril van tafel en zet deze op het puntje van zijn neus. 'Voor me ligt de akte van levering, waar het allemaal om draait vandaag. Ik zal deze toelichten en gedeeltelijk voorlezen. Mocht u een vraag hebben, dan beantwoord ik die uiteraard met genoegen. Vervolgens zetten we alle vijf een handtekening en dan volgt voor de kopers het onderdeel waar zij het meest naar hebben uitgekeken... De sleuteloverdracht.' De notaris kijkt ons vieren om beurten aan van over zijn leesbril. Afzonderlijk van elkaar knikken we.

De notaris start met het voorlezen van de akte. 'Heden, verschenen voor mij, Norbert Hendrikus van Assendelft, hierna te noemen notaris te Utrecht. De heer Menno Klaas de Boer en mevrouw Marlies de Boer-Koster. In deze akte, zowel tezamen als ieder van hen afzonderlijk, genoemd, verkoper...' Een strikt zakelijk geformuleerde tekst volgt. Ik doe mijn best alles te volgen en mijn gedachten niet te laten afdwalen. Dat valt nog niet mee. Formeler dan dit wordt een tekst niet. Even kijk ik naar de man en vrouw, de verkopers van ons huis. Het is een raar idee dat zij een deel van hun leven in het huis hebben gewoond waar Daan en ik onze toekomst voor ons zien. Ze zullen er vast gelukkig zijn geweest. Mooie momenten hebben beleefd. Hun liefde, bekroond met de komst van een baby. Maar nu heeft het lot anders voor hen beslist. Nu scheiden hun wegen, wat ervoor zorgt dat Daan en ik de nieuwe eigenaren van hun woning kunnen worden. Wij zullen het huis weer opvullen met liefde. Het een goed thuis maken.

'Het perceel grond met daarop staande benedenwoning met verder aanbehoren, kadastraal bekend als...'

Ik weet niet waarom ik deze afspraak nou zo spannend vond. Eigenlijk is het best saai. Het wordt natuurlijk pas leuk als we straks de sleutel krijgen. Daarna gaat het allemaal echt beginnen.

'... in deze akte genoemd, onroerende zaak of het verkochte...'

Ik denk na over die term. 'Onroerende zaak', best dubbelzinnig eigenlijk. Vooral als je er een 't' bij denkt. Waar de verkopers door een moeilijke en ook wel verdrietige periode heen gaan, kunnen Daan en ik ons geluk niet op. Wij staan aan de start van een nieuwe fase in onze relatie. In ons appartement wachten rijen met stapels verhuisdozen op ons. Na vandaag wordt alles anders, we gaan aan een nieuw hoofdstuk in ons leven beginnen.

*

We stappen het grijze stenen trapje op en ik kijk opzij naar Daan. 'Jij of ik?'

Daan drukt een kus op mijn lippen en kijkt me vervolgens met een warme blik in zijn ogen aan. Ik geniet van zijn gezichtsuitdrukking.

'Doe jij maar... Shit, waar heb ik die sleutel nu gelaten?' Daan graait in zijn zakken.

Ik giechel. 'Je gaat me toch niet vertellen dat je onze huissleutel nu al kwijt bent hè?'

'Ik hoop het niet... Wacht... Daar is hij al!' Daan tovert de sleutel tevoorschijn. 'En mevrouw Alice, hierna te noemen: koper, waar wilt u beginnen? Op de bel-etage of toch liever in het souterrain?'

'Misschien moeten we het registergoed er even op nalopen, maar ik geloof dat meneer de makelaar bij de bezichtiging heeft gezegd dat dit de hoofdetage is.'

'Het registergoed!' Daan lacht om de term die we zojuist op het notariskantoor steeds voorbij hoorden komen. We zijn een beetje melig geworden van al het vakjargon.

'Of de kadastrale gegevens', grijns ik.

Daan grijnst terug en pakt me opnieuw vast voor een kus.

'Zo kan ik toch nooit die deur openmaken', lach ik, als hij me loslaat.

'Ja, hup naar binnen voordat onze buren er iets van gaan denken. Dit is een goede buurt weet je...'

'Heel wat anders dan waar we nu wonen. Daar kun je echt niet fatsoenlijk je kinderen grootbrengen', praat ik het commentaar dat mijn moeder laatst gaf na. 'En trouwens, ik sta net zo lief bekend bij de buren als kleffie en beffie hoor.'

'Kleffie en beffie?!' Daan schatert het uit.

Ik steek de sleutel in het slot en draai deze om. 'Welkom in uw nieuwe woning, Daan, hierna te noemen koper.'

We stappen naar binnen en Daan slingert de deur achter ons dicht. Direct drukt hij me tegen de muur van de gang. Hij leunt met zijn lichaamsgewicht tegen me aan en plaatst zijn handen ter hoogte van mijn gezicht tegen de muur. Ik kan nergens heen. Gelukkig wil ik dat ook helemaal niet. Daan overvalt me met een intense zoen. Mijn ogen sluiten zich automatisch en ik voel hoe zijn lichaamsgewicht me tegen de muur aandrukt. Ik sla mijn armen om hem heen. Ik wil hem voelen. Onze tongen vinden elkaar en beginnen aan een verleidelijke dans. Het vuur en de passie laait op, brengen me naar een hoger plan, waarin ik meer van hem wil. Ik trek aan zijn jas. Die moet weg. Daan helpt me en trekt hem in een snelle beweging uit. Hij pakt de onderkant van zijn shirt beet, trekt het in een soepele beweging over zijn hoofd en kijkt me verleidelijk aan. Ik staar verlangend naar zijn ontblote bovenlijf. Daan is knap. Gespierd, maar niet te. Ik wil hem opnieuw vastpakken, zijn blote huid onder mijn vingers voelen. Dan zet hij een stap naar achter, net buiten mijn bereik. Onze blikken verliezen het contact geen moment. Hij blijft me aankijken. Pest me, doordat ik net niet kan krijgen wat ik het liefst wil. Ik wil hem, helemaal. Hij glimlacht zwoel en loopt half ontdaan van zijn kleding door de gang, weg van mij. Ik blijf achter bij de deur en moet even bijkomen van het intense gevoel dat ik ervaar. Daan verdwijnt uit zicht en ik glimlach. Beter dan dit had ik me de aankomst in ons nieuwe huis niet kunnen voorstellen. Vliegensvlug kleed ik me uit. Op mijn lingerie en pumps na, laat ik alles achter in de gang. Ik hoor mijn hakken geluid maken op de houten vloer, als ik in onze nieuwe woning op zoek ga naar de man die ik nu wil.

'Ik kom zo terug.' Daan trekt zich terug uit onze verstrengeling en laat me achter, zittend op het aanrecht van de keuken. Hij trekt zijn boxershort en broek aan en loopt de keuken uit. Ik kijk om me heen en besef hoe blij ik ben dat de verkopers de raamdecoratie hebben laten hangen. Die kwam net goed van pas. De keuken grenst aan de tuin. Zonder de raamdecoratie hadden de buren... Laten we zeggen, goed kennis kunnen maken met ons als nieuwe bewoners. Ik moet lachen om mijn eigen gedachte en voel me ineens toch wel erg naakt, zo zittend op het aanrecht. Het huis is dan wel van ons, het voelt allemaal nog wat onwennig. Daarnet met Daan had ik totaal geen last van gêne. We voelden ons vrij en waren alleen bezig met elkaar. Met plezier, genot, liefde. Hij weet precies wat mijn hart sneller laat kloppen. Dat we iets te vieren hebben, maakte de seks alleen maar beter, bijzonderder. Ik zet me van het aanrecht af en loop via de trap een verdieping naar boven. Daan zie ik nergens. Ik raap mijn kleding op uit de gang en kleed me aan. Voor het eerst vandaag maak ik een rondje door de lege kamers van de bel-etage. Alles ziet er groter uit, nu het leeg is. De glas-in-loodramen, de originele houten vloer en het aangrenzende balkon geven me opnieuw een geluksgevoel. Ik weet nog goed hoe ik hier tijdens de bezichtiging als een blok voor viel. Beneden hoor ik de voordeur van het souterrain open- en dichtgaan. Ik vraag me af wat Daan eigenlijk in de tussentijd heeft gedaan. Ik sluit de balkondeuren en neem de trap naar beneden.

'Ogen dicht!' roept Daan, als ik halverwege de trap ben. 'Je moet nog even wachten... Tel maar terug van honderd naar nul of zo.'

Ik stop met traplopen en kan een glimlach niet onderdrukken. 'Echt? Wat ben je aan het doen dan?'

'Dat zie je zo. Heb je je ogen al dicht?'

'Ja.' In feite slaat het nergens op, want ik kan Daan toch niet zien vanuit het trapgat. Braaf tel ik van honderd terug naar nul. Als ik bij zeven ben, voel ik Daans handen mijn eigen handen omsluiten om me verder van de trap af te helpen.

'Niet gluren, hè!'

'Ik zou niet durven.'

We lopen een stukje en omdat alles zo nieuw is, weet ik niet precies in welk vertrek we eindigen.

'Zo, hier mag je gaan zitten... Op de grond, want er is geen stoel.'

Ik doe wat me wordt opgedragen en voel iets zachts op de vloer, als ik er met mijn hand overheen strijk. Is dat de vloerbedekking uit een van de slaapkamers? Nee, dat zou hariger moeten aanvoelen. Ik strijk er nog eens overheen met mijn hand. Dit voelt meer als katoen.

'Mag ik m'n ogen al opendoen?'

'Heel even nog...'

Ik hoor een geluid. Misschien een deur die dicht wordt gedaan.

'Ja! Je mag je ogen opendoen!'

Langzaam open ik mijn ogen. Het eerste wat me opvalt is het schemerlicht. Dan zie ik waar ik op zit. Een donkerblauw picknickkleed. In het midden van het picknickkleed zitten Daan en ik. Om ons heen zijn een hoop lichtjes. Ik kijk beter en zie dat het waxinelichtjes zijn, die in de vorm van een hart op het kleed zijn geplaatst. Ze branden allemaal en brengen een sfeervol licht in het schemerdonker. De deur is dicht en de gordijnen zijn gesloten. Ik herken de stof van de gordijnen en ontdek dat we in de grote slaapkamer zitten. Opnieuw kijk ik naar het hart van lichtjes, dat ons omringt.

'Wat mooi...' stamel ik ontroerd. 'Wat heb je dat ontzettend lief gedaan.'

Daan glimlacht en buigt zich naar me toe. We zoenen opnieuw. De zoen is heel anders dan die van zojuist. Voor de seks zoenden we elkaar vurig en vol verlangen. Nu is de zoen traag en liefdevol.

Ik kijk hem aan en moet lachen als hij van achter zijn rug een fles champagne en twee glazen tevoorschijn tovert.

'Je hebt echt aan alles gedacht.'

'Ons eerste koophuis is iets bijzonders. Dat moeten we vieren!'

Ik kijk hem ondeugend aan. 'Ik dacht dat we dat net al gedaan hadden...'

Daan lacht om mijn grapje. Ik pak de glazen van hem over en hij ontfermt zich over de champagnefles. Met ingehouden adem wachten we de plop van de kurk af. De kurk schiet weg en verandert van richting als hij tegen het plafond aankomt.

'Op ons', zegt Daan terwijl hij de glazen inschenkt. 'En op ons huis!' Hij overhandigt me een glas. 'We zitten hier samen in een hart... Het hart staat symbool voor onze liefde en wij vormen samen het middelpunt. Ik wil je zeggen dat ik heel veel van je hou en dat ik ontzettend veel zin heb in een nieuw avontuur met jou!'

Er rolt een traan over mijn wang. Ik wil niet huilen, maar zijn woorden zijn zo lief. Ze raken me diep vanbinnen.

*

'Alice, Sara huilt...'

Ik kijk opzij. Gijs trekt met zijn hand aan mijn colbertje en kijkt me met een geschrokken gezicht aan.

'Je moet komen.'

Ik loop met haastige passen met de vijfjarige mee. Naarmate ik dichterbij kom, wordt het gesnik steeds beter hoorbaar. Sara zit aan de knutseltafel. Ze heeft haar armen over elkaar heen geslagen op het tafelblad en laat haar hoofd erop rusten.

'Sara lieverd, wat is er?' vraag ik, als ik naast haar ga staan. Ik strijk met mijn hand over haar blonde bos haar en het gesnik neemt toe in volume. Totdat er een luidkeels huilen ontstaat. Ik hurk bij haar neer. 'Hé meisje', zeg ik geruststellend, tegen de achterkant van haar hoofd. 'Kun je me vertellen wat er is?'

Sara beweegt zich niet vanuit haar positie op het tafelblad. Het geluid van haar huilen wordt een beetje gesmoord door haar armpjes, die ze nog altijd om haar hoofdje geslagen heeft.

'Ik zei alleen maar dat ze nog haar moest tekenen...' zegt Gijs een beetje beduusd.

Ik kijk hem fronsend aan, niet goed begrijpend wat hij hiermee bedoelt. Dan richt ik mijn blik weer op Sara, die een beetje schokschoudert tijdens het huilen. Ik aai over haar rug.

'Sorry Sara...', zegt Gijs, die naast me staat. Hij kijkt me aan en ik zie aan zijn gezicht dat hij de situatie niet echt begrijpt, maar zich wel schuldig voelt. Hij haalt zijn schouders op. 'Ik zei echt alleen maar dat ze nog haar moest tekenen. Ik dacht dat ze dat vergeten was...'

Ik aai nog steeds over Sara's rug en kijk naar het tafelblad waar Sara met haar armpjes en hoofd op ligt. Onder haar elleboog zie ik een wit puntje uitsteken. Er begint me iets te dagen.

'Heb je gehoord wat Gijs net tegen je zei Sara? Hij zei sorry.' Ik glimlach naar Gijs omdat ik het lief vind dat hij zich zo bekommert om Sara.

Ze richt zich een beetje op, zet haar ellebogen op tafel en laat haar hoofd rusten in haar handen. 'G-gijs zei dat het r-raar is dat dit p-poppetje kaal is! M-maar dit is m-mama!'

Er schiet een brok in mijn keel. Tussen Sara's ellebogen in ligt een tekening op de knutseltafel. De tekening is een beetje nat van Sara's tranen, die er een plasje op hebben gevormd. Op de tekening staan drie poppetjes. Een groot poppetje met haar, een klein poppetje met haar en een groot poppetje zonder haar. Het besef wat er zich zojuist heeft afgespeeld en de reden dat Sara zo overstuur is, dringt tot me door.

'I-ik zei tegen G-gijs dat dit m-mama is, maar hij z-zegt dat alle m-mama's h-haar hebben.'

Gijs kijkt me met grote ogen aan, bang dat ik hem een standje ga geven.

'Ik denk dat Gijs dat ook echt dacht. Dat alle mama's haar op hun hoofd hebben...' leg ik rustig uit. 'Maar de mama van Sara is ziek, Gijs. Daardoor heeft ze nu geen haar op haar hoofd.'

Gijs knikt langzaam. Zijn grote ogen geven aan dat hij de informatie even moet verwerken. 'Dat wist ik niet...' zegt hij tenslotte zachtjes.

'Nee. Dat wist jij niet', herhaal ik.

'Sorry Sara', zegt Gijs nogmaals.

'Wat goed van jou dat je sorry zegt. Ik zie aan je dat je best een beetje geschrokken bent.'

Gijs knikt ernstig en zucht eens diep.

Sara haalt haar handen weg, waardoor haar gezichtje tevoorschijn komt. Met betraande ogen kijkt ze me aan.

'Ik snap dat dit je verdrietig maakt Sara.'

Ze hikt een beetje na van het huilen en kruipt uit het bankje van de knutseltafel. Ze komt naar me toe en ik til haar op schoot. Ze geeft me een knuffel en ik voel dat ze langzaamaan weer een beetje rustiger wordt.

'Het is ook helemaal niet leuk hè...' zeg ik een beetje stom.

Sara kijkt me aan en knikt. 'Het is helemaal niet leuk dat mama ziek is.'

*

'Dat is toch erg?'

Daan humt een antwoord.

'En die arme Gijs... Dat jochie wist niet goed wat hij met de situatie aan moest. Ondanks dat hij dacht dat het zijn schuld was, kwam hij mij erbij halen. Dat is toch heel lief?'

Daan humt weer.

Tijdens het avondeten in ons appartement hebben Daan en ik het uitgebreid over het voorval gehad. Nu kijken we een film. Maar ik kan het maar moeilijk loslaten en begin er steeds weer opnieuw over.

Op mijn werk greep de situatie me aan, maar ik had op dat moment niet de tijd en ruimte om met mijn eigen gevoel te dealen. Ik moest er zijn voor Sara en Gijs. Dat was op dat moment het belangrijkst. Eenmaal thuis merkte ik dat het me toch meer aangreep dan ik in eerste instantie dacht. Alsof mijn geparkeerde gevoelens nu met z'n allen om voorrang strijden.

'Het was ook echt zo naar dat Sara vandaag werd opgehaald door haar oppas. Ze is echt wel aardig. Ik heb haar verteld wat er vanmiddag is voorgevallen. Ze reageerde heel begripvol en ik kon aan haar merken dat zij het ook pijnlijk vond.' Ik laat een stilte vallen, waarin Daan opnieuw humt. 'Maar op zo'n moment gun ik Sara gewoon haar vader. Maar nee... die zit deze week in Brussel.' Ik zucht diep. 'Luister je eigenlijk wel?'

'Ja', klinkt het een beetje afwezig.

'Ik denk dat ik ons nieuwe huis vanbinnen helemaal zwart wil verven. Lijkt dat je niet mooi? Alle muren zwart.'

Daan knikt een beetje. 'Ja.' Hij blijft naar het scherm van onze tv kijken, waar de film nog steeds in volle gang is.

'Je luistert helemaal niet!'

Daan kijkt me verbaasd aan en pakt de afstandsbediening om de film te pauzeren. 'Jawel. Je had het over Sara en haar vader.'

Ik geef hem een blik.

'We hebben het er toch al over gehad? We hebben het net tijdens het eten over niks anders gehad.'

'Dat is zo, maar ik was er blijkbaar nog niet over uitgepraat.'

Daan kijkt me aan en houdt mijn blik een tijdje vast. 'Ik snap dat het een heel lastige situatie voor je moet zijn geweest toen die ene kleuter tegen de andere zei dat ze nog haar moest tekenen. En ik begrijp best dat het heel moeilijk uit te leggen is aan kinderen van die leeftijd. Echt... Ik vind het knap hoe je hiermee omgaat, maar ik ben nu gewoon moe Alice. Ik heb de hele dag geklust in ons nieuwe huis. Nu wil ik gewoon even samen een filmpje kijken en ontspannen.'

Ik denk na over Daans woorden en realiseer me dat ik nog helemaal niet gevraagd heb naar zijn klusvorderingen in ons nieuwe huis.

'Ging het goed met klussen?'

'Ja, het ging goed.' Daan glimlacht. 'Zullen we weer verder kijken?'

Ik knik.

We kijken een paar minuten naar de film en ik probeer te volgen wat er gebeurt. Het lukt niet erg. Weer dwalen mijn gedachten af naar Sara. Ik heb zo ontzettend te doen met haar. Dat haar vader op zakenreis is zit me ook niet lekker. Het lijkt erop dat hij er een gewoonte van maakt, nu ik Willeke steeds vaker voorbij zie komen.

'Vind jij eigenlijk dat ik er wat van moet zeggen?'

'Waarvan?' vraagt Daan, tijdens het kijken.

'Dat John, Sara's vader, zo vaak op zakenreis is. Vind jij dat ik daar iets van moet zeggen tegen hem?'

Daan zucht diep. 'Tjonge Alice, die man houdt je wel bezig hè? Ik snap dat het moeilijk voor je is, met die situatie van z'n vrouw en alles. Maar het begint wel op te vallen dat de naam "John" hier steeds vaker valt.'

'Waar slaat dat nou weer op?' roep ik verontwaardigd.

'Je hebt het zelf niet eens in de gaten hoe vaak je het erover hebt. Laat het eens een beetje los. Het is maar werk.'

'Het is maar werk?! Hoe kun je dat nu zo zeggen? Het zijn echte mensen hoor, Daan. Sara's moeder heeft geen griepje of zoiets. Ze gaat dood! Er groeit straks een klein meisje op zonder moeder!' Ik smijt de woorden naar Daans hoofd en begin als ik uitgesproken ben, plots te huilen. 'Het is toch niet raar dat ik dat heel erg vind?' vraag ik snikkend.

Daan zet opnieuw de film stop en slaat een arm om me heen. 'Natuurlijk is dat erg. Hé, kom eens hier...'

Ik laat zijn toenaderingspoging een beetje toe.

'Ik zeg ook niet dat het niet erg is, gekkie. Ik wil alleen dat je voor jezelf een manier verzint om hier goed mee om te gaan. Probeer het zo nu en dan een beetje van je af te zetten. Dat is makkelijker gezegd dan gedaan, dat begrijp ik wel. Maar als je zo enorm in dat verdriet duikt, dat is niet goed voor je. Je moet het een beetje ventileren. Probeer het in perspectief te plaatsen... Het is misschien cru om te zeggen, maar in feite ken je die moeder helemaal niet.'

10

'WAT IS ER MET JE?' ARIE KIJKT ME VAN OPZIJ AAN.

We hebben net een vroege ochtendvergadering gehad op het hoofdkantoor en lopen nu samen naar de bso. Kiki is met de fiets gegaan. Zij wilde tussendoor boodschappen bij de supermarkt halen en stelde voor om daarna met z'n drieën te lunchen, voordat we aan onze werkmiddag beginnen.

Ik haal mijn schouders op. 'Er is niet echt iets...'

Arie geeft me een blik. 'Ik ken je toch. Je bent al de hele ochtend stil.'

'Ik had gisteravond een beetje gedoe met Daan en dat zit me niet lekker. Hoe meer ik erover nadenk, hoe meer ik erachter kom dat hij gelijk heeft.'

Arie knikt langzaam. Hij kijkt naar de vierkante stoeptegels, blijft stil en spoort me daarmee aan verder te vertellen.

'Daan heeft het beste met me voor en maakt zich zorgen over hoe erg ik met de situatie rond Sara's moeder zit. In feite komt zijn advies op hetzelfde neer als wat mijn vriendinnen Julia en Lize tegen me zeiden. Zij vroegen zich ook af of ik het me niet te veel aantrek.'

'Waarom maken zij zich daar zorgen over, denk je?'

'Omdat ik de situatie rond Sara's moeder op de een of andere manier gekoppeld heb aan m'n eigen verleden...'

Arie fronst zijn wenkbrauwen.

Ik vertel verder in een poging het uit te leggen. 'In m'n hoofd is het één brei waarin zowel de situatie van Eline als het verdriet om mijn vader een rol spelen. Dat Eline terminaal ziek is, staat los van het feit dat mijn vader jaren geleden is overleden. Je zou denken dat die twee zaken, hoewel ze beide heel verdrietig zijn, verder niks met elkaar te maken hebben. En toch lijkt Eline de trigger te zijn die een hoop zwaarwegende emoties rond het overlijden van m'n vader naar de oppervlakte brengt.'

Arie knikt. 'Dat klinkt heftig Alice. Als Daan en je vriendinnen die link ook gelegd hebben, dan snap ik wel dat ze bezorgd om je zijn.'

'Ja...' Ik zucht. 'Hun advies is allemaal goed bedoeld. Natuurlijk weet ik dat. De handleiding van hoe je je iets niet zo moet aantrekken mist alleen. Hoe doe je dat, enige afstand bewaren? Mijn gevoel werkt zo... Alles of niets. Dat is altijd al zo geweest. Dingen grijpen me nu eenmaal erg aan. Ik zou niet weten hoe ik de scherpe randjes ervan af kan schuren... Als iemand me het schuurpapier aangeeft, wil ik het met alle liefde proberen.'

Arie lacht onverhoopt. 'Sorry, het is niet grappig, dat weet ik. Ik ben alleen nogal visueel ingesteld.'

Ik glimlach ook een beetje. 'Dat voorval met Sara's tekening... Toen Gijs zei dat ze nog haar moest tekenen. Dat is op zichzelf staand al naar genoeg. Maar weet je hoe mijn brein daarmee omspringt?'

'Nou?'

'Het laat me terugdenken aan alle keren dat het Vaderdag was. Toen m'n vader overleed, zat ik niet meer op de basisschool. Ik heb zelf dus na zijn dood nooit iets in groepsverband hoeven knutselen voor hem. Maar vanwege ons werk in de kinderopvang word ik er toch elk jaar mee geconfronteerd. Jaarlijks knutselen we met alle kinderen de mooiste dingen voor hun vaders. Hoewel ik het de kinderen ontzettend gun dat ze deze dag vieren, is het ook altijd een wrang iets. Mijn vader is er niet meer. Ik kan hem geen cadeautje geven.'

Arie knikt langzaam en lijkt even na te denken over mijn woorden.

'Mijn vader gaat niet meemaken dat Daan en ik een huis hebben gekocht. Hoewel hij er al jaren niet meer is, blijft het een gek idee dat hij geen deel uitmaakt van mijn toekomst. Als Daan en ik ooit trouwen, of kinderen mogen krijgen, zal mijn vader dit niet meemaken. De grote gebeurtenissen in mijn leven zal ik zonder hem moeten beleven... En of dit gemis nu opgerakeld wordt door de situatie rond Eline, of dat het komt doordat Daan en ik aan het begin van een nieuw hoofdstuk in ons leven staan... Dat is me onduidelijk. Ik weet het niet precies.'

'Kom... Even zitten.' Arie wijst naar een bankje rechts van het voetpad en we lopen er samen heen. 'Het is nogal wat waar je nu mee te maken hebt. Over dit onderwerp had je gisteravond dus ruzie met Daan?'

'Half... Ik had het vooral over het voorval met Sara's tekening, maar ook over haar vader. Daan was moe van een hele dag klussen in ons nieuwe huis. Hij was 's avonds gewoon toe aan ontspanning en ik bleef er maar over doorgaan. Dat gaf een beetje gedoe...'

'Misschien moet je het er op een ander moment eens rustig met Daan over hebben. Als je hem vertelt wat het met je doet en dat je hierdoor steeds geconfronteerd wordt met het verdriet om je vader... Ik weet zeker dat hij daar begrip voor heeft.'

'Dat heeft hij ook wel hoor. We hadden het er al uitgebreid over gehad tijdens het eten. In feite ligt het aan mij. Ik was zo met m'n eigen dingen bezig dat ik helemaal niet inzag waar hij behoefte aan had. Daan heeft deze week vrij genomen van z'n werk om te kunnen klussen in ons nieuwe huis. Hij is echt keihard aan het knallen, zodat we er zo snel mogelijk kunnen intrekken. Dat is heel lief van hem. Maar ik stond er gister niet eens voor open hoe zijn dag was geweest. Hij heeft niks verteld over de vorderingen in ons huis. Ik heb er niet eens naar gevraagd. Lekker ongeïnteresseerd. Hij doet zo z'n best voor ons en ik toon geen enkele interesse.'

Arie moet lachen. 'Je bent een slechte vriendin.'

Ik moet ook lachen.

'Gelukkig is er vandaag een nieuwe dag aangebroken! Het duurt nog een paar uur voordat we de kinderen moeten ophalen van school. Sla die lunch met Kiki en mij over en ga het rechtzetten met Daan.'

'Ja, dat is een goed idee!' Ik veer een beetje op. 'Daan had laatst echt een ontzettend romantisch gebaar gemaakt. Toen we de sleutel van ons huis kregen. Hij had allemaal kaarsjes in de vorm van een hart gezet, boven op een picknickkleed. We zaten in het midden van het hart en dronken champagne om het moment te vieren.'

'Wat lief! Doe mij ook zo'n vent!' roept Arie enthousiast.

'Ik weet het. Ik ben een geluksvogel. Maar in plaats van in m'n handen te knijpen, ga ik totaal voorbij aan zijn gevoel.'

'Nou, zo erg is het ook weer niet. Je moet jezelf niet zo op je kop geven. Jij had gewoon even je eigen sores aan je hoofd. Vandaag staat in het teken van Daan... Je doet gewoon iets heel romantisch terug. Stop een paar veren in z'n kont. Zeg dat hij zo'n enorm goede en sexy klusser is. Jouw eigen bouwvakker. Laat hem weten wat voor geweldige klusvorderingen hij maakt. Laat hem voelen dat je zijn werk waardeert. Moet jij eens opletten... Dan zit het zo weer goed tussen jullie. Geloof mij maar!'

Ik zet mijn fiets voor de bakker en voel de opgetogen adrenaline door mijn lichaam gaan. Arie heeft me een flinke oppepper gegeven. Ik heb ontzettend veel zin om Daan te gaan verrassen. Arie heeft helemaal gelijk. Ik moet een bijzonder moment creëren en Daan goed laten voelen dat ik al zijn harde werken waardeer. Na de dag van de sleuteloverdracht, ben ik nog maar één keer in ons nieuwe huis geweest. Ik heb de eerste veranderingen gezien en kan nu al niet wachten om te zien wat er in de tussentijd is gebeurd in ons huis.

Daan is begonnen aan de badkamer. Die wordt er eerst helemaal uitgesloopt en dan gaat hij hem samen met een kennis die tegelzetter is weer opbouwen. Vanwege zijn werk in de bouw heeft hij overal handige contacten. Deze contacten hebben hun eigen werkzaamheden er gewoon naast lopen. Elkaar helpen, hoort er in zijn kringen een beetje bij. Maar omdat het vriendendiensten zijn, moeten we ons aanpassen aan de planningen van onder andere de tegelzetter. Totdat die tijd heeft wil Daan zijn eigen tijd nuttig blijven besteden. In de slaapkamers ligt vloerbedekking, die hij gaat vervangen door laminaat. In feite lopen beide projecten dus een beetje door elkaar.

'Wat mag het zijn?' vraagt de bakkersvrouw.

'Twee croissantjes, twee kleine ciabatta's en twee donkere bolletjes... Doe die maar, alstublieft.' Ik wijs naar het glas, waarachter heerlijk uitziende bolletjes liggen.

'Anders nog iets?'

'Nee hoor, dat was het.' Ik reken de broodjes af en verplaats mijn fiets een paar deuren verder. Bij de biologische winkel hebben ze de lekkerste sapjes en kwalitatief goed beleg. Als allerlaatste haal ik twee kartonnen bekers koffie. De koffie moet nog warm zijn, als ik mijn medehuiseigenaar zo verras met de lunch. Hoewel ik Daans lievelingskoffie heb gehaald en weet dat hij het nu dagelijks met een thermoskan filterkoffie moet doen, denk ik niet dat mijn gebaar het bij dat van hem haalt. Hier komt geen kaarsje of champagne aan te pas. Aangezien we allebei nog moeten werken na de lunch, lijkt een fles champagne me ook niet zo'n heel goed idee. Ik stap op mijn fiets en trap stevig door in de richting van ons nieuwe huis. Per toeval krijg ik een idee dat mijn verrassingslunch misschien net een tikkeltje specialer maakt. Gauw fiets ik naar de bloemenzaak, waar ik een aantal heliumballonnen zie deinen in de wind. Ik kies een enorm groot, rood hart uit, waar nogal afgezaagd 'I love you' op staat. Daan zal er wel om kunnen lachen, hoop ik. En bovendien is het gelijk een goede reden om mijn excuses aan te bieden. Dat ik de afgelopen dagen amper interesse heb getoond in zijn klusaandeel in ons nieuwe huis, verdient geen schoonheidsprijs. Met de wapperende ballon in mijn hand fiets ik weer door. Het is zo makkelijk dat we straks dicht bij het centrum wonen. Je bent er in vijf minuten. Onderweg probeer ik te glimlachen naar iedereen die naar mijn ballon kijkt. Als het nou Valentijnsdag was, dan viel de heliumballon waarschijnlijk een stuk minder op. Het grote rode hart en de tekst roepen heel wat vragende of lachende gezichten op. Ik heb nu al zin om Daans reactie te zien.

Bij het huis aangekomen parkeer ik mijn fiets. Doordat beide klusprojecten door elkaar heen lopen, weet ik niet op welke verdieping Daan op dit moment aan het werk is. Ik besluit de benedeningang van het souterrain te nemen. Met een beetje geluk is Daan op de bel-etage bezig met de badkamer. De enige keer dat ik hier tot nu toe geweest ben om de klusvorderingen te zien, zag ik dat hij een oud vervallen bankje in de woonkamer en een klaptafel in de keuken had neergezet. De schaarse momenten dat hij zichzelf even pauze gunt, ploft hij neer op het bankje. Ik wil de klaptafel gebruiken voor mijn verrassingslunch.

Zo stil mogelijk loop ik met de tas met boodschappen aan mijn arm, de twee papieren bekers koffie in mijn handen en het touwtje van de heliumballon tussen mijn vingers naar binnen. Ik gluur even in de slaapkamers en laat mijn ingehouden adem ontsnappen als ik zie dat Daan daar niet aan het werk is. Gauw zet ik de spullen op het aanrecht in de keuken. De klaptafel en een deel van het aanrecht liggen bezaaid met klusspullen en afval. Ik probeer zo snel mogelijk de rommel een beetje op te ruimen en leg het tafelkleed dat ik van de bso heb geleend op de klaptafel. Het ziet er gelijk een stuk gezelliger uit. Ik dek de tafel met alle spullen voor de lunch. Het is een beetje behelpen met het servies dat voorhanden is, maar met de meegebrachte servetjes en plastic bordjes kom ik een heel eind. Ik neem een slokje van mijn eigen koffie, die gelukkig nog warm genoeg is. Langzaam laat ik mijn blik door de keuken gaan. Die blijft hangen bij het aanrecht. Glimlachend denk ik terug aan de dag van de sleuteloverdracht. Onze naakte lichamen in deze keuken. Mijn blote billen op het aanrecht. Met het touwtje van de heliumballon in mijn hand, loop ik zachtjes de keuken uit. Opeens realiseer ik me dat ik geen harde klusgeluiden hoor. Geen sloophamers, geen boorgeluiden. Het was me nog niet eerder opgevallen. Misschien komt het omdat ik in opperste concentratie de verrassing in gang wilde zetten. Zo stil mogelijk loop ik de trap op. Ik hou mijn adem in als een traptree onder mijn voet kraakt. Eventjes wacht ik gespannen af, maar Daan komt niet op het geluid af. Voorzichtig loop ik verder. Het is best gek dat ik geen klusgeluiden hoor op de bovenverdieping. Het kan natuurlijk dat Daan net even iets anders aan het doen is dan herrie maken. Ik zal het zo zien. Nog vier treden... Nu niet kraken, trap. Ik wil mijn vriend verrassen. Ik wil Daan compleet overvallen. Goed zo, trap, je kunt het. Voorzichtig open ik de deur boven aan het trapgat. Ik zie nog steeds niemand, maar hoor wel geluiden. Geen gereedschapsgeluiden... Menselijke geluiden. Met het touwtje van de reusachtige ballon in mijn hand, loop ik rustig door. Ineens bedenk ik dat Daan en ik laatst te midden van een hart zaten en dat ik nu een heliumballon voor Daan heb gekocht, ook in de vorm van een hart. In gedachten verzonken loop ik verder. En dan zie ik het. In de woonkamer. Voor mijn ogen, zie ik het gebeuren. Stokstijf blijf ik staan. Ik voel hoe al het bloed plotseling uit mijn lichaam lijkt te trekken. Ik voel me week worden, voel geen enkele houvast van mijn benen. Mijn oren suizen en mijn hart lijkt uit mijn ribbenkast te willen knallen. Als aan de grond genageld sta ik stil. Ik kan alleen maar staren. Staren naar wat ik voor me zie gebeuren. De ritmische bewegingen op het oude versleten bankje in de woonkamer. Twee lichamen, verstrengeld in elkaar. Plotseling houden de bewegingen op. Een geluidloze knip in de vingers maakt dat de wereld gestopt is met draaien. Alles staat stil. Twee gezichten kijken me verbijsterd aan. Het lijkt een eeuwigheid te duren. Er trekt een pijn door mijn lichaam, die ik ergens in de verte zou moeten herkennen van de zwartste dag uit mijn leven. Nooit had ik gedacht dat ook maar iets die pijn zou kunnen evenaren. Daar sta ik dan, het touwtje van de ballon in mijn hand. Het grote, rode hart zwevend boven mijn hoofd. Twee meter verwijderd van het bankje, waar twee naakte lichamen als bevroren, een totaal versteende positie aanhouden. Daans gezicht lijkt maar niet te willen veranderen. Dan laten mijn vingers het touwtje van de heliumballon los. Het grote rode hart vindt zijn weg naar het plafond. De beweging haalt Daan uit zijn trance. Hij volgt de ballon met zijn blik en ik zie dat hij in gedachten de tekst leest die erop staat. *I love you.*

Een jaar later

11

DE WIND BLAAST MIJN HAREN ALLE KANTEN OP. HET IS fris op de dijk. Ik vouw de kraag van m'n jas rechtop en trek de rits verder omhoog. Achter de schuimkoppen van de golven zie ik Texel liggen. Het is alweer een jaar geleden dat ik weer in Den Helder ben komen wonen. Ik trotseer de wind die met mijn haren speelt en loop verder over de dijk. Vanuit tegengestelde richting komt een loslopende hond enthousiast aangehold en even denk ik dat hij tegen me op zal springen. De boxer stopt abrupt en snuffelt nieuwsgierig aan mijn hand, dan wordt zijn aandacht door iets anders getrokken en holt hij bij me vandaan.

Het is bizar te beseffen hoe anders mijn leven er nu voorstaat. Het ene moment dacht ik te weten hoe mijn toekomst eruit zou komen te zien en het andere moment stond alles ineens op losse schroeven. Losse schroeven is misschien nog te mild... Zaten de schroeven maar los, dan had ik ze met een schroevendraaier een voor een vast kunnen draaien. Het hele bouwpakket van mijn leven stortte van het ene op het andere moment compleet in. Puin en gruis is wat overbleef. Ik zak nog wat dieper weg in mijn jas en loop met stevige passen verder de dijk over.

Het blijft eng hoe de controle die je tot op een bepaalde hoogte over je leven denkt te hebben, een farce blijkt te zijn. Schijnzekerheid. Je kunt het nog zo leuk hebben bedacht. Plannen hebben gemaakt. Een route hebben uitgestippeld. Maar of het daadwerkelijk ook zo zal gaan, is maar de vraag.

Een jaar geleden wilde ik Daan verrassen met een romantische lunch voor twee. Hoe ik Daan aantrof, hoe de onbekende vrouw naar me keek alsof ik inbreuk maakt op háár privacy, het zijn beelden die ik nooit van mijn netvlies zal kunnen verwijderen. Het was afschuwelijk om Daan met die onbekende vrouw te zien. Compleet in shock stond ik midden in de woonkamer van mijn nieuwe huis en kon ik alleen maar staren naar Daan en de vrouw. Je eigen partner zien doen wat hij met niemand anders hoort te doen dan met jou, is hartverscheurend. Het was ónze liefde. Onze vriendschap. Wat wij hadden was zoveel meer dan seks. Zoveel meer dan passie, lust en verlangen. Daan en ik hielden van elkaar. We begrepen elkaar, vertrouwden elkaar. Onze klik ging zo diep dat ik mijn leven met hem wilde delen, oud wilde worden met hem. Het gezicht van Daan zal ik nooit kunnen vergeten. De mengeling van verbijstering, paniek en afschuw, die zich aftekenden op zijn gezicht. Zijn ogen, waar ik altijd zo dol op was, had ik nog nooit zo groot gezien. De heliumballon, het grote rode hart met de tekst *I love you* maakte het geheel volslagen idioot. Hoewel Daan en de vrouw geen kleding aanhadden, heb ik me nog nooit zo naakt gevoeld als op dat moment, met die kutballon in mijn hand.

Ik sta even stil en staar in de verte naar de Texelse boot, die mensen en auto's overbrengt van en naar het Waddeneiland. Echt zien doe ik de boot niet. Ik schud lichtjes met m'n hoofd in de hoop de waas voor m'n ogen weg te krijgen. Dan draai ik me om, begin aan de terugweg en kan het niet helpen dat mijn gedachten opnieuw teruggaan naar een jaar geleden.

Opeens was ik in Den Helder en werd ik opgevangen door mijn vriendinnen. Julia en Lize waren gechoqueerd door mijn verhaal, dat er hortend en stotend uitkwam, maar schakelden direct over op dat wat ik nodig had. Ze lieten me krijsen, ze lieten me schreeuwen. Ik heb urenlang aan één stuk door ontroostbaar gehuild. De dagen die volgden waren loodzwaar en pikzwart. Mijn vriendinnen hebben me er echt doorheen moeten slepen. Ik wilde Daan niet zien, niet spreken en hij zocht ook geen contact met mij. De paar vierkante meters van Lizes logeerkamer waren die eerste week mijn leefgebied. Zelfs daar beperkte ik me vooral tot het logeerbed. Ik wilde niet eten, douchen of me omkleden. Het was allemaal te veel. Ik wilde helemaal niks. Na een paar dagen kwam Arie langs met een weekendtas vol kleding en spullen, die hij had opgehaald bij Daan. Het bezoek ging grotendeels langs me heen. Ik kan me nog vaag de bezorgde en medelijdende gezichten van Julia, Lize en Arie herinneren.

Dagenlang leefde ik in een surrealistische wereld, waar ik vroeg of laat uit wakker zou worden. Uiteindelijk zou ik er verschrikt van angst achter komen dat het gelukkig allemaal een boze droom was geweest. Daan kon namelijk helemaal niet vreemdgaan. Het kon gewoon niet waar zijn. Ik had intens verdriet, maar het voelde ook ergens niet echt. Dit was niet de werkelijkheid. Ik kende hem. Hij zou mij dit niet aandoen. En toch was hij de reden van de intense pijn en het verdriet. Ik had het immers met mijn eigen ogen gezien.

Langzaam daalde dit besef in. Er kwamen steeds meer vragen in mijn hoofd opzetten, waar ik de antwoorden op moest weten. Hoe pijnlijk ook. Ik verzamelde al mijn moed en belde Daan. Hij nam gelijk op. Het was een raar en stroef gesprek. Nog nooit hadden we op deze manier met elkaar gesproken. We besloten af te spreken in ons appartement. Een bezoek aan het nieuwe huis zag ik echt niet zitten. Het was bizar om hem te zien. Ergens diep in mijn achterhoofd had ik een voorstelling gemaakt dat alles op de een of andere manier nog hetzelfde zou zijn tussen ons. Dat we elkaar in de armen zouden vallen en Daan na een lange omhelzing in mijn oor zou fluisteren dat alles goed zou komen. Dat hij een logische verklaring zou hebben voor dit alles.

Natuurlijk was die er niet. Dat mijn leven compleet overhoop lag, werd bij onze ontmoeting alleen maar duidelijker. Alles was anders. Er was een gigantische afstand tussen ons. Daan was niet meer wie hij daarvoor was. Hij was niet meer mijn Daan. We gingen tegenover elkaar aan de eettafel zitten en ik vuurde een voor een mijn vragen op hem af. Hij vertelde dat hij Naomi al maanden kende en dat ze regelmatig intiem waren. Het was opnieuw een klap in mijn gezicht. Niet alleen omdat hij haar naam uitsprak alsof dat heel normaal voor hem was. Ineens was zij niet langer een onbekende naakte vrouw in mijn huis. Ze was een persoon, een bekende van Daan. Daan zei dat hij niet verliefd was. Het was volgens hem alleen seks. Hij wilde met mij verder. Mijn mond zakte open en ik staarde hem verbluft aan. Na een stilte, die veel te lang aanhield, vroeg ik hem hoe hij dat voor zich zag. Of hij met mij in het nieuwe huis zou gaan wonen en seks zou blijven hebben met haar. Hij gaf geen antwoord. Ik vroeg of zij de enige was in de jaren dat wij een relatie hadden, ook al wist ik niet zeker of ik het antwoord wel wilde weten. Weer bleef het lang stil. Ik kon zien dat het hem moeite koste, maar uiteindelijk schudde hij langzaam zijn hoofd. Nee, Naomi was niet de enige geweest... Ineens was ik buiten zinnen van woede. Wie was deze persoon die ik voor me had? Ik dacht hem door en door te kennen. Hoe kon hij zo compleet anders zijn?

Ik adem diep in en uit en probeer terug te keren naar het hier en nu. Mijn gedachtes te laten voor wat ze zijn. Het gesprek met Daan staat me bij als de dag van gister, toch ben ik nu een jaar verder. Verbaasd kijk ik om me heen. Ik merk nu pas dat ik in gedachten verzonken naar de parkeerplaats van strandafslag Huisduinen ben teruggelopen. De plek waar mijn auto staat. Ik graai in mijn jaszak en vind daar de sleutelbos.

*

'Hoe laat komen ze?'

Ik schrik op uit mijn gedachten en kijk oma aan.

'Je was even heel ver weg, lieverd. Moeilijke dag voor je, hè?'

Ik doe een poging tot een glimlach. 'Laten we het zo zeggen, ik ben blij dat we een jaar verder zijn. Bovendien wil ik proberen deze dag om te toveren tot een vrolijke dag.'

'Dat vind ik zo knap van je.' Oma drukt een kus op mijn voorhoofd en bukt zich om de oven te openen. 'Oh, dat ziet er lekker uit!' roept ze verrukt. 'Dat hebben wij tweetjes goed gedaan.'

Ik volg haar blik naar de oven en zie een perfecte, goudgele appeltaart. 'Weet u zeker dat u niet wilt blijven? Dat vinden Julia en Lize hartstikke gezellig, hoor.'

'Nee schat. Ik heb mevrouw Beelen beloofd dat ik op de koffie zou komen. Als ik niet ga, zit dat oude mensje ook maar de hele dag alleen.'

Ik grinnik. 'Dat oude mensje?'

Oma glimlacht ondeugend. 'Och, ik denk dat ze maar een paar jaar ouder is. Maar ik ben nog lang niet oud.'

'Nee, u bent jong. Komt omdat u nog zo lekker fris van geest bent.'

'Precies! Hoe laat komen je vriendinnen?'

'Ze kunnen elk moment komen.' Ik pak de waterkoker van het aanrecht en vul hem met kraanwater.

'Ga je nu thee zetten?' vraagt oma verbaasd.

Ik knik.

Oma grijnst breed en loopt naar de koelkast. 'Zo kun je natuurlijk nooit deze dramatische dag omtoveren tot een vrolijke dag. Kijk eens wat ik hier voor jullie heb staan?'

'Champagne?! Wat lief. Dat had toch niet gehoeven? Het is nog echte ook!'

'Die heb je wel verdiend, om het afgelopen jaar mee af te sluiten.'

Met waterige ogen loop ik op haar af. We knuffelen en

ik realiseer me hoe heerlijk het is om bij haar in huis te wonen, om haar warmte en liefde om me heen te voelen.

Na het gesprek met Daan was het voor mij definitief duidelijk dat ik weg wilde uit Utrecht. De stad waar ik zo van hield was ineens veranderd in een plek waar ik niet langer wilde zijn. Alles daar was zo nauw verbonden met Daan en mij, met onze toekomst samen. Een toekomst die in één klap was weggevaagd. Ik diende mijn ontslag in en omdat ik in die periode niet in staat was om te werken, werd er geen opzegtermijn gehandhaafd. Oma's reis door Azië eindigde kort nadat ik Daan had betrapt. Ze vond het niet meer dan logisch dat ik bij haar zou intrekken. Mijn moeder vond dat minder leuk. Nu ik terug was in Den Helder, wilde zij graag dat ik weer thuis kwam wonen. De bel gaat en ik laat mijn oma los.

'Daar zal je ze hebben!' roept oma vrolijk. 'Ik heb hier een taartstandaard staan. Presenteer jij die taart even mooi, wil je? Dan zal ik de deur voor je vriendinnen opendoen. Ik ga gelijk door naar mevrouw Beelen, goed?'

Ik knik en ontferm me over de appeltaart. In de gang hoor ik Julia en Lize een praatje maken met mijn oma. Ik glimlach als ik ze hoor zeggen dat ze het jammer vinden dat ze weggaat. Met een taartmes snij ik de taart voorzichtig los uit de vorm en plaats hem op de standaard. Ik pak het schaaltje vers geklopte slagroom uit de koelkast en drie gebaksbordjes uit de kast. Als alles op tafel staat komen mijn vriendinnen de gezellige woonkeuken van oma binnen.

'Wat ruikt het hier lekker!' roept Julia, die haar neus in de lucht steekt. 'Oh! Je oma's appeltaart. Je kunt me niet blijer maken.'

Ik geef mijn vriendinnen een knuffel en neem de bos bloemen van Lize aan.

'We weten welke dag het is... Het is vandaag natuurlijk precies een jaar geleden... Dus misschien is het wel gek dat we bloemen hebben gekocht, maar we vonden het raar om met lege handen aan te komen. Als je het stom vindt dan geef je ze maar aan je oma.'

'Stom? Het is een hartstikke mooie bos. Ik vind het ontzettend lief van jullie.' Er verschijnt een warme glimlach op mijn gezicht. Wie heeft er nou zulke lieve vriendinnen die denken aan de 'verjaardag' van zo'n enorme rotdag?

'Zal ik ze even in het water zetten?' Julia wijst naar de bloemen.

Ik haal een vaas uit de berging en als ik terugkom moet ik lachen om Lize, die stukjes van de rand van de appeltaart afbreekt en in haar mond stopt.

'Lekker. Hij is nog warm.'

'Ja, hij komt net uit de oven. Eigenlijk moeten we even wachten tot hij een beetje is afgekoeld, dan kan ik wat mooiere stukken snijden...'

Julia en Lize schudden fanatiek hun hoofd.

'Nee, dat lijkt me geen goed idee', zegt Lize stellig. 'Kan ons het schelen als die taart uit elkaar valt. Het zal er niet minder om smaken.'

Julia zet de bloemen in de vaas. Lize snijdt de appeltaart in punten en ik pak de champagneglazen en gebaksvorkjes. Na een paar minuten zitten we met z'n drieën aan de grote houten keukentafel van mijn oma.

Julia en Lize kijken in stilte toe hoe ik de gouden folie van de fles champagne verwijder en het ijzerdraadje losdraai.

Voordat ik de kurk laat ploppen kijk ik mijn vriendinnen aan.

'Dit voelt als een bijzonder moment, dus laat ik even iets zeggen... Een jaar geleden vingen jullie me op. Het voelde alsof m'n wereld instortte, maar ik realiseer me dat dat niet juist is... Mijn beste vriendinnen waren er altijd voor me. Jullie hebben urenlang naar me geluisterd en met me gepraat. Jullie hebben ontelbaar veel kopjes thee gezet en vele glazen wijn bijgeschonken. Nooit werden jullie moe van mijn ellende en altijd stonden jullie voor me klaar. Ik ben zo enorm dankbaar voor de steun in het afgelopen jaar en weet niet wat ik zonder jullie had gemoeten. Oprecht kan ik zeggen dat ik verschrikkelijk bof met m'n vriendinnen.'

Julia en Lize kijken me geëmotioneerd aan.

'Stoppen nu hoor...' zegt Lize met waterige oogjes. 'Anders ga ik huilen en dat hebben we in het afgelopen jaar al genoeg gedaan.'

Julia lacht schamper. 'Ik denk dat ik voor ons allebei spreek als ik zeg dat we trots op je zijn. Je bent een bikkel, die met enorm veel veerkracht in het leven staat. Je hebt een rotjaar achter de rug, maar kijk waar je nu staat... Dat verdient echt alleen maar respect.'

Lize knikt plechtig. 'Mee eens. Nou hup, knal die kurk eraf!'

Ik laat de kurk zachtjes van de fles af ploppen en we kijken naar het witte stoom, dat sierlijk uit de opening van de fles opstijgt. Ik vul de glazen en we klinken ze boven tafel.

'Op Alice', zegt Lize.

'Op een jaar dat je afsluit en een mooie toekomst die voor je ligt', voegt Julia toe.

'En op onze vriendschap', zeg ik tenslotte.

In de stilte die valt drinken we champagne en eten het gebak.

'Warme appeltaart...' zegt Julia, met een dromerige blik in haar ogen. 'Er is toch niets lekkerder dan dat?'

'Seks?' kaatst Lize ogenblikkelijk terug.

Ik grinnik. 'Geen idee Lies. Na een jaar weet ik haast niet meer wat dat is.'

'Geeft niks hoor', reageert Julia. 'Geloof me, warme appeltaart is minstens zo lekker.'

'Die half gesmolten slagroom, die doet het hem hè? Hemels... Je boft maar met zo'n oma. Heerlijk om zo verwend te worden.'

'Ik heb nog geen seconde spijt gehad dat ik bij mijn oma ben gaan wonen en niet bij m'n moeder.'

Lize knikt bevestigend. 'Dat kan ik me voorstellen. Heeft je moeder zich inmiddels neergelegd bij die keuze?'

Ik neem een slokje champagne en zet mijn glas terug op tafel. 'Niet echt. Elke keer dat ik mijn moeder zie, kan ze het niet laten er een opmerking over te maken. Natuurlijk snap ik wel dat ze het fijn had gevonden als ik weer bij haar was komen wonen. Maar hier bij mijn oma ben ik veel meer op mijn plek... De gesprekken die we samen hebben zijn erg waardevol. Oma en ik praten niet alleen over Daan en over alles wat er gebeurd is, maar we praten ook over mijn vader. Oma vindt het, in tegenstelling tot mijn moeder, helemaal niet vervelend om het over hem te hebben. Ze vindt het juist heerlijk om herinneringen op te halen en te vertellen over vroeger. Dat heeft me zo goed gedaan.'

Julia legt haar hand op mijn arm. 'Ik denk dat het precies is wat je nodig had.'

Ik glimlach naar mijn vriendinnen en denk even na over Julia's woorden. 'Ja. Dat denk ik ook.' Oma is een van de mensen die me het afgelopen jaar de rust en ruimte hebben gegeven om tot mezelf te komen. Toen ik na vier maanden genoeg hersteld was om iets meer routine in mijn dagen aan te brengen, was zij degene die met de tip van mijn huidige baan aankwam. Ze drinkt wekelijks koffie bij een vriendin in het verzorgingshuis, hier om de hoek en hoorde dat ze daar op zoek waren naar iemand.

'Bijzonder hoe dat zo gelopen is. Heb je het nog steeds naar je zin?' vraagt Lize.

'Ja...' antwoord ik, maar ik hoor zelf ook dat mijn stem niet heel enthousiast klinkt. 'Het werk als activiteitenbegeleider bij oudjes is natuurlijk heel iets anders dan wat ik hiervoor deed. Maar het bevalt wel.'

'Mis je je oude werk nog weleens?'

Ik zucht en leg mijn vorkje terug op het schoteltje. 'Om eerlijk te zijn... Ja. Ik heb natuurlijk nooit afscheid genomen van m'n oude werk. In zekere zin was de keuze om m'n ontslag in te dienen ook niet m'n eigen keuze. Ik kon simpelweg niet meer in Utrecht zijn. Het had een heel abrupt einde, terwijl ik het ontzettend naar m'n zin had op de bso. Dat blijft raar... Ik mis m'n collega's en ik mis de kinderen. Maar het moeilijkst van alles is gek genoeg het gemis van Sara, het meisje uit mijn kleutergroep van wie de moeder ongeneeslijk ziek is. Ik voel me er nog steeds schuldig over dat ik haar in de steek heb gelaten.' Ik zie de blikken van mijn vriendinnen. 'Dat hoeft natuurlijk niet. Dat weet ik heus wel. Maar zo voelt het wel.'

'Waar voel je je dan precies schuldig over?' vraagt Julia om opheldering.

'Dat ik er niet voor haar kon zijn op het moment dat zij die stabiliteit juist zo hard nodig had. Haar moeder zou niet meer beter worden. Haar vader was vaak op zakenreis. Ik had heel graag een constante factor in haar leven willen zijn. Iemand van wie ze altijd op aan kon. Iemand die niet weg zou gaan...'

Julia knikt langzaam. 'Ik snap wel dat je dat zo voelt. Je had meer voor haar willen doen dan dat je kon.'

'Toch vind ik dat je het jezelf niet kwalijk mag nemen', brengt Lize ertegenin. 'Je hebt gedaan wat je kon. Als het al iemands schuld is, dan is het de schuld van Daan. Door hem heb je je oude baan niet goed kunnen afsluiten.'

In de stilte die valt gaan we alle drie op in onze eigen gedachten.

Lize fronst haar wenkbrauwen. 'Er gaat geen dag voorbij dat ik niet boos ben op Daan... Hij heeft je zo voor de gek gehouden, zoveel pijn gedaan.'

'Ik kan hem nog steeds wel iets aandoen', zegt Julia instemmend. 'Een jaar later is dat gevoel nog niet afgezwakt.'

'Tja...' is het enige dat uit mijn mond lijkt te willen komen. 'Daan bleek iemand te zijn met twee gezichten. Ik denk dat hij zichzelf nog wel tegenkomt...'

'Karma is een bitch.' Lize neemt een slokje champagne en maakt daarmee haar glas leeg.

'Laten we het hopen', zegt Julia, die Lizes voorbeeld volgt en ook haar glas leegdrinkt.

Ik pak de fles champagne van tafel en schenk opnieuw in. 'Laten we een vrolijker onderwerp aansnijden...'

'Hmm...' Lize kijkt naar de appeltaart, waar drie forse punten uit ontbreken. 'Aansnijden is een goed idee...'

12

'OMA, WANNEER STAAT UW VOLGENDE REIS OP DE PLANning?'

'Och, dat weet ik niet. Ik heb me er nog niet zo mee bezig gehouden.'

'Het staat me bij dat u na uw reis door Azië een safaritocht in Afrika wilde gaan maken. Dat klopt, toch?'

Oma slaat haar blik neer en kijkt naar het asfalt onder onze voeten. We lopen op de dijk, langs de kustlijn van Den Helder. In het afgelopen jaar hebben we hier vaak gewandeld, het is een heerlijke plek om uit te waaien.

'Oma...' Ik wacht even totdat ze opkijkt van het asfalt en me aankijkt. 'U weet toch dat ik het geweldig vind dat u uw dromen volgt? U heeft me ooit verteld dat u nog zo veel mogelijk van de wereld wilt zien. Azië is alweer een jaar geleden.'

'Het komt wel... Alles op z'n tijd.'

Ik stop met wandelen en oma kijkt waarom ik dat doe. 'Klopt het dat u niet weggaat vanwege mij?'

Oma glimlacht om mijn directe vraag. 'Je bent een kind van je vader...'

'Dat is niet echt een antwoord...' zeg ik hoofdschuddend. 'Misschien zit ik ernaast, dan moet u het zeggen. Maar ik heb het gevoel dat u uw reis uitstelt omdat u er wilt zijn voor mij.' Ik kijk oma aan en probeer van haar gezicht af te lezen of ik gelijk heb.

'Ik mag toch wel wat tijd doorbrengen met m'n kleindochter? De olifanten en leeuwen wachten maar even.'

'Dus het komt niet door mij?' vraag ik opnieuw.

Oma pakt mijn hand vast en we hervatten de wandeling. 'Ach... Misschien een beetje.'

Ik werp haar een veelbetekenende blik toe.

'Ik heb gewoon graag dat het goed met je gaat', gaat oma in het verweer. 'Het afgelopen jaar was dat niet het geval. Dan ga ik toch niet op reis? Er zijn belangrijkere dingen in het leven dan een safaritocht in Afrika. Jij bent voor mij belangrijker.'

'Dat vind ik heel lief. Ik ben ook ontzettend dankbaar voor al uw steun in het afgelopen jaar. Eerlijk gezegd weet ik niet wat ik zonder u had gemoeten. Maar ik zou het niet fijn vinden als u door mij uw reisplannen uitstelt.'

'Dat valt wel mee. Ik heb zelf toch ook genoten van onze tijd samen? Ik vind het heerlijk dat je bij me woont! Maar als je me zat bent, dan kun je het ook gewoon zeggen. Een vlucht is zo geboekt.'

Ik schiet in de lach. 'U weet het mooi om te draaien. Natuurlijk ben ik u niet zat!'

'Gelukkig maar.' Oma knijpt in mijn hand.

'Maar als u nog steeds naar Afrika wilt, dan moet u zich er eens in gaan verdiepen. Het gaat nu toch weer goed met me?'

'Ja, gelukkig gaat het een stuk beter met je.' Oma kijkt me opgetogen aan en ik zie een twinkeling in haar ogen. 'Oké, jij je zin. Ik zal er eens over nadenken.'

We wandelen naar een verderop gelegen bankje en gaan er samen op zitten. Een tijdje zeggen we niks en kijken naar het grijze water, dat steeds opnieuw op de rotsen klotst, opklimt en zich weer terugtrekt.

'Er is een periode geweest dat ik een hekel had aan deze plek', zeg ik na een poosje.

Oma knikt langzaam en blijft naar het water kijken.

'Gelukkig is dat nu niet meer zo', praat ik verder. 'Het is hier zo mooi...'

'Hoe vaak zal je hier als klein meisje gewandeld hebben met je familie? Hoe vaak zullen we de overtocht naar Texel wel niet hebben gemaakt met z'n allen? Je moeder en zus veilig achter het glas, binnen op de boot. Jij op het dek, samen met je vader. De wind die met je haren speelde. Jij moest en zou altijd buiten staan.'

Ik glimlach bij de herinneringen die bovenkomen.

Oma vangt mijn blik en houdt die vast. 'Je hield van deze plek. Tot het moment van het telefoontje... Als je erover nadenkt is het bijzonder dat je juist hier op deze dijk zat uit te waaien toen je gebeld werd door je vader...'

'Ik weet het nog zo goed... We hadden pauze en vervolgens een tussenuur op de middelbare school. Ik had met een vriendin een broodje gehaald in de stad, dat we hier wilden opeten. Mijn mobiele telefoon ging en ik vond het vreemd dat papa overdag belde. Als hij op zakenreis was, dan belde hij altijd naar de huistelefoon. Op van tevoren afgesproken tijdstippen, zodat mama, Lisette en ik hem om de beurt even konden spreken. Maar nu belde papa ineens naar mijn mobiel vanuit China. Ik wist gelijk dat er iets was... Nog voordat ik z'n stem had gehoord.' Mijn blik blijft hangen bij een zeilboot, die in de verte bijna Texel heeft bereikt. 'Ik heb er zo vaak over nagedacht. Maar eigenlijk heb ik het nooit goed begrepen... Waarom belde papa die keer niet naar de huistelefoon? Waarom belde hij mij?'

Oma houdt haar hoofd schuin en kijkt me onderzoekend aan. 'Wat denk je dat de reden is?'

'Ik weet het niet... Ik weet alleen dat mama en Lisette het ook nooit hebben begrepen. Soms denk ik weleens dat het hun na al die jaren nog steeds niet lekker zit... Maar ik weet zelf ook niet waarom papa ervoor koos om mij te bellen.'

'Het zal vast moeilijk voor ze zijn. De laatste woorden van je vader waren gericht aan jou. Het zou goed kunnen dat je moeder en zus dat nooit een plek hebben kunnen geven.'

Ik wrijf even over de stof van mijn broek en twijfel of ik de gedachte die in mijn hoofd zit zal uitspreken. Oma ziet het en knikt me bemoedigend toe.

'De relatie met mama en Lisette loopt soms zo stroef... Heel af en toe denk ik weleens dat ze het me bewust of onbewust kwalijk nemen dat papa mij belde in plaats van hen.'

'Daar zeg je wat...' De denkrimpel tussen oma's wenkbrauwen wordt dieper. 'Hoewel je moeder en Lisette het nooit hebben uitgesproken, denk ik dat het voor hen moeilijk te bevatten is dat je vader jou belde. Op dat laatste belangrijke moment in zijn leven belde hij niet zijn vrouw. Niet zijn oudste dochter. De laatste woorden van mijn zoon, vlak voordat hij kwam te overlijden, waren gericht aan jou. Zijn jongste telg, overduidelijk z'n lieveling. Dat steekt... Misschien is dat wel de doorn in jullie onderlinge relatie...' Oma kijkt op, alsof ze ineens iets beseft. 'Je moeder en zus hebben nooit echt afscheid kunnen nemen van je vader in levende lijve. Jij wel... Al was het maar door de telefoon... Dat is iets waar jij niet voor gekozen hebt. Jij kan daar natuurlijk niks aan doen, maar ik begrijp wel dat het moeilijk voor ze moet zijn.'

Er loopt een traan over mijn wang. Ineens kan ik me indenken hoe dit voor mijn moeder en zus moet zijn. Oma vouwt de mouw van haar katoenen beige blouse om haar duim en veegt daarmee de traan van mijn gezicht. Ik glimlach om het gebaar en zucht eens diep.

'Misschien was ik me hier altijd wel van bewust op de achtergrond. Er is zoveel wat we niet uitspreken tegenover elkaar. Dat doet pijn. Ik begrijp heel goed dat mama en Lisette dat bijzondere moment van het telefoongesprek met papa hadden willen delen. Ik voel me er schuldig over dat hij mij belde.'

'Dat hoeft niet', reageert oma nuchter. 'Het is niet jouw schuld. Hoe zou het dat kunnen zijn? Je vader maakte z'n eigen keuze wie hij wilde spreken op dat laatste moment. Hij had recht op z'n eigen keuze.'

In de stilte die valt denk ik daar even over na.

'Begrijp je dat?'

Ik knik langzaam.

'En geef toe, hij kon het onmogelijk goed doen. Met z'n drie vrouwen aan de andere kant van de wereld... Je moeder, zus en jij waren op drie verschillende plekken. Hij kon jullie nu eenmaal niet allemaal tegelijk spreken. Zoveel tijd had hij niet meer.'

Ik haal een diepe ademteug en vul mijn longen met frisse lucht. 'Waarom kunnen mama, Lisette en ik niet met elkaar praten zoals wij dat kunnen? Waarom blijft er zoveel onuitgesproken tussen ons?'

'Genen, lieverd.' Oma strijkt zachtjes met de rug van haar hand over mijn wang, een liefkozend gebaar. 'Jij lijkt op je vader en je vader leek op mij. Wij voelen alles heel intens. Emoties gaan bij ons heel diep. Ik zeg niet dat je moeder en zus ijskonijnen zijn. Zij hebben ook hun verdriet. Maar ze gaan er anders mee om. Zij denken voornamelijk met hun verstand en jij doet dat met je gevoel, met je hart.'

Ik glimlach. 'Dat laatste is precies wat papa zei door de telefoon.'

'Je vader had gelijk.'

'Eigenlijk was er altijd een tweedeling binnen ons gezin. Ik was altijd een papa's kindje en Lisette en mama lijken gewoon ontzettend veel op elkaar qua karakter.'

'Denk je niet dat dat de reden is?'

Ik frons mijn wenkbrauwen. 'Dat wat de reden is?'

'Dat je vader *jou* belde.'

Er gaat een rilling door mijn lichaam. Een vreemd soort trilling die leidt naar een onvermijdelijk besef.

'Je vader belde jou niet alleen omdat jij z'n lieveling was. Hij belde niet alleen omdat hij jou wilde spreken, omdat het hém goed deed. Ik denk dat hij vooral een boodschap wilde overbrengen. Een boodschap die jij, van jullie drie, het hardst nodig had om te horen. Hij was zich bewust van de tweedeling binnen jullie gezin en realiseerde zich dat je moeder en zus steun aan elkaar zouden hebben. Je vader wist heel goed dat jij anders in elkaar steekt dan zij. Jij denkt en voelt op een totaal andere manier. Je vader wist dat omdat je daarin ontzettend op hem lijkt. Nu jouw maatje zou wegvallen, zou jij er het meest alleen voor komen te staan. Daarom belde hij jou. Om je die laatste woorden in te fluisteren.'

Even heb ik een moment nodig om oma's woorden te laten landen. Het voelt alsof ik alles even moet laten bezinken. Ik knipper een paar keer met mijn ogen.

'Wow... Zo heb ik er nooit over nagedacht.'

'Je bent er nu aan toe het te horen...' Oma glimlacht. 'Ik ben zo trots op je. Je hebt zulke grote stappen gezet in het afgelopen jaar. Neem nou deze plek... Hier heb je het meest heftige telefoongesprek uit je leven gevoerd, maar nu ben je zover dat je hier kunt zijn en kunt genieten van het uitzicht.'

Ik kijk om me heen en neem het weidse uitzicht in me op. 'Elke keer dat ik hier gewandeld heb in het afgelopen jaar, had ik het gevoel dat papa heel dichtbij was... Al onze gesprekken hebben me enorm goed gedaan. Het is fijn om vrijuit met u over papa te kunnen praten. Ik denk dat ik in het afgelopen jaar meer om hem gerouwd heb dan dat ik in alle jaren daarvoor heb gedaan. Het voelt alsof ik veel heb verwerkt. Dat ik geen hekel meer heb aan deze plek, ligt grotendeels aan u.'

Oma kijkt me recht aan. 'Misschien gebeurt er wel hetzelfde met de plek waar je nu een hekel aan hebt...'

'Wat bedoelt u?'

'Utrecht', verklaart oma. 'Misschien gebeurt er wel hetzelfde met Utrecht. Je wilt er nu niet zijn vanwege Daan. Maar ergens hou je ook van die stad...'

Ik hoor de telefoon overgaan en wacht even tot er opgenomen wordt.

'Met Arie.'

'Hé Arie, met Alice!'

'Alice!' klinkt het blij verrast. 'Ik zag een onbekend nummer staan. Wat leuk dat je belt.'

'Ik bel met de huistelefoon van m'n oma', verklaar ik het onbekende nummer. 'Hoe gaat het met je?'

'Goed. Het gaat heel goed. Maar vertel, hoe is het met jou? We hebben elkaar al zo lang niet meer gesproken!'

'Je hebt helemaal gelijk. Ik voel me een beetje schuldig dat ik er zoveel tijd overheen heb laten gaan. Ik had eerder van me moeten laten horen.'

'Welnee, soms gaan die dingen zo. Ik wist dat je vroeg of laat weer contact zou zoeken.'

Ik glimlach. Een halfjaar lang is Arie me met enige regelmaat komen opzoeken in Den Helder. In die tijd was ik niet de meest gezellige persoon, maar hij bleef volhouden. Hij was altijd degene die de anderhalf uur durende reisafstand moest afleggen, omdat ik niet naar Utrecht wilde komen. De kans dat ik Daan daar tegen het lijf zou lopen was natuurlijk heel klein, toch deed de gedachte alleen al me geen goed. De laatste keer dat ik Arie zag, zei ik dat ik contact met hem zou zoeken. Ik heb er maanden overheen laten gaan en had het ook begrepen als hij nu niet zo vrolijk zou klinken door de telefoon.

'Maar vertel, hoe gaat het met je?'

'Goed.'

'Ja?' vraagt Arie hoopvol.

'Ja, het gaat echt een stuk beter. Ik heb het gevoel dat ik alles eindelijk weer op de rit heb. Ik heb vier maanden niks gedaan. Echt alleen maar de tijd genomen voor mezelf. Na die eerste vier maanden ben ik parttime gaan werken, in een verzorgingshuis hier om de hoek. Ik werk daar als activiteitenbegeleider bij ouderen...'

'Ja, dat heb ik nog meegekregen', onderbreekt Arie me. 'Dat doe je dus nog steeds... Wooh! Iets heel anders dan de kinderopvang.'

'Dat kun je wel zeggen.'

'Bevalt het?'

'De collega's in het verzorgingshuis halen het natuurlijk bij lange na niet bij Kiki en jou.'

'Nee... Logisch', reageert Arie serieus. 'Dus jullie hebben geen Hot Old Man List?'

Ik moet lachen. 'Gadverdamme!'

'Het doet me goed om je weer te horen lachen, Alice. Ik heb veel aan je gedacht de afgelopen maanden...'

'Ik ook aan jou. Sorry dat ik je niet eerder heb gebeld...' Ik friemel met mijn vingers aan een kussen op oma's bank. De franjes aan de randen hebben altijd een bepaalde aantrekkingskracht op me.

'Het geeft niet. Je was met andere dingen bezig. Ik ben al heel blij om nu te horen dat het weer goed met je gaat.'

'Dat is lief van je', zeg ik opgelucht. 'Vertel eens wat over jou. Zijn er nog nieuwtjes? Nieuwe mannen in je leven?'

'Mijn leven is niet meer zo spannend als een jaar geleden...'

'Niet? Je zei dat het heel goed met je gaat...'

'Dat gaat het ook, maar er zijn geen mannen meer in m'n leven.'

'Arie, ik kan me niet voorstellen dat je inmiddels op vrouwen valt, dus zeg op... Wat betekent dit?'

Ik hoor een lach aan de andere kant van de lijn en wacht af.

'Nou, als je het echt weten wilt... Ik zit tegenwoordig elke avond op de bank met een kopje citroenthee.'

'Nee! Hebben Koen en jij een relatie gekregen? Wat leuk! Hoelang al?'

'Het is nu een aantal maanden officieel. Daarvoor kenden we elkaar natuurlijk al, maar we doen het heel rustig aan.'

'Jeetje! Gaaf hoor. Ik ben ontzettend blij voor je.'

'Dank je wel schat. En jij? Ben jij inmiddels weer gelukkig?'

'Pfoe...' Ik zucht diep. 'Ik ben op de goede weg, maar echt gelukkig... Zoals met Daan, toen ik nog dacht dat alles goed was... Nee, zover ben ik nog niet. Maar er zijn zeker wel dingen die me blij maken! Het is fijn om bij m'n oma te wonen. Om Julia en Lize zo dichtbij te hebben. En ik heb een hoop verwerkt, waardoor ik nu weer een stuk beter in m'n vel zit.'

'Dat is goed om te horen. Ik weet nog dat je die laatste tijd hier in Utrecht veel met het verdriet om je vader bezig was. Bedoel je dat ook, als je zegt dat je een hoop hebt verwerkt?'

'Jeetje, dat je dat nog allemaal weet. Ja... Ik heb het afgelopen jaar veel met oma over mijn vader gepraat. Het voelt alsof ik iets heb afgesloten. Natuurlijk zal het altijd droevig blijven dat hij er niet meer is, maar ik denk dat ik eindelijk iets heb kunnen doen met het verdriet dat ik jarenlang heb weggestopt.'

'Wow!'

Ik moet lachen om zijn reactie.

'Dus jij blijft met ouderen werken en bent daar in Den Helder helemaal op je plek?'

'Ik weet het nog niet... De baan als activiteitenbegeleider in het verzorgingshuis loopt op z'n eind. Eerst verving ik iemand die thuis zat met een hernia en nu vul ik een zwangerschapsverlof op van een collega... Misschien dat ik hierna iets anders zoek.'

'Misschien terug naar de kinderopvang?'

'Ja. Misschien. Ik mis het wel...'

'Je bent altijd welkom bij ons!'

'Echt? Mijn plekje is toch allang opgevuld?'

'Nee. Het is moeilijk om iemand te vinden die net zo goed is als jij.'

Ik giechel.

'Ik meen het hoor', reageert Arie serieus. 'Je bent hier nog steeds welkom. We hadden een tijdje een vast iemand, maar de laatste tijd staan Kiki en ik steeds met invallers van andere vestigingen.'

'Hoe is het daar eigenlijk? Hoe gaat het met Kiki en hoe is het met Sara?'

Het blijft een tijdje stil en ik vraag me af of de verbinding nog intact is.

'Arie? Ben je er nog?'

'Ja, ik ben er nog. Ik heb getwijfeld of ik je moest bellen... Maar ik wist dat je genoeg aan je hoofd had en wist ook niet zeker of ik er goed aan zou doen je dit te laten weten...'

Weer blijft het even stil. Net als ik opnieuw een vraag wil stellen, praat Arie verder. 'Een paar maanden geleden is Sara's moeder overleden.'

13

IN DE DAGEN DIE VOLGEN DENK IK VAAK TERUG AAN het telefoongesprek met Arie. Aan de ene kant ben ik blij dat ik hem gesproken heb en opgelucht dat hij het me niet kwalijk neemt dat we een paar maanden geen contact hebben gehad. Bovendien maakt het nieuws dat hij een relatie heeft met Koen me blij, elke keer als ik eraan denk verschijnt er een glimlach op mijn gezicht.

Aan de andere kant heb ik gemengde gevoelens. Dat komt omdat Eline is overleden. Ik kan me goed voorstellen dat Arie in dubio heeft gezeten of hij me erover moest inlichten of niet. Dat hij uiteindelijk heeft besloten het niet te doen, begrijp ik. Het was evengoed moeilijk om het nu, vijf maanden later, te horen. Eline is er niet meer. Sara zal opgroeien zonder haar moeder. Natuurlijk wist ik dat dit zou gebeuren. Iedereen wist dat dit er aan zat te komen. Maar nu is het definitief.

Arie vertelde dat Sara's gedrag erg is veranderd ten opzichte van een jaar geleden. Ik herinner me haar als een vrolijk, lief en sociaal meisje dat, hoe klein ze ook was, goed omging met alle moeilijke elementen in haar leven. Ik schrok behoorlijk toen Arie zei dat Sara een somber en gesloten kind is geworden. Het versterkt het gevoel dat ik me te kort voel schieten tegenover Sara. Ik zou meer voor haar willen doen. Ik gun Sara zoveel meer.

'Alice, zou je zo even naar me toe willen komen als je tijd hebt?'

Ik kijk op van de verfkwasten in mijn handen. 'Natuurlijk. Ik spoel even deze kwasten af en dan kom ik.'

Saskia, mijn leidinggevende in het verzorgingshuis, knikt en verlaat het zaaltje waar een clubje ouderen net gezellig heeft zitten schilderen. Gauw maak ik het klusje af en na een paar minuten klop ik op de deur van haar kantoortje.

'Binnen', roept ze tegen de deur die tussen ons in zit.

Ik open de deur en Saskia gebaart naar de lege stoel tegenover haar, aan de andere kant van het bureau.

'Was de schilderworkshop van vandaag een succes?' informeert ze naar de activiteit die ik vanmiddag voor een groepje ouderen heb georganiseerd.

'Zeker. Een aantal bewoners hebben echt talent.'

Saskia glimlacht en legt haar handen op het bureau. 'Alice', begint ze formeel. 'Het zwangerschapsverlof van je collega zit er bijna op, wat betekent dat jouw tijdelijke contract afloopt. Heb je het naar je zin bij ons?'

Ik knik. 'Ja. Het werk met ouderen bevalt me goed. Ik

vind het leuk om activiteiten zoals die van vandaag te begeleiden en ondertussen met de mensen te praten.'

'Dat is goed om te horen. We krijgen ook goede berichten over jou. De mensen hier zijn dol op je.'

Complimenten in ontvangst nemen is nooit mijn sterkste punt geweest en dus glimlach ik maar wat.

'We zijn tevreden over je en zouden het jammer vinden als je niet meer voor ons zou werken. Natuurlijk neemt je collega het werk over, zodra ze terug is. Dus je kunt niet blijven doen wat je nu doet. Maar ik heb ik even verder gekeken.' Saskia kijkt me met een ernstig gezicht aan. Ze laat een stilte vallen en voert daarmee de spanning op. 'Ik zou je een andere functie kunnen aanbieden... Je hebt in het verleden een hbo-opleiding afgerond. Met je papieren voor Sociaalpedagogische Hulpverlening zou je een leidinggevende functie bij ons kunnen bekleden. Lijkt dat je wat?'

Verbaasd kijk ik naar mijn leidinggevende. Deze twist zag ik niet aankomen.

Saskia gaat verzitten op haar bureaustoel en leunt nonchalant naar achteren. Het formele gedeelte van het gesprek is voorbij. 'Ik overval je hier natuurlijk mee... Denk er maar eens goed over na. Als je interesse hebt in de baan, dan hoor ik het wel van je.'

*

'Wat ontzettend leuk voor je!' roept Lisette enthousiast uit, als ik mijn moeder en zus een paar dagen later bijpraat.

Een warm gevoel bekruipt me. In het afgelopen jaar

heb ik elke week op zondag bij mijn moeder gegeten. Vaak schuiven Lisette en Pascal ook aan en heel af en toe is oma erbij. Meestal kan oma niet. Dat haar wekelijkse bridge-avond op zondag valt, vindt ze helemaal niet erg. Het heeft nooit zo goed geboterd tussen mijn moeder en oma. De relatie tussen mij en mijn moeder en zus loopt nog regelmatig moeizaam. Toch hebben de wekelijkse etentjes ons goed gedaan. Het begon misschien als compromis voor het feit dat ik niet bij mijn moeder ben gaan wonen na de breuk met Daan, maar inmiddels kan ik zeggen dat ik meestal geniet van het samenzijn... Meestal...

Mijn moeder kijkt me stralend aan. 'Ik ben zo blij voor je!'

'Leuk dat jullie zo enthousiast zijn', reageer ik opgetogen.

'Je verdient het!' Mijn moeder buigt zich voorover naar de salontafel en snijdt een stukje van de punt rochebaron. 'Jij nog een stukje, lieverd?'

Ik knik haar toe.

'Met een toastje of zonder?'

'Doe maar met.'

Mijn moeder plaatst een toastje onder het stukje kaas en geeft het aan. 'Jij ook Lisette?'

'Ja, maar liever die andere kaas. Zonder toastje.'

Mijn moeder snijdt twee stukjes morbier af en geeft Lisette er één.

'Echt gaaf dat je leidinggevende je een baan met een hoger opleidingsprofiel heeft aangeboden, en ook nog zonder dat je er zelf om hoefde te vragen.'

'Bijzonder, hè? Ik heb natuurlijk ooit wel verteld welke opleiding ik heb gevolgd, maar verder hebben we het hier nooit over gehad. Ik heb ook nooit aangegeven dat ik leidinggevende ambities heb...'

'Als ze niet zou denken dat je het in je hebt, zou ze je die baan niet aanbieden', haakt Lisette in.

'Dat is zeker zo', bevestigt mijn moeder. 'Ik twijfel er niet aan of je het kunt.'

Ik neem een hapje van het toastje met kaas en laat de smaak even tot me doordringen.

'Die schilderlesjes met dementerende ouderen wil je natuurlijk ook niet de rest van je leven blijven doen, neem ik aan.'

Verbouwereerd kijk ik mijn moeder aan. 'Schilderlesjes?! Ik mag toch hopen dat je weet dat ik niet alleen schilderles aan ouderen geef.'

'Natuurlijk weet ik dat je ook andere activiteiten begeleidt', praat mijn moeder het goed. 'Maar het is toch zo wat ik zeg? Dit is toch niet wat je je hele leven wilt blijven doen? De kans die je nu geboden wordt, lijkt me een mooie opstap.'

'Een mooie opstap naar wat?' vraag ik een stuk minder vrolijk dan dat mijn stem een minuut geleden nog klonk.

'Naar een serieuze baan. Een baan waarin je iets kunt betekenen.'

Soms knip je met je vingers en dan ineens komen de nare opmerkingen als een waterval uit haar mond stromen. En ik hap gewoon weer. 'Hoezo? Alsof ik nu niets beteken!'

Vermoeid schudt ze haar hoofd. 'Ik zeg niet dat je niets betekent. Je weet best dat ik bedoel dat het fijn zou zijn als je een baan zou nemen die bij je opleidingsniveau past. Je hebt jaren onder je niveau gewerkt. Ik heb daar nooit een probleem van gemaakt, dat weet je. Maar het zou wel tijd worden als je nu eens de stap zet naar een echte baan. Een baan die bij jou past.'

'Een echte baan...' herhaal ik haar woorden. Ik staar naar het half overgebleven toastje in mijn hand en vraag me af wat ik hier doe. Waarom doe ik mezelf dit aan?

'Je vat het anders op dan mama bedoelt', zegt Lisette. 'Als je hbo hebt gestudeerd, maar altijd alleen maar op mbo-niveau werkt, dan moet je er rekening mee houden dat men je op een gegeven moment ook als mbo'er ziet.'

'En dat is erg omdat?'

Mijn moeder en zus kijken elkaar aan met een blik die aangeeft dat ze het beiden raar vinden dat ik dat niet snap.

Ik zucht diep. 'Ik snap niet dat jullie je hier zo druk om kunnen maken... Maar als het jullie geruststelt, ik heb toch nog altijd mijn opleidingspapieren om het te bewijzen?'

'Ja. De papieren van het hoger beroepsonderwijs heb je, maar de werkervaring heb je niet.'

Lisette weet haar punt iets beter duidelijk te maken dan mijn moeder. Ergens snap ik wel wat ze probeert te zeggen. Ik sta er alleen zo anders in dan mijn moeder en zus. Het hele punt kan me eigenlijk weinig schelen. Misschien is dat naïef, maar dat is hoe ik erin sta.

'Jullie advies is vast goedbedoeld', zeg ik rustiger dan ik me voel. 'Maar laten we erover ophouden. Ik sta er gewoon anders in dan jullie. Jullie denken aan wat slim is voor mijn carrière. Ik denk aan wat ik leuk vind om te doen.'

Mijn moeder perst er een glimlach uit en houdt haar gedachte voor zich. Ik kan zien dat het haar moeite kost.

Lisette klapt in haar handen. 'Laten we gaan koken!

Pascal is zo klaar met werken', zegt ze net iets te vrolijk voor de sfeer die in de woonkamer hangt.

Lisette dekt de tafel. Mijn moeder bereidt de vis voor in pakketjes, doet ze in een ovenschaal en schuift deze in de oven, en ik was en snij de groenten. Ondertussen dwalen mijn gedachten af. Ergens zou ik me niet moeten verbazen over de opmerkingen van mijn moeder en zus. Ik weet hoe ze zijn. Ik weet ook dat ik me nooit heb laten leiden door hun verwachtingen. Dus eigenlijk kan ik hun woorden net zo goed direct van me af laten glijden en bedenken wat ik ga doen. Zij hebben hun mening gevormd, maar wat wil ik eigenlijk zelf? De afgelopen dagen blijf ik maar aan Sara denken. Ik kan me nauwelijks een voorstelling van haar maken als somber en gesloten meisje. Het staat zo ver af van hoe ik haar ken. Dat Arie zei dat ik altijd terug kan komen blijft ook door mijn hoofd spoken. Maar dat de baan die me nu is aangeboden heel gaaf is, daar moet ik mijn moeder en zus toch echt gelijk in geven. Een leidinggevende functie. Het zou een mooie nieuwe uitdaging zijn. Het is waarschijnlijk een kans die ik niet mag laten schieten.

Lisette rommelt in de besteklade en draait zich naar me om. Met in haar ene hand vier messen en in haar andere hand vier vorken, kijkt ze me afkeurend aan. 'Wat doe jij nou?' De hand met de messen wijst naar de wasbak. 'Daar heeft mama een borsteltje voor hoor. Je moet champignons niet wassen onder de kraan!'

Er ontsnapt een raar geluid uit mijn keel. Het klinkt als een vervormd soort giechel.

Lisette fronst haar wenkbrauwen en neemt me onderzoekend op.

Ineens hou ik het niet meer en schater het uit. Mama en Lisette kijken eerst elkaar en dan mij met verbaasde gezichten aan. Ze missen de grap volledig. Hun gezichtsuitdrukkingen maken het nog mooier. Ik kom niet meer bij van het lachen en proest het uit. Ik denk terug aan de keer dat ik in het appartement van Daan en mij voor Arie kookte na onze werkdag op de bso. Arie gaf me hetzelfde commentaar als mijn zus nu net deed...

Plotseling is het me volkomen duidelijk wat ik moet doen. Ineens weet ik heel zeker wat ik wil. Alle twijfel is ineens de wereld uit. In een vlaag van enthousiasme vanwege mijn besluit vlieg ik mijn moeder en zus om de nek. Ze deinzen een beetje terug vanwege mijn plotselinge toenadering, maar laten zich dan toch door me omhelzen.

'Ik weet wat ik ga doen!' roep ik vrolijk en uitgelaten. 'Ik neem de baan niet... Ik ga terug naar Utrecht!'

14

'WELKOM TERUG, LIEVE ALICE. GOD, IK BEN ZO BLIJ. IK kan je niet vertellen hoe blij ik ben!'

Ik grijns naar Arie en stap voorzichtig over de drempel van de bso. Een paar weken geleden, direct na het etentje met mijn moeder, zus en Pascal, heb ik Arie gebeld. Ik vroeg hem hoe serieus hij was toen hij die keer daarvoor aan de telefoon zei dat ik altijd terug kon komen bij Het Speelparadijs. Van vreugde gilde hij een minuut lang in mijn oor.

Arie pakt mijn jas van me aan en samen lopen we een rondje door de verschillende groepsruimtes. Ik ervaar hoe het voelt om hier weer te zijn en neem alles in me op. Ik zie de kleurrijke meubels, het mooie speelgoed van goede kwaliteit, en ik ruik de bekende geur, die ik ruim een jaar niet heb geroken.

'En?' Arie kijkt me aan.

'Er is hier niets veranderd', stel ik goedkeurend vast.

'Alles is nu weer hoe het hoort te zijn.' Arie loopt langs me en drukt in het voorbijgaan een kus op mijn wang. 'Ik ga thee voor je zetten. Ik ga heel goed voor jou zorgen.'

'Ga je ook alle afwas op je nemen de komende tijd?'

Arie draait zich naar me om en trekt een gezicht.

'Je bent toch zo blij dat ik er weer ben?'

'Zeker. Maar er zijn grenzen aan mijn gastvrijheid.'

Ik moet lachen. Arie stelde voor tijdelijk bij hem in te trekken, in zijn appartement. Het is een ontzettend lief gebaar en dat maakte het mogelijk dat mijn terugkeer naar Utrecht binnen een paar weken geregeld was. In de tijd dat ik bij Arie inwoon, kan ik op zoek gaan naar woonruimte voor mezelf.

Ik loop met Arie mee naar het keukentje en kijk toe hoe hij thee voor ons zet. Niet veel later horen we de voordeur open- en dichtgaan.

'Waar is ze? Waar is ze?' Kiki komt met flinke passen het keukentje binnen en vliegt me direct om de hals. 'Alice, ik ben zo blij dat je terug bent. We hebben je zo gemist!'

Lachend knuffel ik Kiki. Als ze me loslaat kijk ik haar aan. 'Ik ben ook heel blij om jou te zien. Ik heb jullie het afgelopen jaar gemist.'

'Wij jou meer! Dat weet ik zeker. Ik moest het hier doen met de meest onmogelijke invallers en hem daar', ze wijst naar Arie. 'Nou goed, die problemen zijn nu gelukkig verleden tijd. Hoe gaat het met je? Ik hoorde dat je tijdelijk Aries huisgenootje bent geworden... Heb je daar goed over nagedacht? Je weet dat hij nu samen is met Koen, hè? Ze wonen nog niet samen, maar laat ik je gelijk waarschuwen... Die twee zijn behoorlijk klef!'

Opnieuw moet ik lachen. 'Ik weet ook niet heel zeker of het nou zo'n goede beslissing was. Hij probeerde gisteren al de afwas van een hele week op mij af te schuiven. Ik woon er één dag...'

'Kijk, daar ga je al! Dus hij had niet eens even fatsoenlijk afgewassen voor jouw komst?'

Mistroostig schud ik mijn hoofd.

'En dan zie je hem ook nog elke dag op je werk. Ik ben benieuwd hoelang je het volhoudt.'

'Die afwas stond er omdat ik uitgebreid had gekookt voor Alice. Een van de huisregels van m'n appartement is dat degene die kookt niet hoeft af te wassen. Die regels gelden nu ook voor Alice.'

Kiki fronst haar wenkbrauwen. 'Je woonde er eergisteren toch nog alleen? Wie heb je al die tijd laten afwassen dan?'

Arie probeert zijn gezicht in de plooi te houden. 'De regel is gisteren van kracht gegaan.'

Kiki en ik kijken elkaar aan en hebben aan één blik genoeg.

'Alice heeft niks te klagen trouwens. Ik heb haar in huis genomen. Ik heb gisteren heerlijk voor haar gekookt. En omdat het haar eerste dag was, heb ik zelfs nog geholpen met de afwas.'

Ik sla Arie vriendschappelijk op zijn rug. 'Ik weet het. Ik bof maar met jou.'

Arie knikt ernstig. 'Als je dat maar weet.'

'Nou goed...' zegt Kiki. 'Zoals je ziet is er niet veel veranderd hier. Er zijn wat nieuwe kinderen bijgekomen, vooral op jouw groep. Een aantal van jouw kleuters zijn geen kleuter meer en zijn inmiddels doorgestroomd naar mijn groep. En er hebben wat verschuivingen plaatsgevonden in de Hot Daddy List. Dat is natuurlijk belangrijke informatie om gelijk te weten.'

'Ja, Alice. Maak je borst maar nat', zegt Arie, met een scheve grijns op zijn gezicht. 'Je gaat je ogen uitkijken tijdens de ophaalmomenten.'

'Mooi. Daar hoopte ik al op. Geen nieuwe nummer één in de lijst der lijsten, neem ik aan?'

Arie en Kiki schudden fanatiek hun hoofd. 'Nee, natuurlijk niet', antwoordt Kiki. 'Niemand kan tippen aan de schoonheid van Johnnyboy.'

'Meneer Van der Meulen staat nog steeds eenzaam aan de top, met z'n knappe kop.'

Ik kijk naar Arie en Kiki en wordt overvallen door een prettig vertrouwd gevoel. 'Fijn om terug te zijn, jongens. Ik heb er zin in!'

We drinken onze thee en lopen gehuld in de groene bodywarmer naar de basisschool. Ik verheug me erop de kinderen te zien. Op het schoolplein neem ik mijn vaste plek naast het speeltoestel in. Lachend zet ik me schrap om een paar kinderen op te vangen, die met een aanloop me om de nek vliegen. Het is leuk om de kleuters te zien, die ineens een jaar ouder en een stuk groter zijn. Ik maak een praatje met de kinderen en stel me aan een aantal nieuwe gezichten voor. Dan ineens zie ik Sara het schoolgebouw verlaten. Er schiet een brok in mijn keel. Razendsnel probeert mijn brein te achterhalen wat het is waar ik zo van schrik. Ik probeer Sara's gezicht te zien, maar ze is nog te ver weg. Iets in haar houding vertelt me dat er veel veranderd is. Met haar hoofd naar beneden gekeerd overbrugt ze langzaam lopend de afstand tussen ons in. Ik wacht af tot het moment dat ze me in de gaten heeft. Dan zal er vast een glimlach op haar gezicht verschijnen. Wanneer er nog maar twee meter tussen ons inzit kijkt Sara op. Ik glimlach breed naar haar en verwacht eenzelfde soort reactie terug. Er trekt iets van herkenning over haar gezicht, maar een glimlach blijft uit. Ze komt in stilte bij het groepje wachtende kinderen staan en tuurt wat voor zich uit. Ik loop naar haar toe en zak door mijn knieën tot ik op haar ooghoogte ben.

'Hoi Sara. Weet je nog wie ik ben?'

Ze knikt.

'Ik kom weer werken op de bso. Jeetje, je bent wel groot geworden zeg', probeer ik het ijs een beetje te breken.

Sara kijkt me met een neutraal gezicht aan. Ik schrik ervan maar doe mijn best het niet te laten merken. Haar oogopslag is veranderd. Haar nog altijd felblauwe ogen met de opvallend zwarte wimpers missen de sprankeling en glans die ze een jaar geleden nog hadden.

Bij Het Speelparadijs aangekomen bedenk ik me dat het ook wel heel stom is eenzelfde soort reactie van Sara te verwachten als van alle andere kinderen. Ze heeft een hoop meegemaakt in het afgelopen jaar. Zeker het laatste halfjaar zal ontzettend zwaar zijn geweest voor haar. Arie had me al gewaarschuwd, toch had ik gehoopt dat mijn komst haar goed zou doen. Ik haal diep adem en realiseer me dat hier meer tijd voor nodig is. Veel meer tijd.

Ergens voelt het alsof ik nooit ben weggeweest. De kinderen en ouders zijn blij dat ik terug ben en het is heerlijk om Arie en Kiki weer als collega's te hebben. De sfeer en onze eigen rituelen zijn gelukkig onveranderd gebleven. We hebben de draad opgepakt waar we zijn geëindigd. Ik vind het jammer dat Gijs, Max en nog een paar anderen die geen kleuter meer zijn, inmiddels bij Kiki op de groep zitten. Maar de nieuwe groepsamenstelling heeft ook zo z'n charme. Er zijn een paar leuke nieuwkomers met wie ik al snel een band opbouw. De relatie met Sara is anders dan een jaar geleden. Ze heeft het zichtbaar moeilijk, is erg stil en teruggetrokken. Soms lijkt ze wel een heel ander kind dan toen ze vier was. Heel gek vind ik dat niet. In de drie weken dat ik nu terug ben, heb ik John nog geen één keer gezien. Hij schijnt steeds op zakenreis te zijn. Gelukkig voor Sara is hij in de weekenden wel thuis, zo begreep ik van Willeke. Sara ziet haar vaste oppas heel vaak. Je zou verwachten dat hun relatie hechter is geworden door de tijd die ze samen doorbrengen en de moeilijke dingen die ze met elkaar hebben meegemaakt, maar dat is niet wat ik zie. Willeke heeft goede bedoelingen, daar ben ik van overtuigd. En toch lijkt Sara zich niet helemaal op haar gemak te voelen bij haar.

Yarah, een meisje uit mijn groep, komt naast mijn bureaustoel aan de knutseltafel staan. 'Wat ben je aan het doen, Alice?'

'Ik ben aan het vouwen.'

'Wat vouw je dan?'

'Een vlinder.'

Sara, die ook aan de knutseltafel zit en rustig een kleurplaat inkleurt, kijkt op van haar werkje.

'Wil je mij dat ook leren?' vraagt Yarah.

'Natuurlijk. Kom er maar bij zitten. Mike en Sara, willen jullie soms ook een origamivlinder maken?'

Mike schudt zijn hoofd en gaat door met het knutselen van zijn Formule 1-auto. Sara kijkt naar het vouwblaadje in mijn handen en vervolgens naar mij.

'Wil jij ook leren hoe je zo'n vlinder vouwt, Sara?'

Ze knikt verlegen.

Ik pak de stapel vouwblaadjes van tafel en spreid ze uit tot een waaier. 'Kies maar een kleur uit, dames.'

Yarah trekt enthousiast een roze vouwblaadje uit mijn handen. 'Roze, is m'n lievelingskleur.'

'Welke kleur wil jij, Sara?' Ik hou de waaier voor haar en zie haar blik naar het paarse vouwblaadje gaan. Ik denk terug aan de keer dat we samen een knutselwerk maakten voor Eline. Sara vertelde me toen dat haar moeder gek was op vlinders, en op de kleur paars. Ik kan me haar blije gezichtje nog goed voor de geest halen toen ik de volgende dag de origamivlinder gaf die ik 's avonds thuis op de bank naast Daan had gemaakt.

'Paars', zegt Sara zachtjes.

Ik glimlach naar haar. 'Alsjeblieft.'

Ze kijken me aan en ik leg ze stap voor stap uit hoe ze de vlinder maken. Als de vlinder klaar is plakt Yarah die van haar op een groot vel papier. Ze tekent er bloemetjes en een lachende zon bij. Sara houdt de vlinder die ze gemaakt heeft in haar hand en kijkt er een poos naar. Ik sta op en loop naar het keukentje. Als ik terugkom, zit ze nog steeds met de vlinder in haar handen.

Ik hurk naast haar neer. 'Sara? Weet je nog waar Willeke en ik het van de week over hadden?'

Ze knikt. 'Over een foto van mama.'

'Ja, dat klopt. Ik dacht dat het misschien wel fijn zou zijn als we hier op de bso een foto van mama zouden neerzetten. Mijn papa is ook overleden... Als ik hem mis, dan helpt het soms als ik even naar z'n foto kijk...'

Het meisje knikt weer.

'Kijk... Willeke heeft me deze foto van jouw mama gegeven. Als je wilt kunnen we hem in dit fotolijstje doen en dat een mooi plekje geven op de bso.' Ik leg de foto van Eline en het fotolijstje op de knutseltafel. 'Lijkt dat je wat?'

Sara geeft geen antwoord, maar kijkt naar de foto van haar moeder. Ze pakt het lijstje op van tafel en maakt de achterkant open. Voorzichtig plaatst ze de foto erin, waarna ze het lijstje omdraait. Samen kijken we naar het resultaat.

'Zullen we er een mooi plekje voor zoeken?'

Ze kijkt me aan. Voor het eerst sinds mijn terugkomst vang ik een glimp op van het meisje van een jaar geleden. Ze staat op van haar plekje en loopt met het fotolijstje in haar hand over de groep. Uiteindelijk besluiten we tot een plekje op de halfhoge kast.

Aan het einde van de middag stapt John van der Meulen mijn groep op. Hij laat zijn blik even over de groep dwalen en als hij mij ziet komt hij direct mijn kant op.

'Alice, ik hoorde al dat je terug bent. Deze keer niet van plan om plotseling weer te vertrekken?'

'Nee, dat ben ik niet van plan.' Het is moeilijk om me niet te laten afleiden door zijn charme. In mijn herinnering was hij knap, maar nu hij zo voor me staat valt het me opnieuw zwaar om strikt professioneel te reageren. John is niet de enige ouder die het gebrek aan een afscheidsfeestje met de kinderen niet kon waarderen. Hij zegt het terloops, en hoewel alle ouders het echt wel fijn vinden dat ik terug ben, heb ik er meerdere opmerkingen over gehoord. Terecht natuurlijk. Het abrupte indienen van mijn ontslag verdient geen schoonheidsprijs.

'Mooi.' Sara's vader laat zijn blik over de groep gaan, op

zoek naar zijn dochter. Als hij haar ziet wil hij alweer bij me vandaan lopen.

Het liefst zou ik hem zeggen dat ik in het afgelopen jaar vaak aan ze gedacht heb. Dat ik me met enige regelmaat afvroeg hoe het met ze zou zijn. Het liefst zou ik hem zeggen dat ik het moeilijk vind om te zien hoe Sara is veranderd. Dat ik me schuldig voel, dat ik ben weggegaan en niet meer voor haar heb kunnen doen. Maar natuurlijk zeg ik dat allemaal niet. Het zou heel raar overkomen.

'Ik...' haper ik, waardoor John blijft staan. 'Ik heb van m'n collega's gehoord dat Sara's moeder een halfjaar geleden is overleden. Ik wil je zeggen dat ik het heel erg vind...'

John houdt even mijn blik vast en knikt dan.

'Ik weet wel dat we elkaar van de week gesproken hebben via de mail. Maar ik wilde dit persoonlijk tegen je zeggen.' Ik voel me een beetje onhandig en weet niet of de boodschap die ik wil overbrengen wel goed overkomt. Wie weet zit Sara's vader helemaal niet op mijn condoleance te wachten, die sowieso maanden te laat komt. Maar helemaal niks zeggen voelt ook niet goed, dan lijkt het net alsof ik het onderwerp voor het gemak uit de weg ga.

John knikt opnieuw en wijst dan naar de halfhoge kast. 'Ik zie dat je Elines foto hebt neergezet.'

'Ja. Ik denk dat het goed is voor Sara...' Ik laat een stilte vallen en realiseer me dat het heel vreemd voor hem moet zijn om een foto van zijn overleden vrouw op de bso van zijn dochter te zien. 'Fijn dat je Willeke de foto hebt gegeven. Ik hoop dat dit niet al te raar is voor jou...'

John kijkt wrang. 'Eerlijk? Het is wel een beetje raar om haar hier zo op de kast te zien staan. Maar als het Sara goed doet...' Hij maakt zijn zin niet af en slikt even. 'Het is goed voor haar dat je over dit soort dingen nadenkt. Het is fijn om je terug te hebben.' Hij kijkt me aan en zijn gezicht krijgt een zachte uitdrukking.

Ik glimlach ongemakkelijk en ben blij als Sara ineens naast ons opduikt. John bukt zich om haar te knuffelen, maar ze wendt zich een beetje van hem af. Beschermend houdt ze haar arm voor haar andere hand.

'Voorzichtig', zegt ze tegen haar vader. 'Anders maak je hem stuk...' Sara haalt haar arm voor haar lichaam weg en opent haar andere hand. Daar ligt de origamivlinder die we samen gevouwen hebben.

'Wat mooi, heb je die zelf gemaakt?'

'Met Alice.' Ik hoor een trotse ondertoon in haar stem en voor de tweede keer vandaag vang ik een glimp op van het meisje van ruim een jaar geleden.

De trotse ondertoon in Sara's stem lijkt haar vader niet te ontgaan. Hij kijkt Sara geëmotioneerd aan. 'Ik vind het een prachtige vlinder.' John drukt vertederd een kus op de wang van zijn dochter.

Sara loopt naar de gang en laat ons achter in de groepsruimte.

John wendt zijn blik af en als hij me weer aankijkt, is zijn troebele zicht van zojuist weer helder. 'Ik meende wat ik net zei', zegt hij kalm. Zijn felblauwe ogen boren zich in die van mij. 'Ik weet waarom je een vlinder met Sara hebt gemaakt... Dank je wel, Alice.'

Ik glimlach verlegen naar John. Natuurlijk doe ik het voor Sara, maar het voelt fijn dat hij mijn plan doorziet. Dat hij weet dat de origamivlinder van vandaag geen toevalstreffer was. Doe normaal Alice, zeg ik in gedachten tegen mezelf. Waarom is het belangrijk wat hij ervan vindt? Ik durf het antwoord op deze vraag niet te geven.

Sara verschijnt in zicht met haar jas aan en rugzakje om. Ze loopt naar ons toe, pakt Johns hand en samen lopen ze naar de deuropening van mijn groep. Toen Sara's vader nog gewoon een vrouw had, en ik Daan, was het leuk en ongevaarlijk om John op nummer één van de Hot Daddy List te zetten. Maar nu ik single ben... En hij feitelijk ook... Opnieuw spreek ik mezelf in gedachten streng toe. Waar ben ik mee bezig? Er is veel te veel gebeurd. Johns vrouw is nog maar kort geleden overleden. Hij is de vader van een kind.

In de deuropening blijft Sara staan. Ze kijkt haar vader aan met een gezichtsuitdrukking die aangeeft dat ze zich iets herinnert wat ze is vergeten.

'Wacht even...' Sara laat Johns hand los en loopt terug mijn groep op. In een rechte lijn naar de halfhoge kast. Daar haalt ze de origamivlinder tevoorschijn.

'Ik heb een vlinder voor jou gemaakt, mama. Een paarse, die zou je vast mooi vinden.' Sara zet haar vlinder tegen de zijkant van het fotolijstje. De vlinder leunt tegen de foto van Eline aan. Sara blijft er even naar kijken en draait zich dan om. De tranen verdringen zich achter mijn ogen als ze terug naar haar vader loopt. Ik kijk naar John en zie dat hij het ook moeilijk heeft. Met waterige ogen glimlach ik naar hem.

*

'Wat heerlijk dat we dit nu weer met z'n drieën kunnen doen!' Kiki tikt haar cocktailglas tegen die van Arie en mij. 'Op de leukste collega's die er zijn! Het is zo fijn dat ons team weer compleet is.'

'Proost!' roepen Arie en ik in koor. We nemen een slokje van onze cocktail en ik geniet van het moment. We zitten met z'n drieën bij Zussen. Een gezellig restaurant bij het Janskerkhof, waar ze een uitgebreid cocktailmenu hebben.

'Er is iets wat ik jullie moet vertellen...' zegt Kiki met een mysterieuze twinkeling in haar bruine ogen.

Ik kijk van Kiki naar Arie en lees dezelfde nieuwsgierigheid op zijn gezicht als ik ervaar.

'Het verhaal heeft een beetje een inleiding nodig,' Kiki steekt haar wijsvinger naar me uit, 'want die heb jij gemist. De vader van Lars, weet je wel...'

Geamuseerd trek ik mijn wenkbrauwen op. 'Hey-hallo-hai?'

Kiki grijnst als bevestiging.

'Die ben jij toen toch in de sauna tegengekomen?' Ik schiet prompt in de lach. 'Het staat me bij dat je nogal onder de indruk was van zijn...'

'Zijn hey-hallo-hai!' onderbreekt Arie me gretig, terwijl hij mijn glas opnieuw met het zijne aantikt.

'Ja, precies', zegt Kiki. 'Wat je nog niet weet is dat hij in het afgelopen jaar gescheiden is. En ik... Nou ja... Het komt er eigenlijk op neer dat ik vanochtend wakker werd... In zijn bed.'

'Echt?!'

'Dat meen je niet', gooit Arie erachteraan.

'Toch wel', reageert Kiki zonder gene. 'Raad eens wat hij vanmorgen zei?'

'Hey! Hallo! Wat doe jij nou hier?!' vraagt Arie met pretoogjes.

'Hey-hallo-hai! Koffie?' doe ik mee.

'Doe nou niet zo flauw! Natuurlijk zei hij dat niet. Hij

zei dat hij sinds de dag dat we elkaar tegenkwamen in de sauna al de wens had een keer naast mij wakker te worden.'

Arie en ik kijken elkaar aan.

'Was dat romantisch bedoeld?' vraagt Arie voorzichtig. 'Een keer... Klinkt niet echt romantisch als je het mij vraagt. Of wel?'

'Natuurlijk was het niet romantisch bedoeld. Het was gewoon een compliment.' Kiki haalt nonchalant haar schouders op. 'Mochten jullie het je afvragen... Hij viel niet tegen. Maar ik denk dat ik het bij deze ene keer laat.' Ze neemt een slok van haar cocktail en lijkt daarmee het gespreksonderwerp af te sluiten. Kiki zet het glas terug op tafel en houdt haar hoofd schuin. 'Geen spijt van je keuze, Alice?'

Ik frons mijn wenkbrauwen om de plotselinge wisseling van onderwerp. 'Om terug te komen, bedoel je?'

Kiki knikt.

'Nee, ik heb geen spijt. Het voelt goed.'

'Hoe is het voor jou om hier nu weer in de stad te zitten?' vraagt Arie. 'Ik bedoel, je wilde een jaar lang niet in Utrecht zijn. Is het nu niet meer moeilijk voor je?'

'Het valt mee. Het scheelt dat ik hier met jullie ben. Dat voelt vertrouwd. Dat voelt goed. Maar als ik aan de mogelijkheid denk dat ik Daan zou kunnen tegenkomen, dan krimpt mijn maag nog steeds ineen.'

Arie knikt begripvol en Kiki blijft me aankijken met een gezichtsuitdrukking die ik niet goed kan peilen.

'Wat?'

'Niks.'

'Jawel. Ik zie aan je dat er iets is.'

Kiki's blik verandert. In haar ogen zie ik vertwijfeling, alsof ze een afweging maakt of ze haar gedachte zal uitspreken. Ze zucht diep. 'Vlak voordat jij naar Den Helder vertrok heb ik Daan gezien tijdens het uitgaan. Ik heb toen zo getwijfeld of ik je dat moest vertellen... Hij zat in een kroeg aan de bar, met z'n rug naar me toe. Hij zag me niet maar het was hem overduidelijk. Op de barkruk naast hem zat een vrouw. Ze waren de hele tijd aan het lachen en het leek alsof er iets was tussen die twee. Maar helemaal zeker weten deed ik het ook niet. Misschien was het wel z'n zus of een collega of zo, met wie hij gewoon een gezellige avond had... Ik wilde je niet ongerust maken, maar ik kon het ook niet goed van me afzetten. Ik heb er verschrikkelijk mee in m'n maag gezeten, Alice. Maar het enige wat ik zeker wist was dat het me een raar gevoel bezorgde.'

Met strakke blik staar ik naar het rode goedje in mijn glas.

'Shit... sorry.'

Ik ben even stil en neem een flinke slok van de strawberry daiquiri. Ik proef de alcohol. De cocktail is lekker sterk. Precies goed. 'Je hoeft geen sorry te zeggen.'

'Achteraf heb ik me behoorlijk schuldig gevoeld. Misschien had ik het je toch moeten zeggen... Misschien was je er dan niet op zo'n manier achter gekomen... Had je Daan niet op heterdaad betrapt.'

Ik schud mijn hoofd en kijk Kiki recht aan. 'Er is er maar een die schuld heeft, en dat is Daan. Het is maar goed dat hij verleden tijd is.'

'Heb je hem eigenlijk nog gesproken daarna?' wil Kiki weten.

'We hadden net een huis gekocht, dus er waren wel wat zaken die we moesten regelen. Elkaar nooit meer spreken zat er jammer genoeg niet in...'

'Hoe hebben jullie het opgelost met het huis dan?'

'We hebben het opnieuw in de verkoop gezet. Daan heeft de badkamer eerst afgemaakt. Die had hij er al half uitgesloopt, dus was het beter voor de verkoopprijs als het huis een mooie badkamer zou hebben.'

'Jeetje...'

'Uiteindelijk is het huis voor een goed bedrag verkocht en hebben we er niet veel financiële schade van geleden.'

'Dat is tenminste iets...' Kiki zucht diep. 'Al snap ik natuurlijk dat je het liever allemaal heel anders had gezien.'

'Tja, het was fijn geweest als Daan daadwerkelijk de persoon was geweest als wie hij zich voordeed.'

Arie knikt, zet zijn glas aan zijn lippen en neemt een slok.

Ik volg Aries voorbeeld. 'De eerste maanden nadat ik erachter was gekomen, waren het zwaarst. Het voelde alsof m'n leven volledig was ingestort. Ergens deed het me terugdenken aan de rouwperiode, vlak na het overlijden van m'n vader. Het is een heel rare ervaring om te rouwen om iemand die nog leeft...'

'Hmm...' mompelt Kiki. 'Daan leeft dan nog wel, maar de Daan die jij dacht te kennen bleek niet te bestaan.'

'Hij is in ieder geval een meesterlijke leugenaar', mengt Arie zich in het gesprek.

Kiki knikt. 'Maar had je geen vragen dan? Iemand die je zoiets flikt wil je toch de hemd van het lijf vragen en vervolgens z'n kop eraf rukken.'

'Natuurlijk had ik vragen. Na een paar weken heb ik met

hem afgesproken. Het maakte de situatie er niet beter op, maar ik wist wel waar ik aan toe was.'

Kiki besluit niet door te vragen. Ze pakt het voetje van haar glas en maakt kleine rondjes op het tafeltje, waardoor de cocktail in het glas walst.

'Daan bleek al heel lang seks te hebben met die vrouw. En er bleken meer vrouwen te zijn geweest in het verleden. In de periode dat wij samen waren. Die vrouw die jij gezien hebt in de kroeg zal dus ook wel bij het rijtje horen...'

'Ik kan er nog steeds niet met m'n hoofd bij', zegt Arie. 'Daan leek altijd een prima kerel. Ik blijf het raar vinden dat we nooit iets hebben gemerkt. Hij kwam altijd heel oprecht op me over.'

'Ja', zeg ik. 'Daar heb ik ook vaak over nagedacht in het afgelopen jaar...'

Kiki laat abrupt haar glas los. Het drankje klotst bijna over de rand. 'Bizar, hoe iemand een ander zo kan bedriegen.'

Ik glimlach om haar oprechte frustratie. 'Ze zeggen toch weleens dat liefde blind maakt?'

Arie schudt zijn hoofd. 'Nou, ik was toch niet verliefd op Daan? Maar ik zag het ook niet.'

'Over dit onderwerp heb ik urenlange gesprekken met m'n vriendinnen in Den Helder gevoerd. En ik moet zeggen... Achteraf vielen er puzzelstukjes op hun plaats, die ik tot dan toe niet kon zien. Daan ging de laatste tijd bijvoorbeeld vaak hardlopen en voerde zijn telefoongesprekken weleens in een andere kamer. Destijds heb ik daar niks achter gezocht. Ik dacht gewoon dat het gesprekken waren die over z'n werk gingen, waar hij me niet mee wilde vermoeien.'

'Dat is toch niet raar dat je daarvan uitging?' gaat Arie erop in. 'In een relatie zou je elkaar moeten kunnen vertrouwen. Het zou eerder raar zijn als je overal iets achter zocht.'

'Je hebt het afgelopen jaar bij je oma gewoond, toch?' wil Kiki weten. 'Mis je haar? Of je vriendinnen?'

'Mijn oma zit momenteel in Afrika', zeg ik, terwijl er een grote glimlach op m'n gezicht verschijnt. 'Ze is opnieuw een reis aan het maken. Mijn moeder, zus en ik hebben haar uitgezwaaid op Schiphol. En m'n vriendinnen Julia en Lize hadden vlak daarvoor een heel gaaf afscheidsfeestje voor mijn oma en mij georganiseerd. Het was een surpriseparty, waar ik voorlopig nog wel even op kan teren.'

'Wat leuk zeg!' reageert Kiki.

'Gelukkig is niet iedereen zoals Daan', Arie buigt zich een beetje voorover en leunt met zijn ellebogen op het tafeltje tussen ons in. 'Gelukkig zijn er ook een hoop oprechte mensen in je leven. Mensen die echt van je houden.'

'Daar proost ik op!' Ik pak mijn glas van tafel en kom tot de ontdekking dat er niks meer in zit.

Arie en Kiki schieten in de lach.

'Een tweede cocktail dan maar, Aliceje?' Arie kijkt me speels aan. 'Rondje van mij! Die heb je wel verdiend na zo'n zwaar gesprek over die klootkommel.'

15

SARA ZIT OP HET LEESBANKJE MET EEN PRENTENBOEK OP schoot. Al de hele middag heeft ze amper een woord gesproken. Tot nu toe werd mijn aandacht steeds naar kleuters toegetrokken die juist veel aandacht vroegen, maar nu is het rustig en zie ik kans om even bij haar op het bankje te gaan zitten.

'Vind je dat een mooi boek, Sara?'

Sara kijkt mij aan en fronst haar wenkbrauwen. Ze zegt niks.

'Toen ik een klein meisje was, bestond dat boek ook al. Ik vond het altijd heel mooi. Voor het slapen gaan wilde ik er altijd uit voorgelezen worden.'

Sara staart naar een bladzijde in het boek. Een grote beer buigt zich voorover naar een kleine beer. De kleine beer zit in bed en moet gaan slapen. 'Mama las dit boek altijd voor.'

Ik knik langzaam. 'Kon jouw mama dat goed, voorlezen?'

'Heel goed.'

'Dat was vast heel fijn.'

Sara kijkt me aan en haar gezichtje verzacht een beetje.

'Zou je het fijn vinden als ik het aan je voorlees of blader je het liever zelf door?'

Sara legt het boek bij me op schoot. Ik glimlach om haar antwoord zonder woorden.

'Misschien kan ik het niet zo goed als jouw mama dat kon, maar dat moet je me maar vergeven.'

Sara knikt ernstig. Ik open het boek op de eerste bladzijde en lees het verhaal aan haar voor. Als het afgelopen is klap ik het boek zachtjes dicht.

'En... Deed ik het een beetje goed?'

Sara trekt een kritisch gezicht. 'Mama deed het meer met stemmetjes, maar dat geeft niks hoor.'

'Wil je nog een boekje lezen?'

Sara schudt haar hoofd. 'Weet je wat stom is?' vraagt ze ineens.

'Nou?'

'Iedereen gaat weg...' Ze slaat haar armen over elkaar heen en gaat voorovergebogen op het leesbankje zitten.

'Wat bedoel je?'

'Nou, gewoon. Iedereen gaat weg... Mama is weg, jij was weg en mijn juf gaat ook al weg.'

'Heeft jouw juf op school verteld dat ze weggaat?'

Sara knikt fanatiek. 'Er zit een baby in haar buik en die moet eruit. Ze gaat nu nog niet weg. De baby is nu nog heel klein. Maar als de baby groot gegroeid is, dan moet hij uit haar buik en dan gaat ze dus weg.'

'Ik denk dat als de baby geboren is dat jouw juf dan weer terugkomt.'

'Ja, maar dan zitten wij al in groep drie, zegt ze.'

'Hmm... Ik snap het.'

'Alle kinderen vinden het leuk, omdat juf een baby krijgt. Maar ik vind het stom.'

'Dat begrijp ik wel. Het is ook niet leuk als iemand weggaat...'

'Nee... Jij ging ook weg.'

'Dat klopt.'

'Maar nu ben je weer terug...'

'Zal ik je uitleggen waarom ik weg was?'

Sara kijkt me met haar grote helderblauwe ogen aan en knikt.

'Ik was verliefd op m'n vriend. Hij heet Daan. Ik dacht dat ik altijd samen zou blijven met hem en dat ik helemaal niet weg zou gaan van Het Speelparadijs. Maar toen gebeurde er iets naars... Daan werd verliefd op iemand anders. Hij vond een andere mevrouw heel leuk en lief en daardoor gingen we uit elkaar. Dat was heel verdrietig. We woonden samen en toen we uit elkaar gingen, ging ik ergens anders wonen. Het was helemaal niet leuk allemaal. Maar daarom ging ik dus weg. Omdat ik ergens anders ging wonen.'

'Dus jij was verdrietig?' vraagt Sara.

'Ja. Ik wilde helemaal niet weg van de bso en ik hield heel veel van Daan. Toen het misging was ik heel verdrietig.'

Sara knikt begrijpend. 'Papa zegt dat grote mensen soms ook verdrietig zijn. Toen mama doodging moest hij huilen.'

'Jouw papa heeft gelijk. Grote mensen zijn ook weleens verdrietig.'

'Ik moet soms huilen, omdat ik mijn mama mis.' Sara houdt haar hoofd schuin. 'Mis jij Daan?'

Ik kijk Sara aan en sta versteld van haar begrip. 'Soms... maar dat is wel een beetje anders dan wanneer jij je mama mist.'

'Hoezo?'

'Jouw mama is overleden en Daan leeft nog', leg ik uit. 'Als ik verdrietig ben komt het omdat ik hem niet meer lief vind. Daan en ik houden nu niet meer van elkaar. Jij vindt jouw mama wel heel lief en jij houdt heel veel van haar.'

Sara denkt even over mijn woorden na en knikt dan.

'Het is erger om iemand te missen die er niet meer is', zeg ik om het duidelijker te maken.

'Ja, want als je dood bent kom je niet meer terug... Dat zegt papa.' Ze kijkt me aan en ik kan zien dat het gesprek verhelderend voor haar is geweest. 'Alice...' Sara leunt een beetje naar mij toe.

'Ja?'

'Ik vind het fijn dat jij terug bent.'

Vertederd strijk ik over haar bos blonde haar. 'Ik vind het ook fijn om terug te zijn.'

*

'Ik heb het een tijdje aangekeken, maar er is dus niks veranderd.'

Arie wappert een schoon, opgevouwen tafelkleed uit en laat hem neerkomen op de eettafel in zijn appartement. Ik trek twee punten die mijn kant op liggen naar me toe en trek het tafelkleed strak. Arie doet hetzelfde aan de andere kant van de tafel.

'Hoe was dat in het afgelopen jaar dan? Is Sara's vader aldoor op zakenreis geweest?'

Arie trekt een bedenkelijk gezicht. 'Ik denk het wel. Dat begon al heel lang geleden volgens mij. Voordat jij naar Den Helder ging, toch?'

Ik knik bevestigend. 'Ik weet nog dat ik me er toen ook aan stoorde, maar het lijkt nu wel veel erger te zijn geworden. Toen was hij meer thuis dan dat hij op zakenreis was. Nu is het andersom.'

'Ja...' Arie laat een stilte vallen, waarin hij met zijn handen een opbollende plooi van het tafelkleed gladstrijkt. 'Het is geleidelijk aan gegaan. Maar je hebt gelijk als je zegt dat John nu absurd veel weg is.'

'Ik begrijp wel dat hij het helemaal alleen moet doen. Hij heeft nu eenmaal een goede baan, dus ik kan me voorstellen dat hij de hulp van een oppasmoeder inschakelt...'

'Maar het zou goed zijn als hij er meer voor Sara was', vult Arie mijn zin aan. Hij loopt naar de keuken en komt terug met een stapel borden en bestek.

'Ja precies', zeg ik terwijl ik Arie op weg naar de keuken passeer.

'Dat jij terug bent lijkt in ieder geval een goede uitwerking op z'n dochter te hebben.'

Ik kijk op van de wijnglazen en waterglazen, die ik voorzichtig uit een keukenkastje haal en op het aanrecht zet. 'Meen je dat echt?'

'Zeker. Ik vind dat je al best een hoop hebt bereikt in de twee maanden dat je nu terug bent.'

Ik glimlach breed. 'Dat is heel fijn om te horen. Ik merk

zelf ook dat Sara langzaamaan een beetje ontdooit. Ze zoekt wat vaker contact en afgelopen week nam ze me zelfs in vertrouwen.'

Arie plaatst de zes borden en het bestek op de eettafel en ik loop heen en weer naar de keuken om bij elk bord een water- en wijnglas neer te zetten.

'Afgelopen week hadden de kinderen uit Sara's kleuterklas op school een dood vogeltje gevonden tijdens de pauze. Dit was natuurlijk heel indrukwekkend voor Sara. Ik vond het zo fijn dat ze erover vertelde, haar gedachtes uitsprak. Ze zei dat een paar klasgenootjes het dode vogeltje eng vonden en ervoor wegrenden, maar Sara vond het niet eng. Dood is volgens haar een beetje alsof je slaapt. Al had haar juf gezegd dat het vogeltje was gegrepen door een kat. Het vogeltje zag er niet uit alsof hij sliep, maar haar mama wel... Ze was zo stil en teruggetrokken toen ik net terugkwam. Ik vond dat echt naar om te zien. Gelukkig gaat het wat beter. Het zijn kleine stapjes, maar dat geeft niet.'

'Is dat de reden waarom je bent teruggekomen? Omdat je er wilde zijn voor Sara?'

'Ik weet het niet... Deels misschien. Werken met ouderen was leuk voor een paar maanden, maar ik verlangde terug naar het werk met kinderen. Ik voelde me sowieso schuldig dat ik ben weggegaan, terwijl ik wist dat Sara's moeder zou komen te overlijden. Toen je me aan de telefoon vertelde dat Sara was veranderd in een somber en gesloten meisje, deed me dat heel veel. Ik had het gevoel iets te kunnen betekenen voor haar. Of ik iets positiefs zou kunnen bijdragen wist ik niet, maar ik moest het op z'n minst proberen.'

'Je lijkt op de goede weg te zitten.' Arie kijkt naar het resultaat van de eettafel en loopt om de tafel heen, om aan de andere kant een scheefliggend mes recht te leggen.

Ik grijns naar hem.

'Wat?'

'Jij.'

Er verschijnt een frons tussen Aries wenkbrauwen.

'Die tik van jou. Alles heeft altijd een vaste plaats en alles moet altijd recht liggen. Ik weet heus wel dat jij het bent die elke keer de boekenplanken op de bso ordent hoor. Je hebt er een hekel aan als er een boek uit de rij uitsteekt. Waar of niet?'

Arie glimlacht. 'Waar. Ik kan het niet helpen. Ik kan me echt ergeren aan dat soort dingen. De haren op m'n arm gaan rechtovereind staan als ik zie hoe jij die verkleedkleren van de kleuters terughangt in het rek.'

'Hoezo?' vraag ik half lachend.

'Nou gewoon. Ik moet me dan echt inhouden om de hangers niet van het rek af te rukken en de boel netjes te rangschikken op kleur.'

Ik schiet in de lach. Arie loopt naar zijn voorraadkast en komt tevoorschijn met een pakje zilverkleurige servetjes.

'Vouwen of gewoon zo op het bord neerleggen?' vraag ik ernaar wijzend.

Arie haalt nonchalant zijn schouders op en trekt de doorzichtige folie van het pakje servetten. 'Ik denk niet dat het Koen iets uitmaakt. Zal het die meiden wat kunnen schelen?'

Ik denk terug aan de keer dat mijn oma uitgebreid voor Julia, Lize en mij gekookt had en dat ik de tafel mooi voor ons wilde dekken. Ik had de tijd genomen om de servetten in waterlelies te vouwen en kon de schrik op het gezicht van oma zien staan toen Lize bij binnenkomst op een stoel neerplofte en met één greep naar het servet de waterlelie uit elkaar trok om op haar schoot te leggen. Met een glimlach schud ik mijn hoofd. 'Voor Julia en Lize hoeven we geen moeite te doen en Kiki ziet op de bso al genoeg gevouwen figuren voorbijkomen.'

Arie knikt instemmend en legt een servet op elk bord. Ineens kijkt hij me fel aan. 'Je mag Koen trouwens nooit meer citroenthee voorschotelen! Ik kon de vorige keer m'n lachen amper inhouden.'

Ik grijns. 'Och, heb ik dat echt gedaan?'

'Dat weet je best! Lust jij ook citroenthee, Koen?' imiteert Arie mijn stem. 'Goh, wat passen jullie toch goed bij elkaar. Arie houdt ook heel erg van citroenthee!'

Ik giechel.

'En ik maar proberen m'n gezicht in de plooi te houden omdat dat verhaal natuurlijk voor geen meter uit te leggen valt.'

'Hoezo niet? Ik had Koen met alle liefde willen vertellen hoe jij jouw liefdesleven en voormalige bindingsangst vergelijkt met het drinken van verschillende smaakjes thee.'

'Als je het maar uit je hoofd laat! Dat doe je dus mooi niet, dame. Anders komt de einddatum van mijn gastvrijheid ineens heel snel in zicht.'

Lachend loop ik naar de keuken. Uit de koelkast haal ik de amuses, die we eerder vandaag voorbereid hebben. Ik zet de kleine glaasjes met bietenhummus, ricotta, kikkererwten en een knapperig aardappelkoekje op het aanrecht zodat ze alvast een beetje op kamertemperatuur kunnen komen.

'Pff, mijn vriend inlichten over mijn bindingsangst. Hoe verzin je het?'

Ik grijns. 'Volgens mij ben je genezen van je bindingsangst.'

'Als je daar maar niet op gaat proosten vanavond! Ik zie het je zo doen!'

Opnieuw schiet ik in de lach.

'Ja, je lacht nu, maar ik ben bloedserieus, hoor. Als je dat doet dan is daar het gat van de deur.'

'Na twee maanden wordt het ook weleens tijd dat ik ophoepel, hè? Zo'n logee is leuk voor een tijdje, maar na twee maanden kan ik me voorstellen dat je een vreugdedansje zou doen als ik eigen woonruimte vind.'

'Welnee. Je weet best dat ik het heerlijk vind om met je samen te wonen. Woonruimte is nu eenmaal niet makkelijk te vinden in Utrecht. Dat wist ik toen ik je een plek in mijn huis aanbood. Voel je alsjeblieft niet te veel. Er is wat mij betreft geen haast bij. Eerlijk gezegd vind ik het wel even prima zo.'

'Hmm', reageer ik vertwijfeld. 'Denkt Koen daar ook zo over? Misschien wil hij wel een keer een avondje alleen met jou op de bank zitten, zonder mij erbij.'

'Koen is hartstikke gek op je en als hij klef wil doen, dan hebben we altijd nog zijn huis tot onze beschikking.'

'Hebben jullie het nog nooit over samenwonen gehad?'

Arie kijkt me verschrikt aan. Plotseling klinkt de bel.

'Daar zal je ze hebben! Wil je dat ik nog snel een lijstje met verboden woorden opdreun of zul je je netjes gedragen?'

Ik glimlach ondeugend.

'Samenwonen... Bindingsangst...' telt Arie op zijn vingers af.

'En het toverwoord, citroenthee', vul ik aan.

'Ja en laat de Hot Daddy List ook maar buiten beschouwing, want daar kan Koen niet om lachen. Ook al zijn die vaders zo hetero als het maar zijn kan. Hij ziet de Hot Daddy List een beetje als een bedreiging, geloof ik.'

'Vind je het gek? Jij praat altijd over je top drie alsof het lustobjecten zijn.'

Arie geeft me een veelzeggende blik.

'Maak je nu maar niet druk en ga die voordeur opendoen.'

Arie draait zich om en loopt naar de voordeur van zijn appartement. Terwijl ik vrolijk geklets hoor in de gang, schenk ik het aperitief in zes glazen. Als ik de laatste glazen met rosékleurige bubbels op de eettafel neerzet komen Julia en Lize de woonkamer binnen. We omhelzen elkaar uitgelaten en opnieuw klinkt de bel, die de komst van Kiki en Koen aankondigt. Niet veel later zitten we met z'n zessen aan tafel en heffen we het glas. Ik neem het woord. 'Ik wil een toast uitbrengen op Arie...'

Arie knijpt zijn ogen tot spleetjes en trekt een zuinig mondje. Het lijkt op een stille herinnering aan zijn waarschuwing, maar tegelijkertijd is het alsof hij zich schrap zet voor wat komen gaat.

'Op jouw gastvrijheid! Niet alleen mag ik al twee maanden bij je wonen en voel ik me geen logee, maar geef je me een warm thuisgevoel. Daarnaast vind ik het heel bijzonder dat mijn vriendinnen ook welkom zijn in jouw huis. Laten we proosten op een gezellige avond met elkaar, maar vooral op liefde en vriendschap!'

Een vrolijk geklingel van glazen volgt. 'Op liefde en vriendschap!'

*

In de werkweek die volgt, gebeurt er iets merkwaardigs. Willeke, de vaste oppas van Sara, is inmiddels een vast gezicht geworden tijdens de ophaalmomenten op de bso, maar voor het eerst sinds mijn terugkomst krijg ik haar een hele week niet te zien. Elke dag haalt Sara's vader zelf zijn dochter op.

Op maandag valt het me nog nauwelijks op. Op dinsdag blijft er na het vertrek van Sara en John een diepe fronsrimpel achter op mijn gezicht. Op woensdag en donderdag probeer ik achteraf te analyseren wat er zo anders is aan de ophaalmomenten deze week en dan is het ineens vrijdag.

Het is druk op mijn groep. Het lijkt wel alsof de ouders van de kleuters zich verheugd hebben op een vrijdagmiddagborrel. Ze staan gezellig met elkaar te keuvelen en het ziet ernaar uit dat ze wachten totdat iemand ze een drankje met bittergarnituur aanbiedt. Ik praat met Nicole, de moeder van Nora, over de koemelkallergie die net bij haar dochtertje is geconstateerd, als ik John mijn groep zie opkomen. Sara is met het theeserviesje in het keukentje aan het spelen. In zijn weg naar haar toe, geeft John een knikje in mijn richting als begroeting. Ik knik terug en probeer me niet te laten afleiden.

'Dus nu is het goed etiketten lezen', zegt Nora's moeder. 'Je zult je verbazen in hoeveel producten melk voorkomt.'

'Ja, dat geloof ik graag. Je moet er even je weg in vinden. Over een tijdje weet je alles vast uit je hoofd.'

Zuchtend slaat Nora's moeder haar ogen ten hemel. 'Tot die tijd duurt het boodschappen doen een stuk langer.

Kijk, ik snap best dat ik Nora geen glas melk moet voorzetten, maar van de week wilden de kinderen graag pannenkoeken eten. Nou, dat gaat nu dus niet. En mijn moeder had cake gebakken voor haar verjaardag. Je raadt het al... Ook melk.'

'En alternatieven voor melkproducten, heb je daar al naar gekeken?' Ik moet mijn best doen mijn aandacht bij het gesprek te houden. Vanuit mijn ooghoek zie ik John Sara begroeten.

'Nee, daar moet ik me nog in verdiepen. Er is zoveel wat ineens op me afkomt. Als het per ongeluk een keer misgaat, spuugt Nora de hele boel weer onder. Dan heeft ze toch iets verkeerds binnengekregen. Dat hebben we nu al een paar keer meegemaakt.'

Stiekem word ik altijd een beetje moe van Nicole. Het is niet de meest optimistische ouder die hier rondloopt. Ze kan enorm uitweiden over haar problemen en langdradige, tijdrovende verhalen vertellen. Terwijl ze verder praat, glijdt mijn blik opnieuw naar het keukentje. John vangt mijn blik en trekt geamuseerd zijn wenkbrauw naar me op. Hij heeft door dat ik opnieuw in zijn richting kijk. Ik kan het niet laten naar hem te glimlachen. Hoewel Sara's speelplek op zo'n drie meter afstand is van mijn gesprek met Nora's moeder en de andere ouders en kinderen op de groep zorgen voor een gonzend geroezemoes, kan John mijn gesprek zo te zien volgen. Nicole vertelt inmiddels een anekdote, van de keer dat Nora haar auto onder had gespuugd.

'Maar dat was me een partij vies, Alice', zegt ze met haar luide stem. 'Sowieso was het een heel karwei om die troep van de bekleding te verwijderen. Ik had die dag heel wat over gehad voor leren stoelbekleding, kan ik je vertellen. Daar zou je het met een natte doek zo vanaf kunnen vegen. Maar mijn achterbank bestaat dus gewoon uit stof. En de stof van m'n achterbank had alle derrie gewoon doodleuk opgezogen, als een spons.'

'Nou, bah! Geen smakelijk onderwerp', probeer ik een eind te maken aan dit gesprek.

'Zeg dat wel', gaat Nora's moeder gretig verder. 'En dan hebben we het nog niet eens gehad over de geur', raast ze door. 'Wat stinkt dat zeg! Die zure lucht heeft een paar weken in m'n auto gehangen. Er kon geen luchtverfrisser tegenop. Verschrikkelijk!'

Een beetje ongemakkelijk kijk ik om me heen op zoek naar afleiding. Waarom is er nu niet net een ruzie tussen twee kleuters op te lossen? Waarom komt er nu niet net een vier- of vijfjarige bij me om te vragen of ik zijn veters wil strikken?

'Maar goed, dat heb je natuurlijk met kinderen... Jij hebt nog geen kinderen toch?' probeert Nicole opnieuw mijn volledige aandacht te krijgen.

Ik schud mijn hoofd.

'Wil je ze wel in de toekomst?'

In een fractie van een seconde probeer ik te bedenken hoe ik op haar persoonlijke vraag zal reageren. 'Ik heb een kinderwens, maar je moet natuurlijk altijd kijken hoe het loopt', antwoord ik naar waarheid.

'Nou, weet waar je aan begint', reageert ze lachend. 'Sommige ouders denken dat ze het ergste hebben gehad als ze de poepluierfase achter de rug hebben, maar dat is niet zo.'

Ik frons mijn wenkbrauwen, omdat het ergens best

merkwaardig is dat Nicole me waarschuwt. Zeker als je je bedenkt dat ik dagelijks met kinderen werk en echt wel weet dat het niet alleen maar leuk is allemaal.

'Alice, heb jij zo even tijd?'

Ik draai me om en zie dat John naar ons is toegelopen. Ik heb niet in de gaten gehad dat hij achter me is komen staan.

'Ja, natuurlijk', zeg ik dankbaar voor de uitweg die hij me biedt. 'Excuseer me even Nicole. Weet dat we hier zullen opletten wat Nora binnenkrijgt.'

Nora's moeder neemt John ongegeneerd van top tot teen in zich op en richt zich dan weer tot mij. 'Dank je wel, Alice. Fijn weekend hè!' Ze glimlacht overdreven naar John en loopt dan bij ons vandaan.

John kijkt me met een geamuseerde trek rond zijn mond aan.

'Dank je wel', zeg ik nauwelijks hoorbaar.

Zijn glimlach breidt zich verder uit over zijn gezicht. 'Ik dacht ik red je maar even', zegt hij, zonder erop te letten of een van de andere ouders ons kan horen. 'Het zag eruit alsof er geen eind kwam aan haar uiterst onsmakelijke verhalen. Wat een...', hij lijkt naar het juiste woord te zoeken, 'bijzondere dame.'

Ik kan er niks aan doen dat er een grijns op mijn gezicht verschijnt. Tegelijkertijd schaam ik me. Natuurlijk is het onprofessioneel om tijdens werktijd over het gedrag van ouders te mopperen. Ik wil dan ook niet dat anderen ons gesprek mee kunnen luistervinken. John loopt naar de deur die naar het speelplein van de bso leidt, misschien is hij zich bewust van mijn schaamte. Hij vergroot daarmee de afstand tussen ons en de andere ouders. Ik wil natuurlijk óók niet dat andere ouders denken dat John en ik een onderonsje hebben, maar toch volg ik hem naar de deur.

'Zo, dat is beter...' merkt John op, als we tegenover elkaar staan.

Ik kijk hem aan en voel een raar soort spanning. De spanning is niet nieuw. Het is precies dezelfde soort spanning die ik eerder gevoeld heb deze week. Ik probeer het te negeren en knipper tweemaal met mijn ogen.

'Waar wilde je me over spreken?' vraag ik als ik hem weer aankijk. Ik doe net alsof mijn neus bloedt. Alsof ik daadwerkelijk denk dat Sara's vader me wilde spreken om een serieuze vraag te stellen.

John kijkt me speels aan en lijkt zich zo te zien niks aan te trekken van mijn professionele houding. 'Het leek me leuk jou te vertellen hoe handig het is... Als iemand over z'n nek gaat in mijn auto, dan kun je het gewoon wegvegen met een nat doekje. Met dank aan de leren bekleding.'

Ik schiet prompt in de lach en sla een hand voor mijn mond.

'Echt hoor. Daar komen geen vieze geurtjes aan te pas.' Terwijl hij praat blijft hij me aldoor aankijken. Hij blijft mijn blik vasthouden en knippert niet een keer met zijn ogen.

Ik doe mijn best te stoppen met lachen. 'Nou... Dat is goed om te weten', zeg ik uiteindelijk.

'Mijn auto ruikt over het algemeen heel lekker', voegt hij eraan toe.

Plotseling heb ik het gevoel dat ik bloos. Razendsnel probeer ik te analyseren waar dit door komt. Wat maakt dat mijn wangen dieprood kleuren in bijzijn van Sara's vader?

Ik heb John deze week elke dag gezien. Elke dag was hij ontzettend aardig. Elke dag bezorgde hij me een raar gevoel in mijn buik. Een bekend gevoel... Nee... Ik slik en probeer niet te laten merken wat ik me zojuist realiseer. Ik durf de gedachte haast niet te herhalen in mijn hoofd. Toe te geven aan mezelf. Maar ik weet dat het zo is. En nu ik het weet, kan ik het niet meer *niet* weten. Er is een verklaring voor dat rare gevoel. Ik ben... Ik ben verliefd.

16

IN GEDACHTEN VERZONKEN LOOP IK DOOR HET CENtrum van Utrecht. Ik kan maar niet wennen aan het idee... Ik ben verliefd. Ik... Alice... ben verliefd op een vader. Niet zomaar een vader. Ik ben verliefd op de nummer één van de Hot Daddy List. Het fladderende gevoel in mijn buik is lekker en griezelig tegelijk. Ergens vind ik het 'verliefd'-stempel verschrikkelijk en wil ik er niks van weten. Hoe heeft het in hemelsnaam zover kunnen komen? Steeds opnieuw speel ik de ophaalmomenten van de afgelopen week in mijn hoofd af. Ik zoom in op bepaalde onderdelen en probeer te achterhalen of er echt iets raars aan de hand was. Voelde John de spanning tussen ons ook? Was hij openlijk met me aan het flirten? Zal ik daarom mijn hart hebben geopend? Of beeld ik het me in en denk ik dit alleen maar doordat ik zelf meer voor hem ben gaan voelen? Misschien wil ik het gewoon graag zien. Het is een ontzettend knappe man, dus het is een vleiende gedachte dat hij heel aardig tegen me doet of dat hij zelfs met me zou willen flirten. Logischer is het dat hij me gisteren probeerde op te vrolijken toen hij het gesprek tussen mij en Nora's moeder opving.

Ik loop naar de drogist om shampoo en doucheschuim in te slaan. Arie heeft er nogal een handje van mijn producten te gebruiken. Natuurlijk is dat niet erg, maar hij verbruikt zeker een halve fles per douchebeurt. Inmiddels ben ik overgestapt van mijn favoriete Rituals-doucheschuim op een goedkopere douchegel van Kneipp. Ik heb Arie er nog geen een keer op aangesproken. Het is gezellig en fijn om bij hem te wonen, dus ik zeur niet over de drie flessen die er per week doorheen gaan. Bovendien heeft het ook wel wat, je verzorgingsproducten delen met een man. Ineens hoor ik mijn naam. Ik kijk op van de bestrating tussen de Utrechtse winkelpanden en kijk vol in het gezicht van Daan. Direct gaat er van alles door me heen. De schrik en paniek slaan toe. Tegelijkertijd weet ik dat dit moment er eens van moest komen. Hier heb ik ontzettend tegenop gezien. Bij de gedachte alleen al kromp mijn maag ineen. Nu het zover is weet ik niet of het weerzien me juist meevalt of tegenvalt.

'Hoi', zegt Daan. Zijn stem klinkt normaal. Het lijkt hem geen moeite te kosten om mij onverwachts tegen te komen en zich normaal te gedragen. 'Ik heb wel drie keer je naam geroepen. Ik dacht al bijna dat je me wel hoorde, maar me liever wilde negeren.'

Ik geef hem een blik. Vroeger hadden we altijd aan een blik genoeg om precies te weten wat de ander ergens van vond. Nu durf ik er niet zeker van te zijn dat hij de juiste emotie oppikt, gezien de tussenliggende tijd die verstreken is.

Daan lijkt mijn signaal op te vangen. 'Dat was natuurlijk ook niet heel raar geweest. Als je me liever niet te woord zou staan... Maar goed, dat is dus niet zo. Hoe is het met je? Ben je terug in Utrecht? Best bizar om elkaar zomaar tegen het lijf te lopen, vind je niet?'

Ik hou mijn hoofd schuin en besef dat ik het vreemd vind dat hij zich zo normaal gedraagt. Alsof hij voor het gemak liever even vergeet wat er allemaal is gebeurd tussen ons. Alsof hij hier midden op straat, tussen al het andere winkelende publiek, gewoon een gezellig kletspraatje wil maken. Alsof deze toevallige ontmoeting helemaal niet bizar is. Het vooruitzicht aan dit moment mij niet tijdenlang heeft beziggehouden.

'Het is zeker raar om elkaar tegen te komen', zeg ik afgemeten. Mijn stem klinkt, in tegenstelling tot die van Daan, niet zoals hij hoort te klinken. Ik krijg het niet voor elkaar te vergeten wat er is gebeurd. 'En ik ben inderdaad terug in Utrecht', voeg ik eraan toe. Ergens doen mijn woorden me denken aan een hondje dat z'n territorium onder piest, om zijn gebied te markeren. Ik in Utrecht? Ja, Utrecht is van mij!

Daan knikt. 'Wel leuk-raar om me tegen te komen? Of had je me liever echt niet gehoord?'

'Dat mag je zelf invullen.'

Daan lacht schamper. 'Je ziet er goed uit, Alice. Ik denk de laatste periode vaak aan onze tijd samen. We hadden het goed... Er zijn nog steeds momenten dat ik je mis.'

Vanaf het moment dat ik hem in de ogen keek, kwam

er een beklemmend gevoel opzetten, dat me stevig in zijn greep hield. Daans laatste woorden laten mijn mond een stukje zakken. Ik klap mijn mond dicht en schud even met mijn hoofd, in de hoop de boel weer helder te krijgen. Ineens klaart de mist op. De plotselinge ontmoeting zorgde voor een mistig dek in mijn brein, wat al mijn logische gedachtes en handelingen afdekte. Maar nu kan ik er weer bij. Ik kan me weer verroeren. Niet langer voelt het alsof ik deze situatie maar moet ondergaan. Ik kan hier iets aan doen. Ik ben in staat het heft in eigen handen te nemen.

'Sorry, ik ga je even onderbreken', begin ik een stuk krachtiger dan daarnet. 'Hier heb ik echt geen zin in. Als we elkaar in het vervolg tegenkomen, kunnen we gedag zeggen, maar daar blijft het wat mij betreft ook bij. Ik heb geen behoefte om gezellig met je te praten.'

Daan moet zichtbaar moeite doen om deze informatie te verwerken. 'Dus je wilt niet bijkletsen? We hebben elkaar een hoop te vertellen, toch? Ik weet een heel leuk nieuw koffietentje...'

Ik schud standvastig mijn hoofd. 'Nee. Ik wil niet bijkletsen. Ik heb helemaal geen zin om met je te praten, eerlijk gezegd. Er is te veel gebeurd.'

'Maar... We kunnen er toch over praten? Misschien schrik je nu omdat ik ineens voor je sta, maar ik meen wat ik zeg, Alice. Ik mis je! Als je nu geen zin hebt om koffie te drinken, kunnen we ook een andere afspraak maken...'

'Nee. Echt niet', hou ik mijn poot stijf.

'Doet het je dan helemaal niks als ik je zeg dat ik je mis?' Hij kijkt me met een intense blik aan. Ik zie de donkerbruine krullen die speels rond zijn gezicht vallen en kijk diep in zijn donkere ogen. Daans puppyblik deed me altijd smelten. Ik hield van deze gezichtsuitdrukking. Ik hield van hem... Zou het kunnen wat hij zegt? Meent hij het? Heeft hij echt berouw en zal hij het nooit meer doen? In een fractie van een seconde schieten al onze hoogte- en dieptepunten door mijn hoofd. We hebben gelachen samen, intens van elkaar gehouden. Maar er is ook het jaar dat ik grotendeels heb doorbracht in een diep dal. Is hij zich daar eigenlijk wel van bewust? Ik zucht even en sluit mijn ogen. Maakt het iets uit? Maakt het uit of hij spijt heeft? Maakt het uit of hij precies doorheeft wat hij mij heeft aangedaan?

Het 'nee' in mijn hoofd overstemt alles.

'Misschien is het waar wat je zegt. Misschien mis je me echt', begin ik. 'Maar het zou ook kunnen dat je dit alleen maar zegt omdat je me nu toevallig tegen het lijf loopt...'

'Nee Alice, dat is echt niet zo', onderbreekt Daan me. 'Je moet me geloven. Ik ben eerlijk tegen je.'

Ik kijk naar hem en glimlach wrang. 'Je bent eerlijk tegen me... Wat wil je? Applaus? Hoe kan ik ooit nog een woord geloven van wat jij zegt? Misschien bedoel je het nu op dit moment goed. Dat zou kunnen. Maar vergeet niet wat er allemaal is gebeurd. We waren nog niet eens in het nieuwe huis getrokken toen jij er zo nodig seks moest hebben met een ander! Jij ging vreemd. Niet één keer. En niet met één vrouw. Jij ging niet volledig voor onze toekomst samen. Nu ben je uit m'n leven en dat moet ook vooral zo blijven.'

De waarheid komt hard aan. Ik zie hem schrikken, hij had waarschijnlijk een heel ander gesprek voor ogen. Verbouwereerd kijkt hij me een tijdlang aan. Dan verandert zijn blik en even denk ik dat hij elk moment kan gaan huilen.

Midden op straat. Tussen al het winkelende publiek, dat ons aldoor aan weerszijden passeert. Ik kan geen medelijden voor hem opbrengen. Ergens voelt het fijn om te zien dat mijn boodschap overkomt. Dat hij inziet dat zijn kans verkeken is.

'Ik ben verder gegaan... Dat zou jij ook moeten doen.'

Er valt een stilte tussen ons, waarin Daan zijn blik afwendt. Hij heeft het zichtbaar moeilijk. Dan kijkt hij me aan met waterige ogen. 'Het spijt me, Alice. Al het leed wat ik je heb aangedaan. Je bent anders nu... Sterker. Ik hoor wat je zegt en...' Opnieuw valt er een stilte. 'Word gelukkig. Dat verdien je.'

Er klinkt oprechtheid door in zijn stem. Heel lang heb ik me afgevraagd hoe ik van zo'n eikel kon houden. Ik verlaagde mezelf door dat te doen. Ik was boos op mezelf, vond mezelf stom. Voor het eerst sinds heel lange tijd besef ik dat ik er niet naast zat. Daan was niet alleen slecht. Hij heeft deze kant wel degelijk in zich. Lange tijd heb ik getwijfeld aan alles wat ik van hem dacht te weten. Ik wist niet goed waar de leugen ophield. Maar nu weet ik dat hij wel degelijk van me gehouden heeft. Ik zie het. Voel het. Het besef doet me goed. Het raakt me diep vanbinnen.

Ik knik langzaam. Plechtig. 'Dat wens ik jou ook... Dag Daan.' Ik draai me om en vervolg mijn weg naar de drogist. Van tevoren had ik voorspeld dat het weerzien met Daan me zwaar zou komen te vallen of op z'n minst van slag zou maken. Ik dacht dat hij me in zijn greep zou houden. Dat ik nog steeds een zwak voor hem zou hebben. Vandaag blijkt het tegenovergestelde waar. Ik ben klaar met hem, op een positieve manier. Ik ben écht verder gegaan. Het voelt als een hoofdstuk dat ik nu eindelijk kan afsluiten.

Zonder nare gevoelens. Zonder frustratie. Oprecht wens ik hem het beste toe. Ineens voel ik me blij en opgelucht. Ik zuig de frisse lucht in mijn longen en voel een enorme bevrijding en vrijheid in mijn lichaam ontstaan. Daan tegenkomen was misschien wel het beste wat me vandaag kon overkomen.

Ik heb intens veel van hem gehouden. Ik heb ontzettend veel om hem gehuild, pijn en verdriet gevoeld. Maar nu is het klaar. Echt klaar.

*

Arie kijkt me geschrokken aan, als ik hem maandag vertel over de onverwachte ontmoeting met Daan. Het hele weekend heeft hij bij Koen geslapen en had ik zijn appartement voor mezelf.

'Jeetje, hij dacht dus dat het nog goed kon komen tussen jullie.'

'Daar lijkt het wel op. Gek hè?'

'Nou ja, gek? Ik snap wel dat hij je mist.' Arie maakt een wegwuivend handgebaar. 'Typisch gevalletje eigen schuld, dikke bult. Dan had hij je maar beter moeten behandelen. Jij verdient zoveel beter.'

'Dank je wel', zeg ik glimlachend.

'Het is goed dat hij nu weet dat z'n kans definitief verkeken is.' Arie pakt de waterkoker van het aanrecht om thee te zetten. 'Fijn dat jij dit keer zelf die keuze hebt kunnen maken.'

Ik knik naar zijn rug. Hij vult de waterkoker met kraanwater, plaatst hem terug op de houder en zet het knopje aan.

'Maar wat dacht hij dan?' wil Arie weten, terwijl hij in het keukenkastje rommelt op zoek naar een theezakje. 'Koffiedrinken en bijkletsen... Jaja! Die man heeft echt zo'n grote plaat voor z'n kop. Het is maar goed dat je geweigerd hebt. Voor je het weet stelt hij iets anders voor dan dat.' Arie draait zich naar me toe om te controleren of ik jasmijnthee een goed idee vind en ziet mijn peinzende gezichtsuitdrukking. Gauw voegt hij eraan toe: 'Maar vertel eens... Hoe voel je je nu? Heftig zeker om hem te zien? Rakelt het een hoop narigheid op?'

Ik knik naar het zakje jasmijnthee in zijn hand. 'Eigenlijk is het me reuze meegevallen. Sinds zaterdagmiddag voel ik me aldoor opgelucht en heerlijk ontspannen.'

Arie trekt één wenkbrauw naar me op. 'Meen je dat echt?'

'Ja! Dat ik Daan vroeg of laat zou tegenkomen gaf zoveel spanning. Ik heb er zo vaak over nagedacht hoe het zou zijn. Eigenlijk wist ik simpelweg niet hoe ik op hem zou reageren. Ik denk dat ik ergens nog steeds bang was dat ik wat voor hem zou voelen. Dat ik ondanks alles nog van hem zou houden.'

'Dat is dus niet zo?'

'Nee. Ik ben echt over hem heen. Ik zie hem nu als ex. Hoe de ontmoeting uiteindelijk verlopen is, is een scenario dat ik niet had durven dromen.'

Aan het einde van de middag komt Arie mijn groep op lopen. Hij checkt even of er geen ouders zijn en meet zich dan een gemakkelijke houding aan op mijn bureaustoel. 'Ik ben zo trots op je. Je hebt alles met je ex nu echt definitief achter je gelaten.'

Ik glimlach breed. 'Het voelt ook alsof het nu echt goed is afgesloten. Trouwens... Je moet me nog steeds vertellen hoe jouw weekend met Koen was. Toen ik je er daarstraks naar vroeg, kreeg ik maar een kort antwoord van je.'

Arie fronst zijn wenkbrauwen.

Ik schrik. 'Wat? Is er iets gebeurd?'

'Nee, niet echt', stelt hij me gerust. 'Als ik het je vertel ga je vast lachen...'

Ik kijk hem afwachtend aan.

'Koen begon over samenwonen...'

Ik doe mijn best om niet te grinniken. 'Oh... En hoe reageerde jij?'

Arie draait heen en weer op mijn bureaustoel en maakt een onrustige indruk. 'Een beetje lauwtjes, misschien.'

'Wat heb je gezegd dan?'

'Niks eigenlijk. We hebben het erover gehad. Of eigenlijk heeft Koen het erover gehad. Hij legt me geen druk op hoor, maar hij zei dat hij ons ziet samenwonen in de toekomst. Misschien wilde hij gewoon m'n reactie peilen.'

Ik laat mijn blik langs alle spelende kleuters van mijn groep gaan en stel goedkeurend vast dat iedereen zich vermaakt. 'Dat zou goed kunnen.'

Arie stopt met rondjes draaien op mijn stoel en kijkt me ineens verschrikt aan. 'Oh god! En ik reageerde een beetje ontwijkend. Straks is hij geschrokken van m'n gematigde reactie en begint hij er nooit meer over.'

'Dat zal wel meevallen. Koen kent je en weet heus wel dat je even tijd nodig hebt om aan het idee te wennen.'

Er verschijnen rimpels in zijn voorhoofd. 'Ik hoop dat je gelijk hebt. Hij weet inmiddels wel dat ik niet de snelste ben met m'n beslissingen.'

Ik denk terug aan de tijd waarin de jongens om elkaar heen hebben gedraaid. Het duurde een hele poos voordat Arie officieel durfde te zeggen dat ze een relatie hadden.

'Hou je je binnenpretje voor jezelf?'

Ik vertel hem waarom ik glimlach.

'Koen had veel eerder aan z'n omgeving willen vertellen dat wij een stel zijn. Hij moest behoorlijk wat geduld opbrengen, zodat ik rustig kon wennen aan het labeltje "relatie". Maar ik bedoelde eigenlijk iets anders toen ik net zei dat Koen weet dat ik niet de snelste ben met het nemen van beslissingen. Bijvoorbeeld dat Koen weet hoelang ik in de winkel doe over de keuze tussen twee paar schoenen. Of dat ik hem vraag welk shirt ik aan zal trekken voor een afspraak met vrienden.' Arie kijkt me lachend aan en steekt zijn hand op als Sara's vader mijn groep op loopt.

John maakt hetzelfde gebaar naar ons terug en loopt verder, op zoek naar Sara. Arie maakt geen aanstalten om terug te keren naar zijn eigen groep en ik wil het moment niet voorbij laten gaan om te achterhalen hoe hij echt over samenwonen met Koen denkt.

'Maar vertel eens... Zou je het zien zitten? Samenwonen met Koen?'

Arie haalt zijn schouders op. 'Ik denk het.'

'Je denkt het...' zeg ik in de hoop dat er een uitgebreider antwoord volgt. Ik probeer zijn blik te doorgronden, maar hij lijkt even compleet afgeleid te zijn door de knuffel tussen John en Sara. Het is ook aandoenlijk om te zien. John bukt zich tot op ooghoogte van zijn dochter. Die slaat haar armpjes om haar vaders nek en drukt een kusje op zijn wang.

'Nooit geweten dat ik jaloers kon zijn op een vijfjarige...' merkt Arie op.

Ik grijns.

'Maar om terug te komen op je vraag... Op zich zou ik best willen samenwonen. We zijn nu toch ook al veel bij elkaar, en het gaat goed.'

'Kijk... Als je dat nou aan Koen vertelt.'

Arie trekt een wenkbrauw op. 'Het zou ook gelijk een ander probleem de wereld uit helpen.'

'Welk ander probleem?'

'Jouw zoektocht naar eigen woonruimte. Jij zou de huur van mijn appartement kunnen overnemen als ik bij Koen intrek. Zijn appartement is ruimer en hij heeft een koopappartement, dus dat ligt meer voor de hand. Lijkt dat je wat?'

'Ja natuurlijk', reageer ik verbaasd. 'Maar dat mag je niet laten meetellen in je overweging. Mijn zoektocht naar woonruimte moet helemaal los staan van jouw keuze om te gaan samenwonen.'

'Dat weet ik hoor, lieverd. Als ik heel eerlijk ben zeg ik het meer voor mezelf. Het geeft me een rustig gevoel als ik weet dat ik altijd terug kan komen in mijn appartement... Mocht het misgaan.'

'Waarom zou het misgaan?'

Arie kijkt me vertwijfeld aan. 'Nou, gewoon.'

'Je moet er niet van uitgaan dat het fout gaat.'

'Nee. Dat doe ik ook niet... Echt niet', doet Arie er een schepje bovenop, als hij mijn gezicht ziet. 'Maar kijk nou naar Daan en jou. Iedereen dacht toch dat jullie samen oud zouden worden? Iedereen dacht dat jullie het perfecte stel waren. Die wetenschap beangstigt me. Soms denk je dat iets perfect is en dan blijkt dat het niet te zijn. Mensen zijn niet te vertrouwen. Niet echt.'

'Niet iedereen is onbetrouwbaar.' Ik leg mijn hand op zijn schouder en kijk hem recht aan. 'Als je je laat afschrikken door angst durf je geen nieuwe avonturen aan te gaan. Dat zou toch heel zonde zijn? Ik snap dat je jezelf wilt beschermen tegen pijn en verdriet, maar dan kun je nooit voluit genieten. Je hart echt openstellen. Leef! Geniet! Als je van Koen houdt, moet je ervoor gaan.'

Arie kijkt me geëmotioneerd aan. 'Dank je wel Alice. Dat is heel lief dat je dat zegt... Ook al denk ik stiekem dat je gewoon zit te azen op mijn appartement.'

Compleet verbouwereerd merk ik maar half dat mijn mond openvalt.

'Grapje!'

Ik lach hoofdschuddend met hem mee en kijk hem dan opnieuw aan. 'Doe het vooral in je eigen tempo, oké?'

Arie knikt. 'Ik ga maar eens kijken wat m'n kids uitspoken.' Hij staat op van de bureaustoel en verlaat mijn groep.

Ik laat een blik door de groepsruimte gaan en loop naar de gang om te zien of Sara en haar vader daar nog zijn.

'Tot morgen', zegt Sara, als ik mijn hoofd om de hoek van de deurpost steek.

Ik glimlach naar haar en loop verder de gang op. 'Tot morgen, Sara.'

'Alice...'

Verwachtingsvol kijk ik Sara's vader aan. Stiekem hoop ik dat hij net als vorige week een leuk gesprek zal aanknopen.

'De oppas komt Sara deze week ophalen. Vrijdag kom ik terug uit Düsseldorf, dan haal ik Sara zelf op en volgende week ben ik ook de hele week op zakenreis.'

Geen leuk gesprek dus. Ik frons mijn wenkbrauwen en

wil niet aan mezelf toegeven dat ik me een beetje teleurgesteld voel. Pas dan zie ik Sara's beteuterde gezichtje. Ze baalt zichtbaar van de mededeling dat haar vader twee keer achter elkaar op zakenreis gaat. Is er dan niemand die tegen die man zegt dat het meisje haar vader nodig heeft? Heeft hij geen familie of vrienden die hem hierop kunnen aanspreken?

Ik knik half. John pakt Sara's handje in de zijne en samen lopen ze door de gang naar de voordeur. Daar blijven ze staan en draait Sara's vader zich om.

'Tot vrijdag', zegt hij in mijn richting.

'Tot vrijdag', antwoord ik.

Ik keer terug naar mijn groep en vind het haast lachwekkend dat ik me vorige week nog afvroeg of hij met me flirtte. Het is nu wel overduidelijk dat ik me dat heb verbeeld.

17

'ZEG... HOE IS HET EIGENLIJK AFGELOPEN MET HEY-HALLO-hai?'

Kiki legt haar wijsvinger tegen haar lippen. 'Ssst! Lars speelt buiten. Hij weet niet dat z'n vader en ik een keer...' Ze trekt haar wenkbrauwen op in een veelbetekenend gebaar. 'Dat wil ik graag zo houden als je het niet erg vindt.'

'Natuurlijk', antwoord ik grijnzend. 'Maar vertel eens... Wat is de actuele status van jouw top drie?'

'Je bedoelt of het nachtje met Gerben invloed heeft gehad op mijn Hot Daddy List?'

'Heet hij Gerben?' vraag ik verbaasd. 'Nooit geweten...'

Kiki grinnikt. 'Het zal geen verrassing voor je zijn wie mijn nummer één is. Nummer twee is ook ongewijzigd gebleven, dat is nog altijd de vader van Puck en Eef. Blijft over de derde plek... Die wordt momenteel gedeeld door de vader van Jazzebel en Roué en de vader van Lars.'

Ik moet lachen.

Kiki kijkt me vragend aan. 'Wat?'

'Nou ja, best grappig toch? Door de onenightstand heeft onze Hey-hallo-hai toch een zuurverdiend plekje in de felbegeerde lijst bemachtigd... Ook al is het maar een gedeelde derde plek.'

Kiki moet ook lachen. 'Die arme Gerben...'

Er valt een stilte waarin Kiki een ogenblik haar ogen sluit en genietend met haar hoofd in de zon staat. 'Heerlijk hè, dat het alweer vrijdag is? De week is echt voorbijgevlogen.'

Ik knik. 'Heb jij nog leuke weekendplannen?'

'Zeker. Ik heb een familieweekend in Zeeland. De weersvoorspellingen zijn goed. Maar eerst nog even genieten van alle mooie vaders vandaag.'

Ik lach om haar grapje. 'Dus jij telt vandaag de uren af totdat het weekend is?'

'De werkdag is pas net begonnen. Maar dat vind ik niet erg hoor. Johnnyboy komt vandaag toch terug van z'n zakenreis?' vraagt Kiki. 'Hoelang was hij nou weg?'

'Klopt. Hij was weg vanaf dinsdag. Niet zo lang gelukkig dit keer.'

Kiki tuit haar lippen. 'Dat is niet alleen fijn voor Sara, maar ook voor ons. Het zien van onze nummer één is een mooie afsluiter van de week. Blijf jij op het speelplein staan? Dan maak ik even thee voor ons. Ik ben zo terug.'

Ik knik. Kiki gaat naar binnen en ik blijf achter op het speelplein. Om me heen spelen de kinderen. Ik klets met twee meisjes uit Kiki's groep die op de schommels zitten en zeg tegen de jongens uit Aries groep dat ze de bal op het gedeelte dat daarvoor bedoeld is moeten houden. De jongens grinniken en doen keurig wat hun wordt opgedragen. Ik laat mijn blik over het plein gaan en zie twee trekkarren staan, waar niemand meer mee speelt. Een staat op zo'n drie meter afstand van mij en de andere helemaal aan de andere kant van het plein, een klein stukje voor de zandbak. De regel dat je speelgoed waar je mee uitgespeeld bent opruimt, wordt niet altijd trouw nageleefd. Ik wil naar de dichtstbijzijnde kar lopen om hem aan de kant te zetten en hou mijn pas in als drie kleuters die tikkertje spelen voorbijrennen. Sara doet ook mee. Het doet me goed haar vrolijk te zien spelen met de andere kleuters. Een tijd geleden zonderde ze zich nog regelmatig af, nu merk ik dat ze steeds vaker aansluiting zoekt bij haar leeftijdgenootjes. Ik overbrug de afstand naar de dichtstbijzijnde trekkar en ruim hem op. Nora tikt Owen. Sara klapt in haar handen en joelt van pret. Owen hoort Sara's aanmoediging, die bedoeld is voor haar vriendinnetje Nora, en grijnst naar Sara met een gezicht dat aangeeft dat zij het op een lopen moet zetten, omdat ze anders de volgende is die getikt zal worden. Sara maakt dat ze wegkomt. Ze rent een stuk, dwars over het plein, in de richting van de zandbak en draait haar hoofd om naar Owen om haar kansen in te schatten. Ik zie dat Sara in de richting van de tweede trekkar rent. Omdat ze vooruit rent, maar achteromkijkt, heeft ze niet in de gaten wat er zich voor haar voeten bevindt.

'Sara!' verhef ik mijn stem. 'Sara, kijk voor je!' Ik versnel mijn pas naar de andere kant van het plein en doe luidkeels mijn best Sara's aandacht te trekken. In haar spel en drang om uit de buurt van Owen te blijven om niet getikt te worden, heeft ze mij helemaal niet in de gaten. Ze rent door, nog steeds achteromkijkend naar Owen.

'Sara!' schreeuw ik op mijn allerhardst. 'Sara! Kijk voor je! Pas op! Sara! Stop!'

Het is verschrikkelijk om aan te zien. Ze rent in volle vaart op de trekkar af, die op zo'n meter afstand van de grote stenen zandbak staat. Ze hoort me niet. Ik doe uit alle macht een poging om eerder bij de kar te zijn, maar haal het niet. Ik ben te laat. Voor mijn ogen knalt het meisje tegen de stalen constructie van de trekkar aan. Ze klapt hard voorover. Ik zie hoe haar lijfje zich in de vreemde bocht manoeuvreert en hoe ze met haar hoofd op de stenen zandbakrand terechtkomt. Mijn maag spant zich samen. Mijn keel voelt dichtgesnoerd. Op de zanderige tegels naast de zandbak komt ze uiteindelijk stil te liggen. Ze beweegt niet. Er komt geen geluid uit haar mond. Geen kreet. Geen krijs. Geen onbedaarlijk gehuil. Sara ligt bewegingsloos op de grond. Doodstil. Mijn hart bonkt in mijn keel als ik naast haar neerkniel. Pijlsnel probeer ik de ernst van de situatie in te schatten. Er gilt een kleuter en twee oudere kinderen duiken ineens naast me op. Sara is niet aanspreekbaar. Ze heeft haar ogen gesloten en ik zie bloed boven de haargrens van haar voorhoofd naar beneden sijpelen. Ik controleer haar ademhaling en kijk op naar de twee oudere kinderen uit Aries groep. De twee lijkbleke gezichten van de jongens jagen me nog meer angst aan.

'Bas, luister naar me! Haal Arie of Kiki! Nu!'

Mijn dwingende stemgeluid maakt dat Bas zijn gechoqueerde blik losmaakt van het roerloze lichaam. In zijn grote, met angst gevulde ogen, zie ik dat het aankomt wat ik zeg. Hij rent naar binnen, gevolgd door zijn vriend Jesse. Ik richt me direct weer op Sara en voer handelingen uit waarvan ik tijdens de bedrijfshulpverleningscursus hoopte dat ik ze nooit daadwerkelijk zou moeten toepassen. Opnieuw controleer ik Sara's ademhaling. Hij lijkt normaal, maar ze is buiten bewustzijn en dat is helemaal niet goed. Ik weet dat ik haar in de stabiele zijligging moet leggen, maar Sara's hoofdwond maakt dat ik twijfel. Door al het bloed op haar hoofd, weet ik niet hoe erg de wond daadwerkelijk is. En of ik iets aan haar toestand vererger als ik haar verplaats naar een zijligging. Ineens staan Arie en Kiki naast me. Ik zie de schrik en paniek op hun gezichten als ze de situatie in zich opnemen. Een afschuwelijke golf van angst trekt vlijmscherp door mijn lichaam. Nee! Gebied ik mezelf. Niet in paniek raken! Focussen! Helder handelen. Sara heeft je nodig.

'Bel 112', hoor ik mezelf zeggen.

Ik zie dat Arie met de telefoon in zijn handen staat en het nummer al heeft ingetoetst. Kiki richt zich op de buitenspelende kinderen, die in een kring om ons heen zijn komen staan. Ze draagt iedereen op naar binnen te gaan en verdwijnt uit zicht.

Arie overhandigt me de telefoon. 'Hier, jij hebt gezien wat er is gebeurd. Hij gaat over.'

Ineens gaat alles heel snel. Als in een waas maak ik de afschuwelijk beangstigende situatie mee. Ik lijk haast wel een toeschouwer van mijn eigen lichaam, maar tegelijkertijd blijf ik kalm en helder. Alsof mijn brein overschakelt op kennis die puur voor noodgevallen is opgeslagen. De telefoon maakt verbinding met het driecijferig nummer dat iedereen uit zijn hoofd kent, maar waarvan niemand hoopt dat hij het daadwerkelijk ooit moet bellen. Ik sta de vrouw aan de andere kant van de lijn te woord en vertel haar precies wat ze moet weten en hoor mezelf de termen ongeluk, vijfjarige, buiten bewustzijn, normale ademhaling, hoofdwond, stenen zandbakrand en veel bloed zeggen. Ik noem het adres van de bso en vraag of we Sara in een stabiele zijligging moeten leggen of haar beter niet kunnen verplaatsen in verband met het hoofdletsel. De vrouw aan de andere kant van de telefoon geeft kordaat advies en zegt dat de ambulance al onderweg is.

In het ziekenhuis sta ik doodsangsten uit. Ik ben al het besef van tijd kwijtgeraakt, weet alleen dat alles heel snel is gegaan. Tot nu toe dan. De ambulancebroeders hebben Sara overgedragen aan het ziekenhuispersoneel en ze is direct meegenomen voor verschillende onderzoeken. Sindsdien zit ik op een houten stoel in de wachtkamer van de afdeling spoedeisende hulp in het ziekenhuis. Ik moet wachten. Onheilspellend lang wachten. Wachten op nieuws. Goed of slecht. Steeds opnieuw zie ik in mijn hoofd hoe het ongeluk zich afspeelt. Als ik eerder bij de kar was geweest... Als ik besloten had om eerst de andere kar op te ruimen... Als ik eerder bij Sara was geweest en haar val had kunnen breken... Als...

Kiki had alle kinderen naar binnen begeleid, toegesproken en voor de televisie gezet. Ze heeft Sara's vader direct proberen te bellen en bij de voordeur de ambulancebroeders opgevangen. Arie en ik bleven aldoor bij Sara. In een mum van tijd hoorden we de ambulance aankomen. Ik was gerustgesteld toen de twee mannen in geel fluorescerende hesjes de zorg voor Sara overnamen, omdat ik wist dat ze nu in betere handen was. De ambulancebroeders zeiden dat we goed hadden gehandeld. Toch nam de angst niet af. Sara was lang buiten bewustzijn. Ze werd voorzichtig op een brancard gelegd en het was afschuwelijk om te zien dat haar kleine lijfje slap was en geen teken van leven vertoonde. Pas in de ambulance kwam ze bij. De tranen stroomden over mijn wangen toen het meisje versuft en half van de wereld haar ogen weer opende en tussen de ambulancebroeders mijn gezicht zocht.

Ik spring op van de houten stoel als ik de behandelend arts zie en snel naar hem toe.

'U bent de begeleider van Sara van der Meulen, mevrouw?' vraagt de oudere man. Hij heeft een gerimpeld bruin voorhoofd.

Ik knik en vergeet mijn manieren om mezelf voor te stellen en de hand van de arts te schudden. Niks doet ertoe, zolang de arts me maar vertelt hoe het met Sara gaat.

De arts lijkt zich er niet aan te storen. 'Zoals u weet is het patiëntje bij kennis. We hebben zojuist lichamelijk en neurologisch onderzoek verricht en alles wijst op een hersenschudding.'

Ik laat mijn ingehouden adem ontsnappen. Sara is bij, ze heeft een hersenschudding, herhaal ik in mijn hoofd.

'Klopt het dat ze niet gebraakt heeft?' vraagt de arts.

'Dat klopt. Sara heeft niet overgegeven.'

'Goed. Zolang ze dat niet doet, gaan we niet over tot het maken van een ct-scan. Mocht haar situatie veranderen, dan willen we via een scan het een en ander uitsluiten.'

'Wat voor dingen?' vraag ik onzeker.

'Ernstiger neurologische schade. Zoals een hersenkneuzing of een bloeding in het hoofd.'

'U bedoelt een hersenbloeding?'

De arts knikt. 'Er is nu niets wat daarop wijst. We nemen Sara vierentwintig uur op, ter observatie. Ze kan in die tijd uitrusten en bijkomen, maar wordt elk uur door ons wakker gemaakt om te kijken hoe ze reageert.'

Ik knik. 'Mag ik bij haar?'

'Ja, natuurlijk. Ik zal u zo naar haar toe brengen. Heeft u inmiddels haar ouders kunnen bereiken?'

'Sara's moeder is overleden. We proberen haar vader te bereiken, maar hebben hem nog niet te pakken gekregen.'

De arts fronst zijn wenkbrauwen waardoor de rimpels in zijn bruine voorhoofd nog meer toenemen. Hij neemt me onderzoekend in zich op. Ik voel me ongemakkelijk onder zijn blik en verbreek een secondelang het oogcontact. Ik kijk om me heen, naar de kale ziekenhuisgang.

'M'n collega's van de bso proberen hem steeds te bellen', leg ik uit. 'Tot nu toe zonder succes helaas. Sara's vader is de afgelopen dagen op zakenreis geweest. Hij is vandaag teruggekomen en zou haar straks zelf ophalen.'

De arts geeft een kort knikje. 'Is er sprake van andere familie of verzorgers die we op de hoogte kunnen brengen?'

'Nee. Haar vaste oppas krijgen we ook niet te pakken.'

De arts knikt opnieuw. 'Ik zal u naar haar toe brengen. Loopt u mee?'

'Hoe is het daar?' vraagt Arie gespannen.

Ik wissel de mobiele telefoon van oor en loop weg bij het ziekenhuisbed. 'Het is oké...' Voor de zoveelste keer probeer ik mijn ingehouden adem te laten ontsnappen en een rustige ademteug te nemen. 'Wacht even. Dan loop ik naar een gedeelte waar je mag bellen, goed?' Arie wacht aan de andere kant van de lijn en ik loop snel door de smalle ziekenhuisgangen. 'Ben je er nog?' vraag ik.

'Ja. Hebben de artsen nog iets gezegd? Heeft Sara overgegeven? Gaan ze een ct-scan maken?'

'Nee. Veel meer dan na ons eerste telefoontje weet ik eerlijk gezegd niet. Hebben jullie haar vader inmiddels gesproken?'

'Nee...'

'Willeke?'

'Ook niet.'

'Shit. Ik hoopte dat je daarvoor belde.'

'Hij neemt maar niet op.' Ik hoor Arie gefrustreerd zuchten. 'Hij zal zich kapot schrikken als hij straks al die gemiste oproepen van ons op z'n telefoon ziet staan.'

'Tja... Dat geloof ik graag. Maar daar kunnen wij niks aan doen', reageer ik rustiger dan dat ik me voel.

'Maar vertel eens hoe het gaat. Heb je Sara al gesproken? En hoe gaat het met jou? Trek je het wel, daar in dat ziekenhuis?'

Het is fijn om Aries stem te horen. Zijn bezorgdheid maakt me week vanbinnen. Aldoor heb ik me moeten vermannen. Sterk zijn, voor Sara. Sterk zijn, want aan paniek hebben we niks. Maar nu ik de warme stem aan de andere kant van de lijn hoor, voel ik pas echt hoe bang ik was. Hoe diep de angst zich in mijn lichaam geworteld heeft. Ik verdring mijn tranen en neem plaats op een bankje, in een ruimte met leestafels en comfortabele stoelen en banken. Een ruimte die er voor ziekenhuisbegrippen 'gezellig' en 'aangekleed' zou moeten uitzien.

'Alice, gaat het wel? Zal ik het hoofdkantoor vragen of

ze iemand naar de bso kunnen sturen, zodat ik naar je toe kan komen?'

'Nee... Nee, dat hoeft niet. Het gaat wel'.

'Weet je het zeker?'

'Ja.' Ik doe een poging mijn emotie weg te slikken en de brok in mijn keel te verlichten. 'Nadat ik jou had gesproken, ben ik weer bij Sara's bed gaan zitten. Ze is versuft en verward, maar de verpleegkundige heeft me gerustgesteld. Ze zei dat dit heel normaal is in haar situatie. Ik heb een paar woorden met Sara gewisseld, maar er kwam nog niet veel zinnigs uit. Ik heb haar gezegd dat ze beter nog even kan gaan slapen en dat ik er ben als ze wakker wordt... Ik wil dus niet te lang bellen.'

'Dat begrijp ik. Ga maar gauw terug. Wij blijven proberen om John te bereiken.'

'Arie?'

'Ja?'

'Hoe is het met de andere kinderen? Zijn ze erg geschrokken?'

'Maak je daar nou maar niet druk om. Kiki en ik regelen het hier. Jij bent daar. Bij Sara.'

Terug bij haar bed, merk ik dat ze gelukkig nog steeds slaapt. Ik zou er niet aan moeten denken dat ze wakker wordt in een ziekenhuisbed en alleen is. Op mijn horloge controleer ik hoelang ze nu al slaapt. Er is bijna een uur verstreken. Ik wil er iemand bij halen om Sara te wekken. Als ik de gang op loop, op zoek naar een witte jas, komt de behandelend arts me al tegemoet lopen.

'Zo, we zijn een uur verder. We gaan Sara wakker maken en kijken hoe ze op een aantal zaken reageert. Loopt u mee?'

Ik loop mee terug naar het bed en volg hoe de arts Sara rustig wakker maakt en een kort neurologisch onderzoekje verricht.

'Dat ziet er allemaal prima uit, hoor', constateert hij. 'We hebben al even contact gehad met de kinderafdeling en gaan Sara daar zo heen brengen.' De arts loopt bij het bed vandaan en geeft een knikje in mijn richting ten teken dat ik hem moet volgen. 'Nog steeds geen contact met de vader?' vraagt hij buiten gehoorafstand van Sara.

'Nee. Nog steeds niet. Helaas.'

18

SARA IS IN HAAR ZIEKENHUISBED VERPLAATST NAAR DE kinderafdeling. Tijdens het ritje door het ziekenhuis keek ze haar ogen uit. Bij aankomst op haar nieuwe afdeling, valt ze moe van alle prikkels in slaap. Op de kinderafdeling maak ik kennis met een andere arts en verpleegkundige. De mannelijke arts is jonger dan die op de spoedeisende hulp en komt minder formeel over. De verpleegkundige is een vriendelijke brunette die er zelfs met weinig make-up en op haar medische klompen nog knap uitziet. Ik merk dat ze allebei goed op de hoogte zijn van Sara's dossier en dat ik haast niets hoef te vertellen. Ik bericht Arie en Kiki over de gewijzigde afdeling en blijf vervolgens aan Sara's bed zitten totdat het tijd is haar opnieuw te wekken.

De bruinharige verpleegkundige die dit keer het onderzoekje verricht, stopt het lampje dat Sara met haar ogen heeft moeten volgen terug in het borstzakje van haar witte jas.

'Je doet het hartstikke goed hoor, meid. We zullen zo eens kijken of we iets te eten voor je kunnen regelen. Heb je al een beetje trek?'

Sara schudt zachtjes haar hoofd, wat haar op een pijnlijke grimas komt te staan. Ik voel een stekende pijn in mijn binnenste. Het is naar om Sara zo te zien.

De verpleegkundige loopt bij het bed vandaan. Ik loop een stukje met haar mee en sluit het gordijn achter me, dat op zo'n anderhalve meter rond Sara's ziekenhuisbed hangt. De hersenschudding zorgt ervoor dat ze veel last heeft van fel licht en eigenlijk elke prikkel te hard binnenkomt. Het gordijn rond haar bed neemt het zicht op de twee andere kinderen die op de kamer liggen weg en daarnaast reduceert het de hoeveelheid licht.

'Hebben ze u op de spoedeisende hulp verteld dat Sara last kan hebben van posttraumatische amnesie? Dat is de staat van verwarring waarin ze zich kan bevinden na haar ongeluk. Het kan zijn dat ze zich niks herinnert van het ongeluk of zelfs wat ze daarvoor aan het doen was of wat er daarna allemaal gebeurde. Daar moet u niet van schrikken. Tijdens de vierentwintiguursopname wekken we haar ieder uur. We controleren of de verwardheid afneemt. Mocht er reden zijn voor verder onderzoek, dan houden we u daar natuurlijk van op de hoogte.'

Ik knik. 'Ja, dat is me verteld. Sara heeft tot nu toe niet veel gezegd.'

De verpleegkundige legt een geruststellende hand op mijn arm. 'Dat komt zo wel. Schrik er niet van als ze warrig overkomt. Uw collega's hebben haar vader nog niet te pakken gekregen?'

'Nee. Helaas. Ze doen ontzettend hun best hem te bereiken. Hij was op zakenreis en zou vandaag z'n dochter gewoon weer zelf van de bso ophalen en...'

De verpleegkundige knikt plichtmatig, waardoor ik stop met praten. Wat ben ik aan het doen? Waarom voel ik de behoefte John te verdedigen?

'Wij proberen hem ook te bereiken, maar er wordt niet opgenomen. Heeft u andere telefoonnummers voor ons? Familie van Sara? Vrienden van haar vader?'

Ik voel een plaatsvervangende schaamte voor het feit dat Sara's vader nog altijd niet te bereiken is en weersta de neiging me klein en nederig op te stellen. 'Nee, die heb ik niet. We zullen op hem moeten wachten.'

Met een ruk wordt het gordijn rond Sara's ziekenhuisbed opengetrokken. Een groot gestalte in pak verschijnt in de opening. Ik zie paniek en angst in twee helderblauwe ogen. De geschrokken blik blijft hangen bij het verband om Sara's hoofd. Dan stapt Sara's vader dichterbij en buigt zich voorover, naast het slapende gezichtje van zijn dochter. Hij drukt zachtjes een kusje op haar wang en fluistert in haar oor.

'Och meisje toch. M'n lieve meisje... Ik ben bij je. Papa is hier.' John pakt Sara's handje, die op de zachtgele deken met wafelstructuur ligt en drukt het tegen zijn gezicht aan. Ik zie een traan op Sara's hand terechtkomen en vind het moeilijk om zijn emotie en het weerzien met zijn dochter te zien. Ik voel me misplaatst, zo op het krukje naast Sara's bed. Alsof ik een indringer ben, die niet bij dit intense gezinsmoment aanwezig hoort te zijn. Maar ik ben hier wel. Ik ben degene die de afgelopen uren naast Sara's bed heeft gezeten. Er was niemand. Sara had alleen mij.

John kijkt op. Zijn gezichtsuitdrukking spreekt een en al ongerustheid uit. 'Hoe is het met haar?'

'De artsen zeggen dat ze een hersenschudding heeft. Ze wordt een etmaal opgenomen ter observatie...'

'Wat is er precies gebeurd?' onderbreekt hij me bars. Hij houdt Sara's hand nog steeds vast en gaat op de rand van het bed zitten.

Wanneer ik hem vertel hoe het ongeluk heeft kunnen gebeuren, voel ik mijn maag weer samentrekken als ik op het punt kom van haar val. Ik zie opnieuw voor me hoe Sara's lichaam dubbelklapt en vooruitschiet. Hoe ze vol met haar hoofd op de harde stenen zandbakrand terechtkomt en uiteindelijk stil komt te liggen op de vierkante tegels van het speelplein. Te stil.

John maakt een gebaar dat voor knikken zou kunnen doorgaan en wrijft met zijn hand over Sara's handje. 'Meisje toch...' herhaalt hij. Met zijn andere hand wrijft hij even in zijn gesloten ogen. Dan kijkt hij mij weer aan. 'Heb jij Sara al kunnen spreken? Vroeg ze naar mij?'

'Sara was eerst nog heel warrig, op de momenten dat ze wakker was. Ze mompelde iets over een konijn. Zacht en pluizig... Ik kon er niet echt wijs uit worden. We hebben vlak voordat jij kwam, voordat ze in slaap viel, met elkaar gesproken en toen leek ze aardig helder.'

Hij knikt langzaam en heeft zo te zien niet in de gaten dat ik geen antwoord geef op zijn laatste vraag. 'Wat hebben ze hier precies gedaan?' wil hij vervolgens weten.

Als ik vertel wat er in het ziekenhuis is gebeurd en wat

de artsen en verpleegkundige me hebben verteld, onderbreekt Sara's vader me opnieuw.

'Ik wil de arts ook spreken.' Ineens kan hij niet meer rustig stilzitten en neemt hij geen genoegen meer met mijn uitleg. John fluistert in Sara's oor dat hij zo terugkomt en staat op van haar bed. Ik wil met hem meelopen, in de hoop op de gang de juiste kinderarts of verpleegkundige aan te wijzen. Maar Sara's vader draait zich abrupt naar me om.

'Blijf jij hier?' Het klinkt niet als een vraag. Zonder een antwoord af te wachten beent hij weg.

Verbaasd kijk ik naar de achterkant van zijn rug, totdat hij uit zicht verdwijnt. Ik blijf perplex achter en frons mijn wenkbrauwen. Wat denkt die man wel? Eerst kunnen we hem geen van allen bereiken, na uren komt hij eindelijk eens een keer opdagen in het ziekenhuis en vervolgens behandelt hij me als totaal onbelangrijk.

Als John terugkeert neemt hij zijn plek op de rand van het ziekenhuisbed weer in en aait liefkozend met zijn vingertoppen over Sara's wang.

'Ze slaapt nog steeds...' zegt hij overbodig.

'Ja.' Ik werp een blik op mijn horloge. 'Over een halfuur maken ze haar voor de derde keer wakker.'

'De kinderarts heeft me alles uitgelegd...' John blijft naar Sara's slapende gezichtje kijken en ik zit er een beetje overbodig naast. Misschien moet ik zo maar eens opstappen... Ik vind het moeilijk om Sara in het ziekenhuis achter te laten na zo'n verschrikkelijke middag, maar weet dat het kan nu haar vader er is.

'Ik vind het zo erg dat dit met Sara is gebeurd', begin ik de inleiding van mijn afscheid.

John kijkt op van zijn dochter. Met een strakke blik kijkt hij me aan. 'Het was jouw verantwoordelijkheid om op haar te letten.'

Zijn woorden komen totaal onverwacht, tollen duizelingwekkend lang na in mijn hoofd. Even is het ijzig stil. Dan knapt er iets. Het elastiekje in mijn hoofd, waarvan de rekbaarheid flink op de proef is gesteld, breekt. Pats!

'Waar was jíj?' vraag ik met een veel te harde stem.

Sara's vader geeft geen antwoord. Hij kijkt me alleen maar aan met een blik die ik niet goed kan doorgronden. Misschien alsof hij vindt dat hij aan mij geen verantwoording hoeft af te leggen.

Ik schud mijn hoofd, het uitblijven van een antwoord maakt me razend. 'Je was urenlang onbereikbaar! Dat kan niet. Je hebt een dochter. Ouders moeten bereikbaar zijn als er een noodsituatie is. Ik zit hier de hele middag bij Sara terwijl jij er had moeten zijn.'

John houdt mijn blik een paar seconden vast en kijkt me ernstig aan. Zijn helderblauwe ogen knipperen niet één keer. 'Er is een hoop gebeurd vandaag. Ik begrijp dat het je van slag heeft gemaakt', reageert hij uiteindelijk kalm.

Ergens zou ik moeten weten dat hij zijn woorden niet zo luchtig bedoelt als ze eruit komen. Natuurlijk weet ik dat. Alles wat Sara's vader met zijn zieke vrouw heeft meegemaakt geeft een extra lading aan deze zware dag. Daar ben ik me van bewust. Toch schieten zijn woorden me totaal in het verkeerde keelgat. Ik kan het simpelweg niet meer opbrengen me in te houden.

'Van slag heeft gemaakt?! Ik heb gezien hoe jouw dochter voor mijn ogen buiten bewustzijn raakte. Vandaag was een regelrechte hel, John! Ik was wanhopig... Zo bang...' Ik sluit even mijn ogen en probeer mezelf onder controle te krijgen. In mijn woede ben ik me er maar half van bewust dat ik op een zaal van de kinderafdeling in het ziekenhuis ben. Dat er een vijfjarige met een hersenschudding op nog geen meter afstand van me ligt te slapen. Ik open mijn ogen en kijk Sara's vader recht aan. Zachter vervolg ik: 'Dit gaat niet alleen over vandaag. Jouw afwezigheid speelt al veel langer.'

John fronst zijn wenkbrauwen.

'Waarom moet de oppas Sara altijd ophalen? Zie je dan niet dat ze haar vader nodig heeft? Je bent aldoor op zakenreis. Je bent er haast nooit.' Ik laat een stilte vallen en kijk naar de man die op de rand van het ziekenhuisbed zit. John blijft ijzig kalm, maar ik kan aan zijn gespannen kaaklijn zien dat mijn kritiek hard aankomt. Ik weet dat mijn woorden kwetsend zijn en dat ik mijn boekje als pedagogisch werker ver te buiten ga. Maar ik kan er niets aan doen. De opgekropte frustraties over zijn vele zakenreizen hebben zich veel te lang in me opgestapeld. Alle paniek, wanhoop en pure angst die ik vandaag heb gevoeld, hebben ervoor gezorgd dat mijn emoties opborrelen, naarstig op zoek naar een uitweg. Ik kan mijn oordeel niet langer binnenhouden. Het kookpunt is bereikt.

'Je kind had je nodig en jij was onbereikbaar...' fluister ik met kwade stem. 'En dan bedoel ik niet alleen vandaag.' Ik sta op van het krukje, klaar om weg te lopen. 'Om wie denk je dat Sara vroeg toen ze daarstraks wakker was?' bijt ik hem toe. 'Ze vroeg niet naar jou. Ze wilde haar moeder...'

19

NA MIJN UITBARSTING IN HET ZIEKENHUIS ECHOOT ER constant één zinnetje in mijn hoofd. Vrijdagavond, zaterdag en zelfs nu het zondag is, denk ik steeds aan dezelfde woorden.

Ik ben veel te ver gegaan...

Hoewel ik nog altijd achter de kern van mijn boodschap sta, had ik me nooit zo mogen laten gaan. Ik had nooit op die manier mogen uitvallen tegen Sara's vader. Nooit zo grof en brutaal mogen zijn. Zeker niet als professional. Dat ik hem vertelde dat Sara haar moeder bij zich wilde hebben in plaats van hem, was ronduit gemeen. Ik schaam me er diep voor. De frustraties en boosheid zaten zo hoog dat ik er zonder na te denken alles uit heb gegooid. Het ergste is nog dat ik tekeer ben gegaan bij Sara's ziekenhuisbed. Een ruzie op een zaal van de kinderafdeling is zeker niet fraai, maar volledig voorbijgaan aan de hersenschudding van een vijfjarige is toch wel oerstom. Sara sliep. Ik kan alleen maar hopen dat ze niks heeft meegekregen van mijn tirade. Misschien raak ik mijn baan wel kwijt als John besluit de directie van de kinderopvang in te lichten. Ik zou het kunnen begrijpen als hij tot zo'n actie zou overgaan.

'Alice?'

'Ja?'

'Er is bezoek voor je.'

Ik ga stug door met het vouwen van een zoveelste verhuisdoos. 'Wie is het?'

Het antwoord blijft uit en dus kijk ik op naar Arie. Zijn gezicht staat geamuseerd. 'Ga kijken dan. Ik heb door de intercom gezegd dat je naar beneden komt. Geef mij die verhuisdoos maar...'

Ik geef Arie de half gevouwen doos en vind het raar dat hij me opdraagt naar beneden te gaan. Het bezoek kan toch ook gewoon boven komen? Ik zeg er niks over, sta op van de vloer en trek een jas van de kapstok voordat ik de galerij oploop. Als ik de trap naar beneden neem, vraag ik me af met wie Arie door de intercom heeft gesproken. Julia en Lize misschien? Zou Arie ze hebben ingelicht over eergisteren? Zouden de meiden hebben besloten me te verrassen met een bezoekje uit Den Helder? Ik glimlach bij het idee, maar dan realiseer ik me dat Julia deze week appte dat ze vandaag de babyshower van haar oudere zus heeft. Julia wordt voor de eerste keer tante en heeft in het geheim een gigantisch feest voor haar zus georganiseerd. Mijn vriendinnen kunnen het dus niet zijn. Mijn moeder dan misschien? Lisette en Pascal? In de dikke twee maanden dat ik nu bij Arie woon, hebben ze me, ondanks een uitnodiging, nog geen een keer bezocht. Het wordt dus weleens tijd. Aan de andere kant is het niks voor hen om me onaangekondigd te bezoeken. Oma kan het ook niet zijn. Die vermaakt zich met de big five in Afrika. Ik bereik de laatste tree en open de deur die naar de hal leidt, met daarin de brievenbussen van de bewoners en de intercom voor bezoekers. Wie ik daar aantref had ik totaal niet verwacht.

'Dag Alice.'

Ik heb even een momentje nodig waarin ik moet verwerken dat ik hem daadwerkelijk in het halletje zie staan.

'John...' reageer ik verbluft.

'Ik weet niet zeker of ik er goed aan doe je op te zoeken, na ons gesprek van vrijdag. Maar ik denk dat we moeten praten.'

Een onbehaaglijk gevoel neemt beslag van mijn lichaam. Dit is het moment dat hij me op m'n nummer gaat zetten. Dat hij me gaat vertellen dat ik me niet hoor te bemoeien met persoonlijke zaken en dat ik eergisteren veel te ver ben gegaan.

Ik kijk hem ongemakkelijk aan en het zou kunnen dat mijn lip trilt. De spanning voor wat er nu gaat komen maakt dat ik de kleine spiertjes in mijn gezicht niet goed onder controle heb. 'Het... Het verbaast me nogal dat je ineens voor me staat', breng ik met onvaste stem uit.

John houdt mijn blik onheilspellend lang vast.

Dus toch... Hij is hier vast om te zeggen dat hij contact opneemt met mijn baas, zodat de consequenties niet als een verrassing komen. Op zich is er wat voor te zeggen dat hij de moeite neemt hiernaartoe te komen om me dat te vertellen. Maar ik wil mijn baan niet kwijtraken. Ik ben pas twee maanden terug. Waarom moest ik dan ook zo exploderen? Ik kan mezelf wel voor mijn kop slaan. Pas dan denk ik schuldbewust aan zijn dochter.

'Hoe gaat het met Sara?' vraag ik. Natuurlijk is er niks belangrijker dan dat.

'Goed. Het gaat goed met haar. De verwardheid is verder afgenomen en de kinderarts was tevreden. Ze is thuis en heeft alweer een nachtje in haar eigen bed geslapen.'

Ik zucht diep. 'Gelukkig. Dat is heel fijn nieuws.'

John knikt. 'Zeker.'

Plotseling kom ik bij zinnen. Alsof mijn brein eindelijk verwerkt heeft dat John zich dus zomaar kan aandienen in het halletje. Alsof het helemaal niet raar is dat hij zich via de intercom keurig bij Arie gemeld heeft en klaarblijkelijk precies weet in welke straat en op welk nummer wij wonen.

'Wat kom je me vertellen?' vraag ik.

'Ik zou graag even met je willen praten. Maar niet hier.' John gebaart om zich heen. Ik volg zijn blik langs alle brievenbussen. 'Laten we een stukje wandelen.'

'Oké', zeg ik, terwijl ik eigenlijk niet goed begrijp waarom hij dit voorstelt.

In stilte lopen we de straat uit en laten het appartementencomplex achter ons.

'Ik heb nagedacht over wat je vrijdag zei', begint John, na een paar minuten wandelen. 'Je woorden hebben me niet losgelaten. Je hebt me geraakt, Alice...'

'Het spijt me. Ik had nooit zulke kwetsende dingen mogen zeggen. Het was verkeerd. Ik had Eline er absoluut buiten moeten laten. Dat ging veel te ver. Ik was boos, maar dat gaf me nog geen reden om zo tegen jou tekeer te gaan.'

John stopt met wandelen en kijkt me verbouwereerd aan. 'Het spijt jou?' Er trekt een mengeling van emoties over zijn gezicht. Dan loopt hij weer verder. 'Voor het eerst in lange tijd heb ik het aangedurfd om echt in de spiegel te kijken. Ik ben tot inzichten gekomen die ik niet voor mogelijk had gehouden. Dat heb jij bewerkstelligd...' Hij kijkt me van opzij aan. 'Jij hoeft geen spijt te hebben. Wat je zei was waar. Dat zie ik nu in. Ik heb de hele nacht in het ziekenhuis naast Sara's bed nagedacht over mijn leven. Over de opvoeding van Sara, over Eline, over mijn werk en nog zoveel meer.'

Ik hap naar adem en kan even geen woord uitbrengen. Dit is zo compleet anders dan ik me had voorgesteld. Ik heb hem twee dagen geleden glashard de waarheid verteld. En toch heeft hij de moeite genomen naar mijn huis toe te komen om me dit te vertellen. 'Dus je bent niet boos?'

'Boos?' Zijn rechtermondhoek beweegt een stukje omhoog. 'Wat je in het ziekenhuis zei kwam hard aan. Het was pijnlijk om te horen, maar hoe langer ik erover nadenk, hoe meer ik erachter kom dat je gelijk hebt. Je hebt m'n ogen geopend. Ik zie het nu helder en wil je allereerst bedanken voor de moed die nodig was om dit tegen me te zeggen.'

Ik kijk verbaasd op van de straattegels. 'Het is vleiend dat je zo positief over mijn beweegredenen denkt, maar eerlijk gezegd werden mijn woorden niet gevormd door moed. Het was vooral boosheid en frustratie wat me dreef.'

John grijnst geamuseerd zijn tanden bloot. 'Dan nog was er moed voor nodig om het daadwerkelijk tegen me te zeggen. Je had ook naar huis kunnen gaan toen ik je kwam aflossen in het ziekenhuis. Maar je vond het nodig om je uit te spreken. Uit liefde voor Sara...'

Ik denk na over zijn woorden. In rustig tempo lopen we door een laan met aan weerszijden oude kastanjebomen. Ik snuif de frisse buitenlucht op en probeer een beetje te ontspannen.

Als ik opzij kijk verschijnt er een charmant lachje op Johns gezicht, dat rond zijn mondhoeken speelt. 'Er zijn maar weinig mensen die het aandurven mij de waarheid te vertellen... Ik heb ook dingen gezegd waar ik niet trots op ben. Ik heb je de indruk gegeven dat het ongeluk jouw schuld was. Dat je beter op had moeten letten. Dat spijt me, Alice... Ik heb geen goede herinneringen aan ziekenhuizen. Sara daar te zien liggen was...' hij maakt zijn zin niet af. 'Ik hoop dat je me dat kunt vergeven.'

'Natuurlijk', antwoord ik gemeend.

'Zelf zag ik niet dat ik verkeerd bezig was en daardoor bleef ik maar doorgaan in hetzelfde patroon. Ik ben je dankbaar dat je me hierop gewezen hebt. Zodat ik het patroon kan gaan doorbreken.'

*

'Zal ik hem bellen en vragen hoe het met Sara gaat? Of is dat heel raar?'

'Héél raar', zegt Arie met veel nadruk, terwijl hij zijn ogen ten hemel slaat. 'Zeker gezien het feit dat hij zondag bij ons voor de deur stond. Het zou nu echt heel raar zijn als je hem vraagt hoe het met z'n dochter gaat. Dat kun je gewoon niet maken.'

'Hoe kwam dat eigenlijk zo?' vraagt Kiki. 'Hoe weet Johnnyboy waar jullie wonen?'

Ik geef Arie een por. 'Vraag dat maar aan Arie.'

'Ik heb hem het adres gegeven', biecht Arie op. 'John belde vrijdag rond sluitingstijd naar de bso. Hij was toen net aangekomen in het ziekenhuis en vroeg Alice' adres.

Kiki fronst ongelovig haar wenkbrauwen. 'En dat vond jij niet raar?'

'Nee. Hoezo? Wist ik veel... Ik dacht dat hij haar een kaart wilde sturen of zo. Bedanken voor de goede zorgen, een bos bloemen sturen, iets in die trant. Ik wist toch niet dat hij zich op zondag bij onze voordeur zou melden?'

Kiki schiet in de lach.

'Bel hem nou maar', zegt Arie, als hij me naar de telefoon ziet staren. 'Zeg dat je iets met de kinderen voor Sara hebt gemaakt en vraag of hij het knutselwerk komt ophalen. Dan kun je hem persoonlijk vragen hoe het met haar gaat.'

'Ja, dat is een goede smoes', roept Kiki erachteraan. 'En als je hem dan toch spreekt... Vraag gelijk even wanneer hij weer thuis bij je op bezoek komt!'

Wat doe ik mezelf aan? Sukkel die ik ben. Wat bezielt me in hemelsnaam om op Johns voorstel in te gaan? Aan de telefoon stelde hij voor dat ik het knutselwerk dat de kinderen voor Sara hebben gemaakt, persoonlijk kom afleveren. Volgens hem zou Sara dat heel leuk vinden. Ik twijfelde, maar besloot gehoor te geven aan het verzoek. Voor Sara. Toen ik de telefoon ophing en Arie en Kiki polshoogte kwamen nemen, had ik direct spijt van mijn beslissing. Ik heb mezelf hiermee tot mikpunt gemaakt van alle grappen en grollen over de Hot Daddy List. Dat John afgelopen zondag bij mij voor de deur stond, helpt ook niet echt. Dat ik nu op mijn beurt naar zijn huis ga, laat de Johnnyboy-grapjesmachine overuren draaien.

Van het vooruitzicht om daadwerkelijk bij zijn huis te moeten aanbellen, heb ik vannacht slecht geslapen. Ik heb afgesproken dat ik vandaag vanuit mijn werk even langskom.

*

Na het twintig minuten durende fietsritje kom ik aan bij een immens hekwerk. Ik kan nu niet meer terug. Achter het enorme hek en de lange oprijlaan bevindt zich een huis. Johns huis! En dat van Sara uiteraard. Ik merk dat ik niet zo helder kan nadenken op het moment, totaal onder de indruk van het grote, luxe huis. Aan weerszijden van de oprijlaan staan grote, grijze bloembakken met fleurige inhoud. Daarnaast een prachtig aangelegde, goed onderhouden tuin, die het niet slecht zou doen in welke tuinglossy dan ook. Pontificaal in het midden van de tuin staat het huis. Het oogt Gooisch. Het romantische, weelderige rieten dak vormt een mooi contrast met de strakke en cleane look van de wit gestuukte muren. Ik zet mijn fiets tegen een van de grote bloembakken aan, haal het knutselwerk en het ingepakte cadeau uit mijn fietstas en loop naar de voordeur. Voordat ik aan kan bellen gaat de deur open.

'Hoi', zeg ik suf.

John glimlacht. 'Hoi. Heb je het makkelijk kunnen vinden?'

Ik knik en stap verlegen de grote hal binnen.

'Mag ik je jas aannemen?'

Ik trek mijn jas uit en geef hem een beetje klungelig aan John. Hij lijkt het niet te merken of doet zijn best mijn onhandigheid te negeren. Waarom voel ik me toch zo zenuwachtig? Ik ben hier voor Sara. Ik kom gewoon een cadeautje afgeven, even met haar kletsen en dan stap ik weer op en ga naar huis. Ik ben hier niet voor hem. Ik hoef me niet te laten imponeren door zijn belachelijk mooie huis.

John gaat me voor naar de woonkamer. Het is ruim en prachtig ingericht. Grote meubels met een duidelijke functie. Sfeervol door het verschillende materiaalgebruik. Veel kunst aan de muur. Zullen John en Eline het huis ooit zelf hebben ingericht of gebruik hebben gemaakt van een stylist? We moeten aardig wat meters lopen voordat we Sara bereiken. Ze ligt op de bank in een schattige onesie, met haar hoofd op een van de kussens.

Als Sara me ziet veert ze een stukje op. 'Alice!' roept ze blij verrast. Ze strekt haar armpjes naar me uit en ik geef haar een knuffel.

'Dag Sara. Hoe gaat het met je?'

'Goed', zegt ze wijs. 'Maar ik mag nog niet naar school of naar de bso.'

'Ik hoorde het van papa. Daarom kom ik even bij jou op visite. De kinderen op de bso hebben iets voor je geknutseld. Ze missen je en vinden het heel vervelend voor je dat je zoveel last hebt van je hoofd.' Ik geef Sara het boekje, waar gister en vandaag een groot gedeelte van de middag aan gewerkt is.

Vol bewondering bekijkt Sara de voorkant van het boekje.

'Wil je thee, koffie of iets anders?' vraagt John, die naast de bank staat.

'Koffie, alsjeblieft.'

'Espresso, cappuccino? En heb je er iets in?'

'Gewone koffie graag. Zwart.'

John verdwijnt naar de keuken en ik blader met Sara door het boekje. Elke pagina krijgt haar volle aandacht. Ik vertel haar wie welke bladzijde gemaakt heeft en lees de tekstjes van de oudere kinderen aan haar voor. Als het boekje bijna uit is, komt John terug. Hij zet twee kopjes koffie op de salontafel en neemt plaats in een grote cognackleurige fauteuil.

'Dank je wel', zeg ik. 'Ik heb nog iets voor je meegenomen, Sara. Een cadeautje van mij. Ik hoop dat je snel weer opknapt. Zodat je weer lekker met je vriendjes kunt gaan spelen op school en op de bso.'

Sara kijkt naar het cadeaupapier. 'Mag ik scheuren?'

John glimlacht. 'Jij mag scheuren.'

Sara trekt het papier los en ik neem slokjes van de koffie. Een groot knuffelkonijn van gebreide stof in vlechtpatroon komt tevoorschijn.

'Wat een mooie knuffel', zegt Sara blij.

'Volgens mij ben jij gek op konijntjes', verwijs ik naar wat Sara me vertelde in het ziekenhuis.

Sara drukt het konijn liefdevol tegen zich aan en gaapt diep.

'Ben je moe?' vraagt John oplettend.

Sara knikt sloom.

'Zal ik je naar bed brengen? Je mag je knuffel wel mee naar boven nemen. Ik denk dat het konijntje ook wil slapen.'

'Papa?' vraagt Sara. 'Mag Alice mij naar bed brengen?'

John glimlacht opnieuw. 'Ik vind het goed. Vraag maar aan Alice of zij dat wil doen... En volgens mij moet je haar ook nog bedanken voor de mooie cadeautjes die je hebt gekregen.'

'Was ze gelijk vertrokken?' vraagt John als ik de woonkamer weer binnenkom, nadat ik Sara naar bed heb gebracht.

'Ja, ze was ineens heel moe.'

Hij knikt, alsof dit hem niet verrast. 'Wil je nog een kop koffie?'

Vertwijfeld kijk ik naar de deur van de woonkamer, die naar de hal leidt waar mijn jas hangt.

'Ik vind het fijn nog even met je te praten. Of moet je gelijk weg?'

Ik ben hier niet voor hem, herhaal ik in mijn hoofd. Ik ben gekomen voor Sara. En die ligt nu te slapen, dus ik kan gaan. 'Ik lust nog wel een kopje koffie', hoor ik mezelf zeggen.

Hij pakt de kopjes van de salontafel en ik volg hem naar de keuken.

'Bij zo'n inspanning als net, even samen de knutselwerkjes bekijken, kun je goed merken dat haar spanningsboog nog erg kort is', vertelt hij. 'De kinderarts heeft geadviseerd om haar sowieso een week thuis te houden. Pas als ze minder vaak moe is en haar hoofdpijn verdwijnt, breng ik haar weer naar school. Eerst een ochtendje. En als dat goed gaat, bouwen we de uren rustig op. Het zal dus nog wel even duren voordat ze weer dagelijks op de bso aanwezig is.' Hij zet de koffiekopjes onder een apparaat dat fraai is ingebouwd in de hypermoderne keuken, en drukt op een knopje. De lucht vult zich met een heerlijk koffiearoma.

'Goed. Ik wacht het rustig af.' Ik laat mijn blik door de ruimte gaan en realiseer me dat zijn keuken even groot is als de woonkamer van Arie en mij. 'Je hebt het vast al vaker gehoord, maar je hebt een prachtig huis.'

'Dank je wel. Ook voor je bezoek aan Sara. Toevallig dat je haar een konijnenknuffel hebt gegeven...' John kijkt weg naar het koffieapparaat en lijkt zijn gedachte in te slikken. 'Ze vindt hem geweldig', besluit hij te zeggen.

'Het was niet echt toevallig', beken ik. 'Sara had het in het ziekenhuis over een konijn, maar ze was toen nog zo verward dat ik er niks van begreep... Het leek me dus een veilige keuze om hiervoor te gaan.'

Het apparaat is klaar met het maken van onze koffie. John pakt de kopjes en zet ze op de verhoogde keukentafel, die aan het kookeiland grenst. Hij neemt plaats op een barkruk en ik doe hetzelfde op de plek tegenover hem.

'Eline en Sara gingen vaak samen naar de Intratuin en dan keken ze altijd even naar de konijnen', legt hij uit. 'Het was een moeder-dochterding. Sara wilde graag een klein konijntje en haar moeder zei dat het mocht als ze wat ouder was.'

Ik knik langzaam.

'Ik denk dat ik haar binnenkort een echt konijn cadeau doe. Tot die tijd moet ze het doen met jouw knuffel.' Hij glimlacht charmant en ik kijk naar zijn gezicht. Hij ziet me kijken en neemt gelukkig weer het woord, zodat een ongemakkelijke stilte vermeden wordt. 'Sara is erg gesteld op je en heeft het vaak over je.'

Het compliment maakt me verlegen. Ik pak mijn koffie en neem een slokje.

'Fijn dat je nog even wilde blijven. Ik wilde je zeggen dat

ik al mijn geplande zakenreizen heb afgezegd. Ik heb een paar weken vrij genomen om voor mijn dochter te kunnen zorgen. Maar ook daarna wil ik het helemaal anders gaan aanpakken. Ik wil dat ze weer het vrolijke en onbezorgde meisje wordt dat ze de eerste jaren was... Je woorden zijn echt aangekomen, Alice. Wat je zei was precies wat ik moest horen om tot inkeer te komen.'

Ik glimlach. 'John... Ik heb je de indruk gegeven dat ik je geen goede vader vind. Maar dat ben je wel.'

Hij houdt mijn blik een paar seconden vast en ik moet moeite doen om niet weg te kijken. Zijn blik is zo intens.

'Ik wil je graag uitleggen waarom ik zo vaak op zakenreis was... Toen Eline ziek werd, was dat verschrikkelijk. Maar we hadden hoop dat ze beter zou worden. Ik was er voor haar. Ik was er voor onze dochter. Het zou goedkomen.' Hij staart even naar het tafelblad tussen ons in. 'Toen Eline ongeneeslijk ziek werd verklaard knapte er iets in me. Ik ben gevlucht in m'n werk. Door zo vaak op zakenreis te gaan heb ik me als het ware verstopt voor de realiteit. Het was mijn manier om met de situatie om te kunnen gaan. Maar ik zie nu in dat het fout was. Het is ruim acht maanden geleden dat ze is overleden. Ik heb Sara veel te veel alleen gelaten...'

Zijn woorden raken me en ik veeg het vocht onder mijn linkeroog vandaan. Er valt een stilte waarin we allebei opgaan in onze eigen gedachten en een slokje koffie nemen.

'Ik weet niet wat je beweegredenen precies waren om na een jaar terug te komen. Maar ik ben blij dat je er weer bent...'

Terwijl hij praat kan ik het niet laten naar zijn gezicht te kijken. Die mannelijke kaaklijn, zijn expressie en mimiek. Ik kan niet ontkennen dat het me iets doet. Nog los van zijn woorden.

'Je terugkomst heeft Sara zichtbaar goed gedaan. Ze leeft op door jou. Jullie hebben een bijzondere band. Je geeft echt om haar. Dat weet ik...' John valt stil en kijkt me een paar seconden aan. Het spanningsveld tussen ons neemt direct aan kracht toe. Als een plotselinge windvlaag die neergestreken blaadjes van de grond optilt en ze laat dansen op de wind.

'Sorry. Ik realiseer me dat ik alleen maar over mezelf zit te praten. Best gek... Jij zit hier nu aan mijn keukentafel, maar ik weet haast niks over jou. Terwijl je heel veel over mijn leven weet... Of misschien alleen de dingen die ertoe doen.'

Ik grijns en probeer de spanning daarmee te doorbreken. 'Valt wel mee hoor. Ik weet bijvoorbeeld niet eens wat voor werk je precies doet.'

John reageert met een charmant lachje. 'Als ik het je vertel staat daar tegenover dat je ook iets over jezelf vertelt. Goed?'

Ik knik.

'Wijn?'

Verbaasd kijk ik hem aan. Hij gebaart naar mijn lege koffiekopje en staat op van de barkruk, loopt om het kookeiland heen en trekt aan de andere kant van de keuken de deur van de ingebouwde wijnklimaatkast open.

Natuurlijk. Waarom ook niet? Hij heeft een wijnklimaatkast, met flessen precies op de goede temperatuur.

'Wat drink je graag?'

Waarschijnlijk zijn het flessen die stuk voor stuk een

bedrag kosten waar ik met gemak een hele doos voor haal. Laat ik dus nu niet doen alsof ik er heel veel verstand van heb. 'Kies jij maar...' reageer ik vaag.

John kiest een rode wijn uit en ik kijk naar hem terwijl hij de fles ontkurkt, twee wijnglazen inschenkt en wat blokjes kaas op een schaaltje legt. Als hij alles voor me op de verhoogde keukentafel neerzet en weer plaatsneemt op zijn barkruk kijkt hij me aan.

'Ik zal je iets over m'n werk vertellen, maar daarna vertel jij iets over jezelf.'

Ik knik braaf.

'Goed dan. Ik doe de pr van een grote hotelketen. Het is een internationaal bedrijf. Dat verklaart gelijk mijn buitenlandse zakenreizen.' Hij grijnst een beetje wrang, bij die laatste zin. 'Nu jij... Proost trouwens.'

'Proost!' We klinken en even realiseer ik me dat ik op het punt sta wijn te drinken met John. Of Johnnyboy, zoals Arie en Kiki hun absolute nummer één uit de Hot Daddy List vaak noemen. Ik probeer die gedachte te verdrijven door gelijktijdig met hem een slokje wijn te nemen. Ik laat de volle, krachtige smaak tot me doordringen. Wow... Dit is niet zomaar een rood wijntje. Maar ik ben nog altijd niet van plan me te laten imponeren. Niet door dit belachelijk grote huis. Niet door de heerlijke wijn. En zeker niet door zijn knappe uiterlijk.

'Wat wil je weten?'

John trekt een gezicht. Alsof hij een keus moet maken uit een heleboel vragen die in zijn hoofd opdoemen. 'Waarom ging je weg? Of beter, waarom ben je teruggekomen?

Heel even schiet het door m'n hoofd dat je nooit met een aantrekkelijke man over je ex moet praten. Het is een van de grootste dooddoeners op elke date. Maar dit is geen date. Dit is een normaal gesprek aan een keukentafel, na een ziekenbezoek aan een vijfjarige.

'Mijn vriend en ik hadden net een huis gekocht toen ik erachter kwam dat hij vreemdging.'

'Tjonge... Ik mag hem nu al niet.'

Ik lach om zijn reactie en vertel in het kort hoe mijn relatie met Daan tot een einde kwam. Dat het de reden is van mijn jaar in Den Helder. Ik vertel zelfs over mijn vader. John luistert aandachtig en stelt de juiste vragen. Ik besef hoe open ik ben, maar het voelt goed. Uiteindelijk belanden we op het punt dat ik de keuze maakte terug te gaan naar Utrecht.

John knikt langzaam. Zijn ogen laten me niet los. 'Ben je nog steeds op zoek naar woonruimte? Of blijf je bij je collega wonen? Hij valt op mannen, toch?'

Ik grinnik. 'Ja, Arie valt op mannen... Hij gaat zelfs samenwonen met z'n vriend. We zijn afgelopen weekend begonnen met het inpakken van verhuisdozen. Ik kan in zijn appartement blijven wonen, dus mijn zoektocht naar woonruimte is ten einde.'

John knikt opnieuw. Ik zie een twinkeling in zijn helderblauwe ogen. Het antwoord bevalt hem, zo te zien.

20

'WAT ZIE JIJ ER GOED UIT.'

Ik glimlach naar Kiki. 'Dank je wel.'

'Zeker omdat John vandaag terugkomt', voegt ze erachteraan.

Ik probeer geen aanstoot te nemen aan haar grapje. 'Je bedoelt vast Sara?' kaats ik terug.

'Oké... Sara komt terug', bindt Kiki in. 'Maar ik denk niet dat je je speciaal voor haar zo mooi hebt gemaakt. Of wel?'

Ik weet zo snel geen weerwoord en kan niet ontkennen dat ik vandaag langer voor de spiegel heb gestaan dan anders.

'Ik ben zo blij dat Sara eindelijk beter is', mengt Arie zich in het gesprek. 'De afgelopen weken waren maar saai. Of ligt het aan mij? Als ik eerlijk ben kan die hele Hot Daddy List me gestolen worden zonder John.'

Kiki gniffelt. 'Het mooie is nog dat alle vaders op onze lijst der lijsten zich er niet eens bewust van zijn dat ze erop staan.'

'Och, dat is toch niet erg?' vraagt Arie zich hardop af. 'Het is een compliment als je de Hot Daddy List haalt. Je zou je eerder zorgen moeten maken als we niet achter je rug om over je kletsen.'

Kiki en Arie grijnzen naar elkaar.

Ik frons mijn wenkbrauwen. 'Arie, hoe kun je nou net zeggen dat de afgelopen weken saai waren? Je woont net samen met Koen!'

'Let op, Arie', waarschuwt Kiki. 'Zie je hoe Alice op sluwe wijze het gespreksonderwerp probeert te veranderen?'

Hij knikt instemmend. 'Ik merk het. Ze wil het gewoon niet over John hebben want dan krijgen haar wangen spontaan meer kleur.'

'Ach, hou toch op!' zeg ik net iets te hard.

Kiki en Arie wisselen een blik en genieten er zichtbaar van me te plagen.

'Je moet beter luisteren, collegaatje... Ik zei niet dat het thuis saai is. Hier op het werk is het saai.' Arie steekt zijn wijsvinger beschuldigend naar me uit. 'Geef me eens ongelijk. Jij loopt hier al weken rond als één groot stuk chagrijn! Komt omdat je een zwaar Johnnyboy-tekort hebt opgelopen.'

Kiki giert het uit en ik schud lachend mijn hoofd.

'Het is maar goed dat Sara beter is', gaat Arie verder. 'Het weerzien met John zal je humeur vast ten goede komen. Maar even voor de goede orde, thuis is het dus niet saai. Allesbehalve juist. Had ik jullie al verteld dat

Koen vanavond een romantisch etentje met kaarslicht regelt? We wonen vandaag precies een maand samen.'

Kiki rolt met haar ogen. 'Ja, dat heb je al verteld. Minstens drie keer.'

Op het schoolplein van de basisschool ben ik blij als Sara zich bij mijn groepje wachtende kleuters aansluit. Het doet me goed te zien dat ze een stuk fitter is dan de laatste keer dat ik haar zag. Het heeft anderhalve maand geduurd voordat Sara genoeg hersteld was om hele schooldagen vol te houden. Vandaag is eindelijk de dag aangebroken dat ze terugkeert naar de bso.

Terwijl Sara rustig een kleurplaat inkleurt aan de knutseltafel, glijden mijn gedachten af naar haar vader. Ik heb hem in de tussenliggende periode niet gezien of gesproken. Het enige contact bestond uit een aantal zeer korte en uiterst zakelijke e-mailberichten waarin hij me op de hoogte bracht van Sara's herstel. Ik zou willen dat ik kon zeggen dat het alleen Sara is die ik heb gemist. Maar dat is niet zo. John is in de afgelopen weken mijn gedachtegang vaak gepasseerd. Het lijkt haast wel alsof het gebrek aan hem in levenden lijve mijn hoofd op hol heeft gebracht. Het is moeilijk mijn gedachten te sturen. Er de baas over te blijven.

Aan de ene kant geniet ik van het dagdromen. Ik ben de tel kwijtgeraakt hoe vaak ik onze laatste ontmoetingen al in mijn hoofd heb afgespeeld.

Aan de andere kant is het dagdromen behoorlijk verwarrend. Het maakt de grapjes over de Hot Daddy List ingewikkeld. Arie en Kiki hebben inmiddels heus wel in de gaten dat ik hun favoriete gespreksonderwerp het liefst uit de weg ga. John doet me meer dan ik aan hen of zelfs aan mezelf wil toegeven. Eigenlijk sta ik helemaal niet open voor dit gevoel.

Ik weet niet of er in mijn hoofd al ruimte genoeg is voor gedachten aan een ontzettend aantrekkelijke man. En als die ruimte al beschikbaar is, dan is die toch zeker niet bedoeld voor een vader van een kind van de bso. De Hot Daddy List is ooit ontstaan als grap. Dat moet ook vooral zo blijven. Ik wil niet dat een van de vaders me daadwerkelijk iets doet.

Of John de spanning die ik een aantal keren tussen ons heb gevoeld, ook heeft opgemerkt, is een ander vraagstuk dat me bezighoudt. Het lijkt me haast onmogelijk. Hij is tien maanden geleden zijn vrouw verloren. Dan ben je nog helemaal niet met dit soort dingen bezig, lijkt me. Het is veel te vroeg. Het kan niet. Er is te veel gebeurd. Ik moet er hoe dan ook voor zorgen dat hij mijn gedachtegang verlaat. Ik wil niet dat hij door mijn hoofd spookt. Ik wil me niet haarscherp elke centimeter van zijn gezicht voor de geest kunnen halen. Ik wil niet in zijn mooie helderblauwe ogen verdrinken. Ik wil niet naar zijn lippen staren...

'Hij is klaar...' Sara kijkt me verwachtingsvol aan.

Ik kijk van haar naar de kleurplaat en zie dat ze ineens een stuk verder is met het inkleuren van de in zwart-wit afgebeelde dierentuin. Sommige vlakken van de kleurplaat zijn nog steeds wit, maar ik kan aan haar zien dat ze klaar is met het werkje.

'Dat heb je mooi gedaan. Wil je nu iets anders doen?'

Ze knikt.

'Waar heb je zin in? Wil je ergens mee spelen? De bouwhoek of het keukentje misschien?'

Sara haalt haar schouders op en gaapt vervolgens uitgebreid. Ik moet me inhouden niet met haar mee te gapen.

'Zal ik je een boekje voorlezen?'

Ze knikt opnieuw. 'Ik pak even meneer konijn uit m'n rugzak. Hij wil ook naar het verhaaltje luisteren.'

'Goed. Kies daarna maar een boekje uit. Ik kom zo bij je op het leesbankje zitten.'

Op een vroeger tijdstip dan gebruikelijk stapt John mijn groep binnen. Het is gek om hem na anderhalve maand weer te zien.

'Dag Alice.'

'Hallo.' Ik knik met mijn hoofd in de richting van het leesbankje. 'Ze was moe...' We lopen samen naar het leesbankje, waar Sara met haar knuffel ligt te slapen. 'Na het eten en drinken uit school, heeft ze een kleurplaat gekleurd. Ik heb haar daarna een boekje voorgelezen, maar ze was aan het einde van het verhaal zo moe dat ze in slaap viel.'

John gaat bij Sara's voeteneinde op het leesbankje zitten. 'Misschien was deze dag toch wat te lang voor haar. Ik ben expres vroeg gekomen.'

Ik knik. 'Ze slaapt nu ongeveer een halfuurtje...'

'Laten we dat voorlopig maar zo houden. Dat ik haar steeds bijtijds kom ophalen, bedoel ik. En mocht het een keer niet gaan, of je merkt dat ze gelijk uit school al heel moe is, dan moet je even bellen. Dan kom ik gelijk...' John kijkt op van zijn slapende dochter en er verschijnt een lachje rond zijn mondhoeken. 'Ik beloof je dat ik direct zal opnemen dit keer.'

'Dat is je geraden.' Voordat ik mijn woorden kan inslikken,

heb ik ze al gezegd. Ik sla beschaamd een hand voor mijn mond.

John grijnst. Hij tilt Sara op, waardoor ze een beetje wakker wordt en haar armpjes om haar vaders nek slaat. Hij draagt haar naar de gang. Ik help hem door Sara's jas en rugzakje aan te geven en hou de voordeur open.

'Ik zie je morgen. Fijne avond.'

'Tot morgen.'

Om kwart over zes zijn alle kinderen opgehaald en hebben we de groepen afgesloten. Arie en Kiki zijn hun jas aan het aantrekken, terwijl Kiki ons vertelt over een vriendin met een nieuw huis. Ze gaat er zo even op bezoek met een afhaalmaaltijd. Ineens gaat de telefoon.

'Over laten gaan op het antwoordapparaat?' vraagt Arie.

'Het is nog geen sluitingstijd. Maar jullie kunnen alvast wel gaan hoor', zeg ik, terwijl ik naar het toestel toe loop. 'Buitenschoolse opvang, vestiging Het Speelparadijs, met Alice.'

'Alice, met John. Sara is haar knuffel vergeten. Is er een mogelijkheid dat ik die nog even op kom halen?'

Bij het horen van zijn stem, krijg ik onwillekeurig een kleur. Ik draai me een kwartslag om. Zodat Arie en Kiki het niet zien. 'Nu? Ehm, ik bedoel... Kun je gelijk komen?'

'Ja, ik ben er met een kwartier. Alice... Top!'

Ik voel hoe mijn kleur intenser wordt wanneer John mijn naam uitspreekt, gevolgd door het woordje 'top'. Ik wil Arie en Kiki niet laten zien dat ik bloos en doe alsof ik nog in gesprek ben, terwijl John de verbinding al heeft verbroken. Mijn kleur moet eerst wat afnemen. 'Ja, dat is goed meneer Van der Meulen. Ik zal kijken waar Sara's knuffel uithangt. Ze had vandaag meneer konijn bij zich toch?' Ik laat een stilte vallen. 'Ja. Goed. Tot zo.' Op mijn gemak doe ik alsof ik de verbinding verbreek. Als ik me omdraai, zie ik twee vragende gezichten me aanstaren.

'Meneer Van der Meulen?' vraagt Arie, terwijl hij zijn wenkbrauwen een paar keer op en neer laat gaan.

'Sara is meneer konijn vergeten', leg ik uit. 'Dat is haar knuffel. Haar vader komt hem zo ophalen.'

'Zozo! Dus Johnnyboy komt langs?' vraagt Kiki. 'Ik zou graag blijven om met jullie naar meneer konijn te zoeken, maar ik moet die Thaise maaltijd ophalen.'

Ik maak een wegwuivend gebaar. 'Ga maar gauw. Anders wordt je bestelling koud.'

'Weet je het zeker?' vraagt Kiki.

'Ja', bevestig ik. 'Je maakt die vriendin vast niet blij met een koude maaltijd.'

Kiki glimlacht dankbaar. 'Tot morgen en succes met Johnnyboy en meneer konijn!'

'Komt goed.' Ik richt me op Arie als Kiki de deur uit is. 'Jij mag ook wel gaan, hoor. Koen gaat toch uitgebreid voor je koken vandaag?'

'Ja. Dat klopt. Maar ik kan je toch niet alleen achterlaten hier? Dan moet je in je eentje afsluiten...'

'Ach, dat kan best voor een keertje. Ga maar lekker van je avond genieten. Dat je vandaag precies één maand met Koen samenwoont is iets bijzonders. Doe je hem de groetjes van me?'

Arie knikt, drukt een kus op mijn wang en ik zwaai hem uit.

Als ik de deur achter me sluit en terug naar mijn groep loop, realiseer ik me ineens dat ik hier over zo'n tien minuten alleen ben met John. Een raar zenuwachtig gevoel bekruipt me. In gedachten spreek ik mezelf streng toe. Hij komt gewoon Sara's knuffel ophalen. Er is geen enkele reden om daar zenuwachtig voor te zijn.

Ik ga op zoek naar de knuffel, die ik al snel vind achter het leesbankje. Even twijfel ik of ik de lichten aan zal laten of alles alvast uit zal doen. Ik besluit het laatste en loop langs alle vertrekken. Op het licht in de gang na is de het nu donker. Het geeft de indruk dat de dag erop zit. Ik hoef zo alleen de knuffel te overhandigen en kan dan direct afsluiten en naar huis. Ik check mezelf van dichtbij in de grote wandspiegel in de gang, fatsoeneer mijn loshangende haar en wacht daarna met de knuffel op mijn groep, tot ik de voordeur hoor opengaan.

'Hallo?' klinkt Johns stem. Hij verschijnt in de deuropening van mijn groep. Het licht van de gang schijnt in zijn rug en maakt hem vanuit mijn positie een donkere gestalte.

'Hier ben je! Iedereen is al weg...' zegt hij om zich heen gebarend. 'Het spijt me. Je hebt op me moeten wachten.'

Ik zet een paar stappen richting het licht van de gang. 'Het geeft niet. Ik doe het graag.' Shit, dat kwam er stom uit. Wie wacht er nou graag? Van frustratie knijp ik hard in het knuffelbeest. 'Ik bedoel... Ik vind het niet erg.' Met mijn hand waar het konijn aan bungelt maak ik een rondzwierend gebaar. 'Het is sneu als Sara haar knuffel mist.' Ik doe mijn best de woorden luchtig te laten klinken.

John is verder naar binnen gelopen en staat ineens op zo'n twee meter afstand. Wat staan we hier nu in het schemerdonker? Ik had expres het licht op de gang aan gelaten om daar de knuffel te overhandigen. Waarom heb ik meneer konijn niet gelijk in de gang klaargelegd?

'Sara is dol op die knuffel', bevestigt John. 'Ze moest huilen toen ze in de gaten kreeg dat meneer konijn weg was. Sinds ze hem van jou gekregen heeft, heeft ze nog geen nacht zonder geslapen.'

Terwijl hij praat kijk ik naar zijn gezicht. Het schemerlicht intrigeert me. Zijn kaaklijn lijkt nog strakker. Zijn tanden nog witter. Gelijk voel ik weer de spanning die ik eerder gevoeld heb in zijn aanwezigheid. Alleen is die nu vele malen sterker. En al voelbaar op het moment dat John binnenkwam. Ik heb geen idee of hij dit ook zo ervaart.

'Ik ben blij dat ze blij is met het cadeau', zeg ik suf.

'En ik ben blij dat ik hem nog mag komen ophalen... Anders wordt het een moeilijke nacht.' Terwijl John praat, kijkt hij me indringend aan. Ik kan zijn blik niet ontwijken, moet hem aankijken. Hij doet een stap naar voren en het voelt alsof ik tot hem aangetrokken wordt als een magneet. Als twee magneten die op een kleine afstand van elkaar gehouden worden. Beschermend hou ik het knuffelkonijn tegen mijn buik.

'Geen idee hoe ze op die naam gekomen is. Inmiddels ben ik eraan gewend geraakt. Het klinkt haast als een begrip... Meneer konijn.' Hoewel onze woorden niks bijzonders zeggen, lijken zijn ogen een heel ander verhaal te vertellen. Hij kijkt me nog steeds met dezelfde intense blik aan. Johns ogen fonkelen in het schemerlicht. Zijn inktzwarte wimpers knipperen niet één keer. Ik voel hoe ik door hem word aangetrokken en probeer het gesprek uit alle macht gaande te houden. Als ik het gesprek maar gaande hou, dan komt alles goed.

'Het is een rare naam', zeg ik met een vreemd stemgeluid. 'Het past wel bij dit knuffelbeest.'

'Ontzettend attent dat je een cadeau voor haar had gekocht toen je op ziekenbezoek kwam. Dat had je niet hoeven doen... Dit trouwens ook niet. Je had niet op me hoeven wachten. Je had ook kunnen zeggen dat de bso op het punt stond te gaan sluiten. Lief hoe je je zelfs om haar knuffel bekommert...' John glimlacht.

Ik bloos en hoop dat het te donker is om te zien.

Het is alsof de magneten nu echt te dicht bij elkaar zijn. De aantrekkingskracht van net, waarbij ze elkaars kracht voelen, maar nog wel om elkaar heen kunnen draaien, is overgeslagen in het moment waarop de kracht zo sterk wordt en de ruimte zo klein, dat er onvermijdelijk het moment komt waarop de twee magneten op elkaar klikken.

'Lief van je dat je dit voor haar over hebt. Je bent lief...'

Alle logica verdwijnt, de ruimte vervaagt naar de achtergrond. Het enige wat nog telt is John. John die naar me toe buigt en me vastpakt. Zijn handen om mijn gezicht legt. Zijn lippen vinden de mijne. Hij kust me. Hij kust me, zoals ik niet eerder ben gekust. De kus is innig en zacht. Warm en teder. Onze tongen vinden elkaar. De zoen wordt heviger. Vuriger. Ik trek hem dichter tegen me aan. En voel een begeerte die ik nog nooit eerder zo sterk heb ervaren. Mijn armen vinden hun weg onder het colbert van zijn pak. Door de dunne stof van zijn overhemd kunnen mijn handen goed de contouren van zijn rug voelen. Hij voelt warm, breed en gespierd. Hij ruikt heerlijk. Johns handen verplaatsen zich naar beneden. Daar vinden ze mijn middel. Mijn heupen. Mijn billen. Ik ga helemaal op in het moment. Verlies mezelf. Hongerig zoenen we elkaar. Vol begeerte en passie. Onze handen zijn op een verleidelijke ontdekkingstocht. Maar er volgt geen moment van bevrediging. Met elke aanraking, met elke seconde die deze waanzinnige zoen langer duurt, neemt het verlangen toe. Het stijgt naar grote hoogte, waar het bijna niet meer te houden is en mijn lichaam van pure lust uit elkaar lijkt te willen spatten. Ik hoor John een zacht kreunend geluid maken. Hij trekt zich rustig terug uit de zoen. Ik kan horen dat het hem moeite kost en geniet van het geluid dat hij maakt. Met mijn ogen gesloten ben ik er eigenlijk nog niet aan toe terug te keren naar de ruimte waarin we ons bevinden. Ik wil niet dat dit fantastische moment ten einde komt. Als ik langzaam terug op aarde land en mijn ogen voorzichtig open, is het Johns gezichtsuitdrukking die mijn onderbuik laat tintelen.

Hij kijkt me gelukzalig aan. Zijn blik straalt warmte uit. 'Dit wilde ik al een hele tijd doen... Ik wist niet dat ik ooit nog een keer zoveel voor een vrouw zou gaan voelen.'

IK OPEN HET ACHTERPORTIER VAN DE AUTO EN MAAK Sara's gordel los. Ze kijkt me aan met een verlegen blik in haar ogen.

'Kom maar... Ik ga met je mee.'

Ze stapt de auto uit en haar hand zoekt mijn hand. Via de parkeerplaats lopen we langs twee grote zuilen, die aan weerszijden van de ingang staan.

'Ik weet waar het is', zegt Sara, terwijl we samen in rustig tempo verder lopen. Met haar vrije arm wijst ze voor zich uit. 'Daar moeten we heen.'

We vervolgen onze weg over het keurig aangelegde grindpad. Bij elke voetstap knerpt het onder onze schoenen. We lopen gelijk op. Links, rechts, links, rechts.

'Hier is het', zegt Sara. Ze blijft stilstaan en draait zich een kwartslag naar rechts. 'Dag mama...'

Ze laat mijn hand los en loopt dichter naar het graf toe, bukt zich en veegt een paar blaadjes en wat zand weg. Met een brok in mijn keel volg ik haar voorbeeld. Samen maken we het graf vrij van blaadjes, zand en een paar neergestreken takjes. Ik leeg de vaas met oude bloemen en spoel hem even verderop om bij een kraantje. Met de schone vaas keer ik terug naar het plekje van Sara's moeder.

'Wil jij de bloemen in de vaas zetten?'

Sara knikt en pakt de vaas aan. Ze loopt naar de bos bloemen die ik bij aankomst in het gras heb neergelegd. 'Kijk eens wat mooi, mama. Ik heb ze zelf uitgekozen.' Ze zet de bos bloemen in de vaas en geeft hem een plekje in het daarvoor bedoelde stenen kuiltje van het graf. Ze kijkt naar het resultaat. De kleurrijke bos bloemen, met in het midden een grote paarse hortensiakop, steekt fel af tegen het witte marmer van Elines graf.

'Ik mis je heel erg, mama...' Sara wrijft met haar handje over het marmer.

Terwijl ik haar gadesla, verschijnt er een geëmotioneerde glimlach op mijn gezicht. Wat ze zegt, is zo puur en liefdevol.

Sara kijkt op van het graf en zoekt mijn gezicht. 'Oh jee... Volgens mij ben ik de tekening thuis vergeten...'

'Nee hoor, lieverd. Die heb ik hier.' Ik haal mijn handtas, die met de hengsels aan mijn elleboogplooi hangt, naar mijn hand toe en open de tas. 'Alsjeblieft.' Ik overhandig Sara de tekening, die we samen hebben opgerold en voorzien van een mooi lint.

Ze legt de opgerolde tekening tussen de vaas met bloemen en de rechtopstaande grafsteen in. Langzaam staat ze op, komt naar me toe en leunt met haar lichaam dicht tegen me aan. Ik sla mijn arm om haar heen en zo blijven we voor het graf staan. Samen kijken we naar de steen van haar moeder.

'H-hier rust Eline', leest Sara het ingegraveerde opschrift voor. 'Lief- Liefheb...'

'Liefhebbende', help ik haar.

'Liefhebbende m-moeder van Sara... en vrouw van John.' Sara kijkt me trots aan.

'Je gaat steeds beter lezen. Knap hoor!' Ik laat een stilte vallen. 'Sara?'

'Ja?'

'Weet dat je hier altijd terecht kunt, als je mama mist. We kunnen hier altijd heen gaan. En als je over mama wilt praten, dan kan dat wanneer je maar wilt. Met papa... Met mij... Met wie je maar wilt.'

Ze knikt plechtig. 'Jij kende mijn mama niet, hè?'

'Dat klopt. Ik heb jouw mama nooit ontmoet. Maar ik leer haar toch een beetje kennen, door de verhalen van jou en van jouw papa. Weet dat mama altijd een plek in jouw leven zal hebben. Ze blijft altijd jouw mama, lieve Sara. Voor altijd.'

Ze knikt weer en blaast een kushandje naar het graf. Dan pakt ze mijn hand. Samen lopen we over het grindpad terug naar de auto. Ik help Sara haar gordel omdoen en kruip dan achter het stuur. Voordat ik de auto start, draai ik me om naar de achterbank.

'En nu?' vraag ik.

Haar gezichtsuitdrukking verandert. Eerst verschijnt er een glimlach en nog geen seconde later straalt ze van oor tot oor. 'Nu gaan we papa ophalen van Schiphol!'

Ilse Oldenbroek werkt voor het vrouwenmagazine *Claire*. Het is haar droom om een eigen wekelijkse column te schrijven. Ze is dan ook dolgelukkig als ze die kans krijgt. Maar er blijkt een addertje onder het gras te zitten. Het is namelijk niet de bedoeling dat Ilse het onderwerp van haar columns zelf bedenkt, dat heeft de redactie al voor haar gedaan: Ilses strijd tegen de kilo's!

Hoewel ze dit thema helemaal niet ziet zitten – zelf heeft ze niet zoveel problemen met haar gewicht – stort ze zich in de wereld van het afvallen. Ilse heeft het er moeilijk mee: fors op dieet en vier keer per week naar de sportschool is niets voor haar. Gelukkig is haar personal trainer Jasper een leuke bijkomstigheid.

Dan wordt Ilse gevraagd om, naast haar columns, voor *Claire* een reportage te schrijven over Second Love. Ze mag zich gaan verdiepen in de wereld van affaires en intriges. Maar dan doet ze een schokkende ontdekking.

Verleidelijk lekker

ISBN 978 94 6068 417 3

€ 17,99

Colofon

© 2018 Madelein Kerseboom en Uitgeverij Marmer BV

Redactie: Karin Dienaar
Eindredactie: Coen Geertsema
Omslagontwerp: Riesenkind
Omslagbeeld: Plain Picture / Dave & Les Jacobs
Zetwerk: Studio Marian Akkermans

Vierde druk april 2019

ISBN 978 94 6068 420 3
E-ISBN 978 94 6068 770 9
NUR 301 / 343

Niets uit deze uitgave mag verveelvoudigd en/of openbaar gemaakt worden door middel van druk, fotokopie, microfilm, of op welke wijze dan ook, zonder voorafgaande schriftelijke toestemming van Uitgeverij Marmer BV.

Uitgeverij Marmer BV
De Botter 1
3742 GA BAARN
T: +31 649881429
I: www.uitgeverijmarmer.nl
E: info@uitgeverijmarmer.nl

@madeleinkerseboom
madeleinkerseboom

MIX
Papier van verantwoorde herkomst
FSC® C004472